少君

暢銷言情天后
芃羽——著

楔子

豪門，深似海。

尤其是長孫家族這個豪門。

而她，是這片深海中的一顆寶貝珍珠。

打從一出生，她就像公主般被小心照料、呵護，華宇精品，錦衣玉食，她的生活是一般人最羨慕的富足豐盈，無憂無愁。

深居在這皇宮般的宅邸裡，四個女僕輪流二十四小時伺候，有一位造型師專門為她整理儀容，一位專業營養師負責為她調製健康飲食，還有專人為她按摩全身、設計肢體舒展運動。她的作息在精確的安排下正常而規律，該醒時就醒，該吃時就吃，該動時就動，該睡時就睡。

她從不必去費心想日子要怎麼過，因為總有人為她安排得妥妥當當。

茶來伸手，飯來張口，她只要安穩地當她的大小姐就行了。

因此，她整個人被保養、打理得秀麗可愛，絲緞般的黑髮始終柔亮，白皙的肌膚如奶油般嫩滑，即使一直待在豪宅中足不出戶，她的身材也保持得穠纖合度，窈窕的體態，勻稱的四肢，穿著各種名牌服飾，完完全全就是人們想像得到的那種名媛千金。

甚至，她還是個頂級的名媛千金。

不止倍受寵愛，還擁有享用不盡的榮華富貴。

她這輩子，注定什麼都不缺，就如同她的名字一樣——

長孫無缺。

她是長孫家這一代唯一的孩子。

也是被捧在手心中長大的孩子。

父母將她命名為「無缺」，就是希望她十足圓滿，具備所有。

但諷刺的是，長孫無缺卻有個外人從不知道的最大缺憾，一個長孫家最大的痛處與祕密。

那就是……

她沒有智能。

第一章 1

「她是個癡呆啊！」

一家著名的美式速食店內，在靠窗的角落桌旁，一個看似精明的女子向坐在她對面的男子低嚷著。

「癡呆？」那男子拿著ipad，瞪大雙眼，驚住了。

「就是低能兒嘛！」那女子指了指自己的腦袋，又說：「這裡有問題啦！」

「妳是說……長孫家的大小姐是個……白癡？」那男子驚呼。

「哎，差不多就那個意思了。我剛開始沒仔細看，還以為是個正常人，可是一和她面對面，才發現她不對勁，噢……真的嚇了我一大跳，就算被打扮得人模人樣的，穿戴得就像個嬌貴的千金大小姐，但她的表情……天啊，完全破功！」那女子嫌惡地搖搖頭。

「她表情怎樣？說清楚一點。」男子急忙又問。

「就兩眼無神，動不動就傻笑，好像沒腦子一樣！我不小心把熱水潑在她身上，她還傻楞楞的，嘴巴只會發出『啊啊』的聲音。」

「她不會說話？」

「不會，什麼都不會！生活起居都要人照料，難怪要找女僕二十四小時輪流看護，她一點自理能力都沒有，上廁所、吃飯、洗澡，都要靠別人。」女子誇張地比手畫腳。「明明這麼有錢，卻只能這樣活著，簡直就是折磨！折磨別人，也折磨她自己，我要是她啊，寧可不出生。」

「真的？妳說的都是真的？」那男子一臉挖到寶的表情。

「真的啦，我在那裡待了三天耶！雖然三天後我就辭職……」

「我看妳是不適任被炒了吧？」男子譏笑。

女子一臉尷尬，頓了頓，才說：「我自己也不想待下去，原本以為是一般女僕的工作，誰知道竟是去照顧一個白癡，還得餵她吃飯，幫她洗澡，像個保姆一樣時時跟在她身邊……吼，累死人。」

「真令人驚訝啊，誰想得到長孫集團唯一的掌上明珠，竟是個癡呆低能兒?!這可是天大的新聞哪！我真的要發了！」那男子興奮地不斷在他的平板電腦上敲打。

「喂喂，你可別提到我啊，進去長孫家工作的人都要簽切結書的，要是被他們知道是我爆料的，我就完蛋了！」女子緊張地提醒。

「放心，不會提到妳的，再多說一點，最好是有照片什麼的……」男子熱切地說。

第一章

「哪有照片？拍了照片我就不能活著走出來了，在長孫家工作是絕對禁止拍照的，合約裡有規定，不管是拍景物還是人物，違反者任由長孫家處置。我離職前還得被管家搜身，檢查手機和行李，確認沒留下任何資料才能離開。」女子臉色凜然。

「真可惜，如果有長孫家公主的癡呆照，肯定是頭條。」男子懊惱地敲著桌子。

「你報你的新聞，別扯上我就行了。管家警告過我，出來要鎖死嘴巴，否則絕不輕饒，要不是看在錢的份上，我也不想冒險……」

女子說著不安地左右探了一眼，正好瞥見隔壁桌坐著一名年約二十五歲，長相清磊俊俏的男子。她的目光停了一下，確定那男子正戴著耳機，低頭專注地在滑著他的智慧型手機，才把頭轉回來，面對那名男記者。

「總之，就當我什麼都沒說過。」女子再度申明。

「別擔心啦，如果妳再多說一點，我還可以付更多錢。」男記者將一張十萬元的支票放在桌面上，引誘地笑說著。

「我只知道這麼多了……」女子瞄了一眼支票，滿臉心動地搖搖頭。

「妳記得長孫家的小姐叫什麼名字嗎？」男記者問。

「我記不太清楚了……」

「那就算了，我自己去查也查得到。」男記者準備將支票收回。

女子很快地抽走那張支票，壓低聲音說：「她叫『無缺』。『長孫無缺』。」

她一說出名字，一旁的那個男子突然頓了一下，緩緩看向自己的右手腕。

「無缺？什麼都不缺的那個……『無缺』？」男記者一愣。

「是啊，很諷刺吧？她老爸希望她什麼都不缺，可偏偏她缺了腦子，頭袋空空。」女子掩嘴譏嘲。

「叫做長孫無缺啊！這名字真特別……」男記者唸著這個名字，臉上露出詭笑。

一旁那男子的嘴角也勾起一抹奇異的微笑。

「其實我是不小心聽見她媽喊她的名字的。不然，大家都叫她小姐，在那裡工作的人都得維持淡漠的態度，不能對小姐太好奇，不能討論她，更不能對她不敬。」女子繼續說。

「年齡呢？」

「太約二十四、五歲左右吧？」

「那她一直都待在家裡？從來沒出過門嗎？」

「嗯，從小到大幾乎都被藏在家中，偶而會有人來家裡幫她治療，要不就是在固定時間請法師到家中辦法會……」

「法會？」男記者一呆。

「就是那種除穢淨身的法事，長孫家常常會辦這種法會。啊，我聽說今天好像就要辦一場，前陣子所有僕傭們就開始忙碌了……之前就聽其他人說，那位大小姐常在半夜大笑或大哭，他們大概是以為長孫無缺被什麼妖魔纏身，想藉由法事讓她好起來吧。噗，好好笑，天生癡呆的人是基因有問題啦！求什麼都沒用。」女子啐笑。

「看來長孫集團為了這個千金真是傷透腦筋啊！」男記者飛快地做著筆記。

「是啊。唉，說起來她也算好命了，生在富豪之家，到死都有人會照顧她，有些這種低能兒一出生就被丟掉了咧！我還真是看不慣大家把她呵護得像什麼寶貝一樣，不需要任何努力就能享受一切；像我努力了三十多年，還得拚命賺錢才能養活一家子，這世間真是不公平啊……」女子酸言酸語地說。

「那如果是妳，妳想和她交換嗎？」男記者問。

「才不要！與其當個有錢癡呆，我寧願窮一點，但有知覺有自尊地活著。」女子很快地說。

這時，隔桌那個俊秀男子突然「哧！」地笑了一聲。

女子和男記者都愕然地轉頭看他。

「靠爆料別人的私事賺錢，也配提什麼自尊？」男子像在自言自語，可又清清楚楚明明白白是在諷刺。

女子臉色一變，怒瞪著他。

「一個沒良心苟活的人，比一個單純的癡呆還不如。」年輕男子抬起頭，一雙精鑠晶亮的眼睛，直勾勾地看著女子。

「你……」女子正想怒聲斥責，可是，一對上男子的臉時，竟一時語塞。

這個男子長得真的好看極了！

一張帥氣又俊逸的臉孔，五官出色迷人，鼻挺眼亮，眉宇聰穎，極具古代文人風雅。可是，他看似文質彬彬，眼瞳卻散發著一抹令人莫名生畏的凌厲光芒。

就在她驚豔著男子的容貌時，他竟衝著她又拉開一記燦爛得足以令人窒息的漂亮笑靨，害她整個人呆住，火氣根本發不出來。

「人世太複雜，有時當個沒腦袋的人還更輕鬆些呢，可惜一般凡夫俗子都不懂。」低沉的嗓音從他口中溢出，明明字字帶刺，偏偏又非常悅耳好聽，讓人不自覺去傾聽他的聲音，忽略了他話中的挖苦意味。

「喂，小子，你在說什麼？你怎麼可以偷聽別人的談話內容？」男記者可沒被這年輕男子的俊帥臉龐迷惑，不高興地喝斥。

男子置若罔聞，調整好耳機，繼續低頭滑著他的手機。

「臭小子，我在和你說話……」

男記者拍桌站起，卻見男子頭也不抬地對著空氣輕彈一下手指，喃喃一句：「解。」

倏地，一道冰冷的氣息竄向男記者，他不自覺地打了個哆嗦，肩膀突然變得好沉重，渾身不舒服地跌坐回椅子上。

「林記者，你怎麼了？」女子愕然地問。

「我……」男記者一臉茫然，也不知道自己究竟怎麼了。

「你的臉色變得很差！」女子驚疑地又問。

「妳不覺得……這裡……冷氣突然變強了嗎……？」男記者開始微微戰慄。

女子被他一說，也不禁縮了一下，不解地嘀咕：「真的……剛剛還不覺得，可是突然間就變得好冷……」

男記者忍不住環視店內其他人，大家都沒事，只有他不停地發抖、反胃。

這時，他瞥見那男子彷彿在笑，心裡驀地一陣發毛。

剛才，這個男子彈了一下手之後，他就整個人不對勁了起來……

此時，男子不疾不徐、慢條斯理地收起手機，緩緩站起身。頓時，一股難以形容的氣場瞬間以他為中心，向四周輻射開來。

記者和那女子都不由得被他震住，呆呆地望著他。

明明是在鬧區中人來人往的速食店內，但他這一站，便彷彿是人群中唯一的亮點，讓所有人都在剎那間失了顏色。

黑色薄長袖T恤輕輕貼身，深灰色牛仔褲裹著長腿，男子看起來高䠷修長，文質優雅，雖然打扮時尚，氣質卻又迥異於時下的年輕男子。

他有著某種無法言喻的懾人氣韻，內斂又剛強，儘管身形削瘦，肩背腰身線條卻顯得精實健朗，全身隱隱透著一種犀冷且無形的力量。

男記者心中打了個突，以他閱人無數的經驗，多少可以看出這個大男生絕不是個普通人。

男子轉身拎起背包，睥睨了一眼男記者肩上那團常人看不見的森然黑影，嘴角微揚，一雙精湛的眼瞳閃過一道詭芒。

「你保重。」他對著男記者說，好聽的低嗓中有著諷刺與憐憫，說罷，便悠然閒逸地走向大門。

男記者和那女子就這樣愣愣地看著他離開速食店，仍被他遺留下的氣勢震懾住，久久無法動彈。

※※※

六月的黃昏，天氣已十分炎熱，偏斜的日光餘暉照耀著行道樹的濃蔭綠葉，預告著盛夏即將來臨。

那男子走出速食店之後，在大門口站定，回首又往裡頭望了一眼，再低頭盯著自己的手腕。

在一般人眼中，他的手腕沒有任何東西，但只有他自己清楚，那裡一直圈著一條紅線。

這條紅線，從他出生就一直存在，只是，看得見，卻始終摸不到。

他一直很好奇，曾經想過要問他母親這條紅線的由來。只不過他從五歲後就放棄詢問母親任何事了，因為他比誰都清楚，他那個神經大條又膽小的母親不止法力和眼力都很遜，腦筋也不太行。

她唯一的強項就是「言力」：出口成咒，言出成願。據說，他就是被她的「言力」許願才出生的。

因此，紅線的事他就一直擱在心裡，後來更發現，除了他自己，沒人看得見這條線，就連他那位擁有強大「正陽之氣」的父親也一樣。

於是他決定靠自己查清楚這條紅線的來由，但二十年過去了，他依然沒半點頭緒，這條紅線仍舊靜靜地拴在他的手腕上，原因不明。

可是，就在剛才，當速食店裡那個女人提起了「長孫無缺」這個名字時，他突然發現紅線瞬間變得清晰，甚至還多了一段線頭！

而且線頭竟若隱若現地指向某個方位，似乎在線的另一端，繫著某種未知的東西……

或者，是繫著某個「人」？

可能嗎？

這該不會真的是條月老的紅線吧？

冥冥之中，似乎有股神奇的力量，正在將他和對方拉近。

「長孫無缺……」他嘲弄地瞇起漂亮的長眼，口中唸著這個名字，紅線線頭隱約又動了一下。

眉一挑，他嘴角輕揚，順著線頭消失的去向，舉步緩緩前行。

也許，答案真的和這個叫「長孫無缺」的女子有關。

但前提是，他要怎麼找到她？

正沉吟著，他的手機鈴聲響了，是母親的來電。

「媽，什麼事？」他邊走邊打開手機，應了一聲。

「敬言，你人在哪裡？快回來，大長老在找你……」母親焦急的聲音傳來。

「現在？可是我一時回不去。」他悠哉地說。

「為什麼？」

「我在台灣。」

「什麼？你跑到台灣去了？」母親驚呼。

「是啊。」

「你……你昨天明明只說要出去一下……怎麼……怎麼就飛去台灣了？也不事先說清楚，要是被你爸知道……」母親慌張地說。

「他知道又怎樣，我都二十五歲了。」他笑說。

「你這孩子，怎麼就不能和你爸好好相處呢？」

「我和他相處得不錯啊，我把他當朋友一樣。」

「他是你爸，不是朋友，他就是對你老把他當平輩的態度很生氣。從小啊，你就這樣，也不知道怎麼回事，一點都不尊重你爸……」母親開始又碎碎唸。

「媽，國際漫遊的手機費很貴，妳說重點好嗎？」他無奈地提醒。

「喔，我忘了這是國際漫遊。你啊，快回來就是了，有件棘手的案子，需要你去除厄……」母親急急打住，轉入主題。

「除厄的事，有少蓮阿姨她們在啊。」他輕哼。

「少蓮受傷了，大長老說這惡鬼很難纏。」母親壓低聲音說。

「哦？連少蓮阿姨都沒搞定？」他興味地揚了揚眉。

「是啊，所以全部的長老都趕到現場去了，大長老急著找你，怎麼辦？我要怎麼跟他們說……」

母親話聲剛落，手機裡就傳來一陣陣插播聲響。

「呵，大長老打來了，我自己跟他說就好。」他笑了笑，切斷母親的來電，接通了大長老。

「宗主！你跑到哪裡去了？」大長老蒼勁的吼聲直貫而來。

「我在台灣。」他以慣有的淡定回答。

「台灣？你……你突然跑到台灣去做什麼？」大長老愕然。

「旅遊。」

「你……你竟然沒先告知就私自行動？你不知道身為宗主，每天的行程都必須記錄安排……」大長老氣得直嚷嚷。

「大長老，現在最重要的事應該是除厄吧？」他輕聲打斷大長老的嗆呼。

大長老猛然住口，懊惱地低吼：「是啊，現在得趕緊除厄，但沒人滅得了那妖鬼……」

「開視訊吧，讓我瞧瞧現場。」他低聲命令。

「透過手機你能瞧見什麼？況且現在遠水救不了近火了！」大長老氣極，但仍不自覺地聽令打開了手機視訊。

男子盯著手機螢幕。畫面中，一幢古宅的廳堂裡，桌椅已被掃得東倒西歪，看似空曠無人，不過，他很清楚看見一個陰黑的暗影正囂張地霸佔在大廳的佛桌上，齜牙裂嘴地狂笑著。

「好猖獗的一隻惡鬼！」他低哼。

「你……看見了？」大長老驚訝不已。

「拿好手機對準它，別動。」他命令著。

第一章

「可是它撲過來了——」大長老急吼。

透過螢幕，那隻惡鬼果然直撲而來，雙手亂揮著利爪。

他冷冷一笑，指尖在手機螢幕前畫個咒印，低斥一聲：「滅！」

就這麼一個字訣，瞬間，那隻惡鬼竟在半空中撕裂，立刻灰飛煙滅。

而且，它在化為虛無的剎那還一臉驚愕，搞不清楚是怎麼回事……

現場的陰氣消逸殆盡，但眾人一片噤聲，久久回不了神。

「好了，解決了，那麼，我可以在台灣再多待幾天了吧？」他對著手機說。

「宗主……你、你、是怎麼做到的？」大長老驚問。

「用手機啊！」

「手機……也能傳送咒力？」手機螢幕裡出現了大長老駭然的神情。

「當然。不過——只有我能。」

他自負地朝大長老一笑，接著切斷了畫面，收起手機，目光掃過四周的人群，以及穿插在人群中那些一見到他就退避竄逃的鬼影。

是的，只有他能，其他的人，絕對做不到。

因為他來自北京最古老的除厄家族，是歷代最年輕的薄家宗主，天生擁有陰陽法眼，挾著強大法力出世。他，打從呱呱墜地就注定了不凡。

他叫薄敬言。

今年二十五歲。

他是薄家有史以來最強的除厄師！

※※※

長孫家族每半年會辦一次法會，替大小姐長孫無缺消災解厄，每次法會都從正午一直持續到半夜。

這天，長孫無缺得沐浴淨身，全身被畫滿符咒，穿上白袍，躲在一個黑暗房間內十二小時。她不能吃，不能喝，不能見日，更不能見人。

要讓她一個人乖乖待在房內十二小時不吃不喝，向來是件辛苦的差事。沒人照料，她會把房間弄得亂七八糟，她會哭，會叫，會鬧，會把自己弄得又髒又臭。

但為了遵從法師的指示，長孫浩東夫婦每每只能忍住心疼，硬是關她十二個鐘頭。

雖然，長孫無缺的「癡呆低能」二十多年來並無任何改善，但他們仍然抱著一絲希望，只要能做的，他們都願意試試。

房外的花園中庭架設著大型神壇，十二個高達幾丈的金黃幡條將神壇圍成半圓，法師叮叮咚咚地搖著銅鈴，嘴裡喃喃哼唸著聽不懂的咒語，長孫夫婦在壇前不停地虔誠跪拜，所有長孫家的僕傭們都安靜地站在一旁，不敢出聲。

夜幕低垂，烏雲蔽月，案上燭火在冰涼的清風中搖曳，照映得樹影幢幢，幡條啪啪作響，平添了幾分詭譎的氛圍。

「喝！召喚長孫無缺元神……三魂七魄速速歸位……嗎拉巴尼哞……」法師突然大喝一聲，振振有詞地疾喊。

僕傭們都一臉木然，淡定地看著這每半年不斷重覆的情景。即使法師換人，整個法會也幾乎大同小異，但那些所謂的法術咒語，從來沒讓大小姐變得正常。

眾人私下都會竊竊私語，長孫無缺根本就是天生癡呆，沒藥可救。

「啊……啊——！」

一陣陣嚎叫從屋內傳出，長孫夫婦不安地轉頭望向關著女兒的房間，他們知道她一定餓了，渴了，或睏了，但法師規定十二小時內就是不能去看她。

「請專心祈福，別分心。」中年法師不悅地提醒。

長孫夫婦連忙收心，繼續跪拜，隨著法師唸著禱語，儘量不去注意長孫無缺愈來愈淒厲的哭喊。

他們知道，為了女兒，再不捨也得忍住。

不知過了多久，長孫無缺似乎累了，哭喊聲終於停止，眾人都鬆了一口氣，法會又繼續進行下去。

就在此時，大屋裡，那扇關著長孫無缺的門突然悄悄地打開，一個穿著女僕制服的鬼祟人影閃進了屋內，隨即攙著長孫無缺走了出來。

她塞了一塊麵包給大小姐，餓壞了的長孫無缺立刻抓住麵包拚命啃食，傻傻地被她牽著走。

兩人沿著小徑來到大門口，她用晶片卡刷了門鎖，大門緩緩開啟，門外停著一輛未熄火的箱型車，一見到她，駕駛座車門彈開，跳下一個男人。

「快點，我只能讓監視器暫停十五分鐘，而且去巡邏的守衛快回來了。」她焦急地朝那男人說。

那男人點點頭，迅速架住長孫無缺，直接就要將她推進車內。

可是，長孫無缺的身體突然頓住，彷彿被什麼猛力拉扯，僵硬地轉頭看著車子後方遠處。

「幹什麼？妳這個呆子，快上車！」穿著女僕制服的女人用力將她押上車，低聲訓斥著。

「啊……啊……」長孫無缺痛喊著。

「那裡，好像有人！」男人瞥向長孫無缺看著的方向，低呼出聲。

「什麼？」穿女僕制服的女人驚慌地轉頭，瞇起眼，這才發現似乎有個模糊的陰影，立在圍牆外昏暗的樹木之間。

她正努力辨識那是否是個人時，那團黑影就動了，而且，正慢慢地走了過來。

「快走！」她大吃一驚，邊急喊邊將長孫無缺使勁推進車裡，自己也跟著上了車。

男人奔回車上，正要駛離，車子卻突然熄了火。

「怎麼回事？快開車啊！」她大吼。

「車子……車子……」男人急得滿頭大汗，但不論他怎麼轉動鑰匙，車子就像是死了一樣，完全發不動。

「剛才不是還好好的？」她怒喝。

「是啊，這車子剛才明明還好端端……」男人話才說到一半，就瞪大雙眼呆住了。

「你在發什麼呆啊？快想辦法！」

「是鬼！有鬼……有……有鬼啊！」男人指著擋風玻璃，驚聲尖叫。

「哪有什麼……！」她氣得正要大罵，卻陡地噎住氣息。因為，好幾道邪魅的鬼影真的就坐進了車內，還對著她吐著長長的血舌。

「哇！」男人奪門而出，棄車狂奔。

「啊——」她也嚇得差點斷氣，驚駭了好幾秒，同樣尖叫地推開車門，連滾帶爬地逃之夭夭。

長孫無缺就這樣被獨自留在車內，傻傻地啃著麵包，對車內那些鬼影完全沒有感覺和反應。

「哎唷，這是個蠢女耶……」陰鬼們嗤笑著。

「是啊……蠢到不知道害怕……」他們拉扯她的頭髮。

「她沒有人氣耶……只是個殼……嘻嘻……呆殼……這種呆殼最容易附身了……」其中一個鬼以鬼爪拍打她的頭。

倏地，一道尖銳的光束破空而來，刺穿了三隻鬼的鬼爪，痛得它們鬼叫著收手，悚然飄退三丈之外，蜷縮在陰森的樹影之間。

一陣輕緩的腳步聲慢慢接近，來到車門旁站定，一股強大氣場瞬間籠罩而至。

「誰說你們可以碰她的？」

「對不起！對不起！大師饒命……」陰鬼們驚呼。

「大師……我們……幫你找到了這家姓長孫的……又幫你趕跑了那兩個人……現在……可……可……可以走了嗎……」它們渾身顫抖，卑屈恐懼地問。

「去。」

一聲低沉簡短的命令，讓三隻妖鬼如獲大赦，瞬間消失。

陰氣散去，月光從烏雲中破出，輕灑而下，照映在薄敬言修長的身形上。

他低頭看著自己手腕上的紅線，那條原本只有一小段線頭的紅線，此刻已整段都出現，而且，循著紅線望去，可以很清晰地看見線的那端，直指眼前這個癡傻地、拚命地啃著麵包的女人身上。

就繫在……

她的手腕上。

他面無表情地盯著她，心中閃過的與其說是錯愕，不如說是不解。

雖然早有預期這個叫長孫無缺的女人很可能不是個正常人，但親眼看見了還是令他困惑。

為什麼是她？

為什麼和他命運相繫的，會是一個癡傻低能的女人？

一個連即將被人綁架也呆呆地跟著人走的傻瓜？

究竟，他和她之間有什麼奇特的因緣？

「喂！」他喊了一聲。

她沒有反應，依然低頭大咬著麵包，長髮把整張臉都遮住，髮絲上還沾著許多麵包屑。

「長孫無缺。」他直接叫了她的名字。

她還是不停地吃著，彷彿只有吃才是她生命中最重要的事。

他輕蹙眉峰，拉住了她的手，阻止她的進食。

她怔怔地抬起頭，看著他。

就著月光，他終於看清她的長相。

一張白皙秀氣的臉蛋，五官細緻美麗，可是，這張漂亮的臉卻因那癡傻的表情而完全破壞殆盡。

一雙空洞無神的眼睛，嘴巴大大地張著，嘴裡的麵包渣和著口水掉了出來，弄髒了她的下巴、衣服，她卻仍呆滯地愣杵著，一點都無法自理自己的行為。

薄敬言瞪著她，一眼就看出，這個女人的軀殼之中，少了最重要的一魂！

人有三魂七魄，三魂包括靈魂、覺魂與生魂，其中靈魂就是「主魂」，主宰意識，若無靈魂，必成癡呆。

而這女人轉生時，似乎遺落了最重要的靈魂。因此，她一出生便只是個行屍走肉，只有吃喝拉撒等生理需求，沒有羞恥，更沒有喜怒哀樂等心靈感受。

投胎成這副模樣，簡直是做人最大的悲哀。

靈魂屬天，覺魂屬地，生魂屬人，這三魂之中，就天魂最難尋，那一縷魂煙若有似無，一旦丟失，只能認命。

「可憐，妳命定如此，就只能這樣過完一生了……」他憐憫地嘆口氣，收回手，但才縮到一半，就突然被扯住。

他一驚，低頭一看，臉色驟變。

這個癡傻的女子竟伸出不俐落的右手，去抓住了繫在她和他之間的那條紅線。

她……竟然看得見，也碰得到這條紅線！

而紅線也因此將他的手腕纏得更牢更緊。

他詫異不已，扣住她抓著紅線的手，喝問：「妳……究竟是誰？」

她仰起臉，也不知是否聽見他的質問，只是傻呼呼地笑了起來。

笑得……像在哭泣……

他全身一涼，倏地，腦中閃過電光石火，出現了一張痛苦驚恐的小臉。

那張臉的主人，堅毅地說著——

不計代價，只求一次投胎轉生。

就算只有一世，只有一時。

清涼的夜風吹得樹葉沙沙作響，那有如書冊翻頁的聲音，更翻開了他被封印的記憶。

前世今生，一點一點在他腦中甦醒。

地府中，忘川之畔，微緲卑賤卻妄想成人的鬼奴，那詭異又冥冥注定的命運……

閻王的生死簿，是一切的起因。

他和她的緣分，就從那時開始……

少君 2

地府，忘川之末，支流蜿蜒。

但即使只是支流末端，黑沉陰闇的水流依然深不可測。

水岸邊，有個人，身影清癯，一襲白衫，長髮披散，沿著忘川閒逸踱步，渾然不在乎四周腐敗的陰氣和森然的鬼氣。

他的面容淡定木然，無悲無喜，雙瞳中毫無罣礙，一片墨黑透淨，彷彿看破了一切，心已縹緲，魂也縹緲。

時間，在他身上是靜止的，一批批的鬼魂喝了忘川的水，迫不及待轉生投胎去了，他卻依然在此閒蕩。

不疾，不徐。

他，哪裡也不去。

如同被遺忘在陰界之外，閻王的鬼差對他視而不見，陰邪的小妖不敢招惹他，甚至，連掌管忘川的孟婆也懶得理他了。

於是，他成了地府裡唯一一抹孤魂，既非妖，亦不成鬼，就只是這樣無日無夜在忘川岸邊徘徊。

「薄少君，你到底要在地府待多久？」一聲喝斥從忘川深淵響起。

他沒回應，置若罔聞。

少君……

薄少君哪——

那是他曾有過的名字，這名字裡有他的抱負、怨恨，和包袱……

但現在他不再屬於這名字了！

他不要了。

不想要了。

黑沉沉的川面，浮出一張威武梟霸的臉孔，瞪著他道：「依生死簿裡的記載，你的時辰早該到了！」

他低頭看著水面上那張臉，削瘦無波的臉龐終於揚起一抹若有似無的譏笑。

「怎麼，閻王，你就這麼怕我？非急著把我趕走不可？」

慵懶緩慢的語調，似是連開口都覺得費力。

「本王豈是怕你？我是嫌你礙眼！你這個骨血裡全是除厄師靈能的臭傢伙，老是在我的地盤晃著，讓本王非常不悅……」

「哦，因為不悅，才暗地裡動了手腳，想把我轉生去一個低能的軀殼裡嗎？」他挑眉，手一揮，水面橫生波紋，讓閻王的臉變了形。

閻王從水面消失，倏地一個龐大黑影又出現在男子身旁，桀桀詭笑：

「嘿嘿……原來你知道了？因為得知將會去陽世成為一個腦袋空空的蠢蛋，所以遲遲不敢投胎嗎？」

「不，不是不敢，而是無趣……」他轉頭瞄了閻王一眼，喃喃地道。

「哈哈……一個在人世擁有八十年壽命的呆子，的確很無趣啊！哇哈哈……」閻王為自己的詭計即將得逞而得意地大笑。

讓薄少君下輩子成為一個傻子，光想像就令他開心爽樂。

「呆子也好，蠢蛋也罷，總之，不論是生，是死，對我來說都很無趣，就連剩下這縷破魂，也一點意義都沒有。」他臉上又恢復了那木然的死寂。

一切，都是空。

他乏了，也都不在意了。

所以他不想轉生，沒有絲毫欲望，此刻，就算神形俱滅，他也無所謂。

「哦？你就這麼了無生趣嗎？」閻王瞇起紅眼，臉上現出陰森殺氣。

他很清楚，閻王見他生機盡喪，正好可以趁機收了他的陽壽，除掉他，讓他這個專找陰鬼妖魅麻煩的除厄師從此煙消雲散，永不超生……

眼見閻王才剛要出手，不知哪來的氣流，向男子襲來，並捲起一股溫和的旋風，將他整個人包圍住，拂揚得他髮絲與衣袂飄飛。

如果可以，我就生個像少君堂哥一樣的小孩……不，是加上你和他兩人所有厲害的聰明小孩……

一個細若蚊蚋的低喃，嗡嗡地在陰晦的地府中迴蕩。

閻王濃眉急擰，心頭微凜。

這是……這是……願力！

是朔陰之女的祈願之力！

「哼……那該死的ㄚ頭……」

閻王抬起頭，朝陽世的方向惱怒地哼了一聲，又轉向他，邪惡地冷啐：

「沒用的，生死簿上早已注定了她的不孕，以及你的來生，即使是朔陰之女也無法改變。」

無法改變又如何？變與不變都一樣。

他不為所動地望向遠方，自己的未來會如何，對他早已毫無意義。

「你啊，就認命地去當個白癡吧……」

閻王惻惻一笑，伸出手，打算親自押著他去投胎轉世——

就在此時，一陣騷動從遠處的閻王殿裡傳來，許多鬼差們大聲吶喊：

「不好了，不好了！有人闖進閻王殿，偷了生死簿！」

閻王的黑臉驚怒驟變，無暇再管他，幻影頓時消逸，速速返回坐鎮在閻王殿中的真身。

周圍的輕風旋流很快消散，一切又化為靜止，彷彿不曾發生任何事。

他毫不在意，繼續遊魂般沿著忘川緩緩踱回支流的最末端，在那一片嶙峋的亂石間，找了一顆大石坐下。

心定無波，寂然淡靜。

他，哪裡也不去。

※※※

那一方氣流崩亂，狂暴騷動。

這一方卻靜如沉夜，冷滯無風。

他眉目低垂時，空茫得彷彿凝結的眼中，閃進了一條細瘦的身影，然後，他看見了她。

一個鬼奴。

一個……

抱著生死簿的鬼奴。

她也看見了他，猛地站定，驚掉了手中握的筆，恐懼地瞪大雙眼，不敢稍進。

片刻之後，似乎看他不言不動，她才斗膽想穿過他坐定的大石，走向忘川。

他原本不想管閒事的。

真的非常不想管。

但也許一切都太無趣了，也許是那本生死簿觸動了他的某些心思，於是他開了口——

「妳的筆掉了。」沒有任何情緒的聲音響起。

她大驚失色，霍地抬頭。

他朝她身後一指。

「原來……你……不是瞎子？」她顫聲低呼。

他沒回答，又恢復了之前的靜定漠然，對她不理不睬。

怪人。

她咕噥著，轉身撿起毛筆，走了一步，又忍不住看向他，滿心疑惑。

「喂，你……在這裡做什麼？」

「什麼也不做。」他淡淡地回答，目光飄向遠處。

什麼也不做？這是什麼意思？難道他只是在這裡發呆嗎？

但地府裡哪能容許陰魂四處遊蕩出神？更何況這裡還是忘川哪！

難道……他並不是個普通的鬼魂？

「你……是誰？」鬼奴眼中浮起了戒慎。

他拉回視線，瞄了一眼她手裡的本子，輕哼：「去忙妳的吧，鬼奴，妳應該有急事要做吧。」

她臉色驚變，將本子抱得更緊。

「你……？」這人難不成知道她想做什麼嗎？

「不過，妳的時間恐怕不夠用了，我想，妳還沒打開生死簿，三魂七魄就會被閻王燒成灰燼了。」

「你……知道……這是生死簿？」她更加驚駭。

「生死簿，注生死，那只有閻王才能翻啟書寫的本子，妳偷了又有什麼用？憑妳之力，根本無法打開它，更不可能在上頭寫上任何字。」他冷譏。

她怔怔瞪著他，心中震凜。

無法打開？

誰也無法打開生死簿？

驚恐之餘，她將生死簿往地上一放，試圖翻開，果然書皮像黏住了似的，怎麼也翻不動。

「怎麼會……怎麼會這樣？可是，有人跟我說可以打開啊……」她急得快哭了。

「做傻事之前，最好先想清楚，否則只會白忙一場。」他閒涼地望著遠處逐漸逼近的鬼差。

「喂，那你……知道怎麼打開生死簿嗎？」她仰頭急急求問。

他挑眉不應。

打開生死簿？憑他以往的法力，當然沒問題，但此時的他只是一縷幽魂，只要碰一下生死簿，說不定瞬間就會被震得粉碎。

「別費神了，放棄吧！反正一切都毫無意義，所謂的生死輪迴，不過是一場場可笑的鬧劇。」他嗤笑。

「你一定知道，對吧？求求你告訴我怎麼打開，我求你了……」她急喊。

「打開了又如何？只能看，無法書寫或更改，與其這樣，還不如不看。」他睨她一眼。

「不，只要打得開，我就有辦法寫，所以求你告訴我，我……我可以順便幫你寫上名字，讓你解脫，能夠轉世投胎，不必再一直困在這個鬼地方。」她好意地低喊著。

她以為她能寫上字？

此刻都自身難保了，還想要幫他？

他嘴角浮起一抹厭膩的冷笑。

「我對轉世投胎一點興趣也沒有，我也沒有被困在這裡。我是自己選擇待在這裡，哪裡都不去，現在這樣就是我最大的解脫，無欲，無喜，無怒，無求……」

她怔住了。

他是自己選擇待在這裡？

所以，他不是不能走，而是不想走？

怎麼會有這麼諷刺的事？她情願用一切換得人世一生，他卻棄若敝屣！

「你這個人……從來沒有真正渴求過什麼事吧？」她怒瞪著他。

他的冷笑淡去。

「你肯定被伺候得好好的，沒愛過，沒苦過，沒餓過，沒冷過，沒痛過，沒傷過……難怪你無所求……原來你是個好命的人哪……」她嘲弄。

他沉下臉，瞳光漸冷，心中卻如同被點中什麼似地陷了一下。

愛恨嗔癡，苦痛憂樂……為何被這鬼奴一說，他才發覺自己對這些情緒是如此陌生？

「妳……這隻鬼奴懂什麼？」他的情緒被挑動了。

「我當然懂。我懂什麼是絕望，懂什麼是痛苦，懂什麼是卑賤和無助，懂什麼是心碎和憤怒……但……這些你懂嗎？你經歷過嗎？」她大喊著。

「別挑釁我，鬼奴，我沒心思理會妳。」他警告。

他的遭遇，這區區一隻小鬼奴豈會明白？

他的生命，他的霸業，他的姻緣，他的安康……

他原本可以再創過去那一世的高峰，但他的這一世卻狠狠地挫敗了！

死得不甘，死得怨恨，死得元氣大傷，死得傲氣盡喪。

「哼，聽你的口氣，就知道你這人習慣掌控一切，習慣所有事按你的指令進行，難怪你無所求，我看你也沒什麼好求的了，你只是活膩了，根本不必輪迴轉世，你就繼續浸泡在這個腐朽惡臭的地府裡，永遠地當個無聊的鬼魂吧！」她連著一口氣冷聲怒譏。

他倏地被惹惱了，一揮手，忘川的水突然嘩的一聲噴起了一片水霧。

遠方的鬼差聽見了異樣，立刻群起奔來，就連閻王也親自加入追捕之列。

她驚駭地望向追兵，再怒瞪著他。

這個虛緲得幾乎隨時會化為碎片的幽魂……居然還有這樣的法力？他到底是誰？

「這生死簿只有閻王才打得開，不如請他來幫幫妳。」他嘴角淡淡勾起。

「你……你這可惡的傢伙……」她又氣又慌地喝斥，不再耽擱，抓緊筆、捧好生死簿便往忘川奔逃。

閻王迅雷般轉瞬間趕到，卻不急著抓那隻小鬼奴，反而震怒地向他咆哮：

「薄少君！原來是你在幫這個賤奴？」

鬼奴狂奔的腳步微頓，驚訝地回頭一看。

薄少君？原來這個人就是陰鬼妖邪們口中最害怕的那個除厄師！

他閒坐在大石上，無畏而冷淡地輕哼：「與我無關。」

「若不是你，這賤奴哪來的膽子偷生死簿？」閻王不信。

「那得問問你自己了，這麼重要的生死簿如此輕易被偷取，未免太可笑了……」他冷笑。

「什麼？你這個該被千刀萬剮的臭法師，現在立刻給我滾去陽世投胎！我不准你再繼續留在我的地府！快把他帶走！立刻！」閻王暴喝，大手一揮，數名鬼差速速向前押住他。

她又驚又妒，這個薄少君一點都不想投胎，卻還是有了轉生的機會，而她苦苦等待千年，卻怎麼也等不到一線生機！

真是太不公平！太沒天理了！

由於這一分心，她腳下微躓，就在這時，閻王已從後方撲追而至，伸出厲爪，抓向她的後頸，像拎小雞似地將她抓起。

「啊——！」她恐駭驚喊。

「該死的賤奴！把生死簿還來！」閻王暴喝，奪回她手中的生死簿，並將她重重往地上摔去。

她全身幾乎粉碎，痛得蜷縮在地上。

閻王急忙翻開生死簿，不放心地審查裡面的記載是否被更動，但只瞄了一眼，他就安心了。

很好，生死簿沒被人動了手腳，量這賤奴也無能打開，而薄少君此刻殘存的法力，也無法擅動生死簿了。

「哼！妳這死丫頭，居然妄想偷生死簿改命，真是愚蠢又可笑。妳也不想想，妳連個名字都沒有，怎麼記進生死簿？讓妳能成形留在地府，已是對妳最大的恩賜了，妳竟還不知好歹，不懂感恩？」閻王對著鬼奴啐罵。

鬼奴抬起頭，瞪著閻王，心頭一陣氣苦懊恨。

「是！我是連個名字都沒有的千年孤魂，是地府裡最卑賤的一隻蜉蝣，但誰規定緲小的我不能有一絲希望？我也想成為一個人哪！」她鼓起最大的勇氣淒然吶喊。

她只想成為一個人，然後擁有一個名字，一個屬於她的名字，一個證明她存在過的記憶……

「……一次就好……就算只有一世，就算只有一時。」她嘶啞啜泣。

「閉嘴！無名就無分，妳連鬼都當不成，還想當人？」閻王威霸暴吼。

她一驚，如遭棒喝。

原來……她連鬼都不是啊！她……什麼都不是……

「妳就等著被丟進十八層煉獄裡去，做一顆煤渣吧！」閻王厲聲判定了她的罪刑。

她害怕虛顫地癱在忘川之畔，滿心怔愣絕望。

「就讓她去轉生一次吧！」沉默地看著這一幕的他，忽地開了口。

閻王臉色一變，轉頭怒瞪他。「你說什麼？」

「她既然想去體驗人的生老病死，喜怒苦痛，就讓她去吧！」他帶著些許的諷刺，再說一次。

鬼奴呆愣地望向他。

「你這個臭法師，少在這裡給我胡說八道，快滾！那個智障癡呆的空殼已出生，早就等著你了！」閻王厭惡地揮手，鼓起了一道狂大的陰風。

他俊眉一擰，倏地掙開鬼差，以薄弱的力量格擋住，陰風頓時翻捲成漩渦，掃得在場所有人顛倒難立。閻王亦猝不及防，手中的生死簿失手掉落，被捲到了鬼奴腳邊，頁面翻飛。

「我已經幫了妳，生死簿現已敞開，妳還在發什麼呆？妳不是說妳有辦法書寫？那就快寫啊！」他朝鬼奴冷喝。

鬼奴驚傻瞠目。

難不成……薄少君把閻王引來，就是為了幫她？幫她打開生死簿？

閻王又驚又怒，卻也不急，只是狂笑道：「哈哈哈！太愚蠢了！生死簿除了我，誰也不能書寫，更何況，她又沒有名字——」

他挑了挑眉，冷聲道：「那麼，我就給她一個名字吧……『緲生』，虛緲求生。現在起，這就是妳的名字！」

鬼奴驚喜欲泣地看著他，只覺得全身竄過一絲電流，有如某種力量灌入她幽然的體內。

緲生！

他……薄少君……替她取了個名字……

「你這個多事的法師！你以為你還有法力為她定名？」閻王憤然陰笑，雙手重重一揮，陰風化為利刃，直刺薄少君的魂魄。

「唔……」萬刃穿身，他的形體瞬間抖散。

「大師！」鬼奴驚喊。

快寫……如果妳有這份能耐……

他以殘存的法力，虛弱地將聲音傳進她耳裡。

她怔凜著，隨即掏出筆，沾了忘川的水，正想將生死簿翻到最後一頁，但手中的毛筆不慎畫到了其中某頁，她一驚，按住一看，一個叫「聞知來」的名字下，壽命被整個塗黑，看不清了。她深怕誤了這人的壽命，也沒有多想，便直接寫下「七十」！

「賤奴！妳……妳在做什麼？」閻王見她居然真的能在生死簿裡書寫，驚吼變色，朝她衝了過來。

她大駭，無暇再管其他人了，她得快點寫下自己的名字，於是再快速翻了幾頁，但一個熟悉的名字卻突然跳進她眼中。

薄少君。

她的手一頓，盯著那個姓名，猛地想起剛剛閻王似乎說他即將投胎到一個癡呆的軀殼之中？

這……就是閻王為薄少君注定的來生？她凜然發顫，再往下看，年壽將近八十，卻得癡傻過一生，甚至，還是個女人……?!

閻王分明是公報私仇啊！

薄少君這樣的大法師，若真轉生成一個癡呆女，他該會有多痛苦？

這樣的一輩子，他會想要嗎？

心高氣傲的他，真的不在乎嗎？

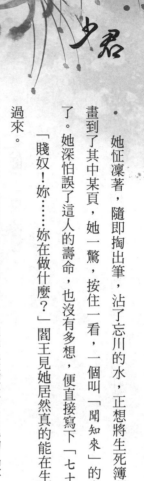

她轉頭看著神魂即將離散的他，沒有多想，直接就提筆將他的姓名劃掉。

「不！住手——」閻王驚恐怒喝，聲音震得整個地府一陣晃動。

她差點被震暈過去，昏眩了一下，還沒回神，就被閻王勒住了脖子。

「妳做了什麼？妳知道妳做了什麼嗎——?!」閻王如雷霆般嘶吼。

她兩眼突睜，幾乎斷氣，手中的筆掉落，痛失寫下自己名字的時機。

而就在這一瞬，詭異的事發生了！

生死薄竟自動地翻到最後一頁，在那空白處，重新浮起了薄少君的名字！

而在這名字之下的注記中，同時顯現了他的新名，以及來生的母親——

薄少春！

閻王一看，倒抽一大口氣，瞠目結舌得雙手一鬆，倒退一步。

虧他費盡心思，千堵萬防，斬斷所有的可能與機會，結果，他最害怕的事還是發生了！

有史以來最強大的除厄師，即將橫空出世！

怎麼會這樣？

難道，這……就是朔陰之女的可怕願力嗎……

勁風逆轉，狂捲呼嘯，掃得眾鬼都睜不開眼睛，在這一剎那，只見薄少君形體凝聚，法力復甦，那差點四散的魂魄重新歸位。

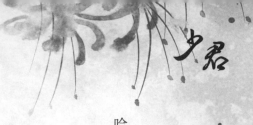

他一下子從錯愕到明白，忍不住揚聲大笑。

曾經汲汲營營追求的，得不到；當他放手了，卻又來到他面前。

生命……果然是如此奧妙又難測啊！

「哈……我們都一樣，千機算盡，卻總是事與願違。閻王，這就是命運哪！是命啊……哈哈哈……」

「你……你……」閻王瞪著他，一陣氣結。

「看來，我塵緣未了，得再走一遭人世了……」他笑嘆著，遙望著忘川對岸的陽世之路。

薄家的香火，將會一直持續下去了。

閻王怒不可抑，所有的憤恨全都發洩在鬼奴身上，一把扯住鬼奴的長髮。

「妳這死丫頭，全怪妳，把我計劃好的一切全打亂了！」

鬼奴此時已半暈，根本無力抵抗。

「妳篡改了生死簿，慘死千次萬次都不足解我心頭之恨。既然妳想成人，那妳就替薄少君去投這個蠢胎吧！」閻王森然咬牙，說著立刻在生死簿上被劃掉的薄少君名字旁，補上兩字。

緲生。

「妳就去人世受磨難八十年吧，賤奴，滾！」說罷，他將她的元神丟進忘川，讓她灌進一大口忘川的水，並催動陰力，直接將她送往陽世。

「喂！」薄少君低呼，卻已來不及阻攔，因為一股強大的朔陰念力正不停地將他拉走。

他的時辰也快到了……

但他欠了鬼奴一份情，總該償還。

於是，他拋出了一條無形的絲線，飛縱忘川，纏上了鬼奴的手腕，以只有鬼奴聽得見的聲音道：

「靜心地等我吧！緲生，我會去找妳的……我們，在人世再相見……」

＊＊＊

封印的記憶，隨著絲線一寸寸明現而一幕幕揭開，被忘川洗淨的那一段前緣，清晰歷歷地回到薄敬言腦海中。

夜風仍不停地吹拂，沙沙的樹影搖曳不止，氣旋籠罩在他和長孫無缺四周，彷彿在為他的醒悟騷動，為這一段早就緊繫的緣分悸蕩著。

他的表情豁然開朗，清俊的臉龐瞬間染上了一抹老成深算的神色。

「原來如此……原來如此……是我欠妳一份人情啊……鬼奴……」他盯著長孫無缺，喃喃地說著。

這話一出，瞬間，那條從出生就繞在他手上的紅線便淡去，也從長孫無缺的手上腕消失。

他俊眉高高挑起，恍然微笑。

「搞半天，這條線是我自己繫上的，為的就是要在茫茫人海中找到妳。」

難怪沒人能看得見，也無人能解，因為，這是他親手埋下的伏筆。

為她，也為他自己。

「啊……啊……」她發出了難聽粗嘎的聲音，又低頭啃著早已像爛泥一樣的麵包，看起來又笨拙又怪異可笑。

但薄敬言並未嫌惡，也沒有恥笑，他一臉嚴肅、深沉地看著她。

僅有的一次轉生，一次成人，就只能這樣癡傻狼狽地熬過數十年，然後化為塵煙，不留痕跡。

他在心中感慨著。

鬼奴啊鬼奴，比起這樣的人生，妳倒不如認命永遠當個地府深淵的小小蜉蝣。

「呃……呃……」她垂著頭，舔著手掌中的麵包殘渣，整個人看起來更加佝僂無依。

他拍拍她的頭，鏗鏘有力地承諾：

「放心，妳這一生，我都會照顧妳的。絕不會讓任何人，或是任何魑魅魍魎傷害妳。」

話聲剛落，門內的豪宅忽地燈火通明，一陣騷動喧嚷從裡面傳了出來。

看來，終於有人發現長孫無缺不見了。

長孫家的門禁和員工管理也未免太糟糕了？

他冷哼一聲，伸出長手，將長孫無缺拉下車，扣緊她的手腕，迎向緩緩滑開的大門，以及從裡面湧出的一大群人。

「從現在起，妳就待在我身邊吧！」他低沉地喃喃自語。

而長孫無缺，完全沒有聽他說話，一如以往，只是傻傻無神地笑著。

3

「娶她?!」

在長孫大宅的客廳裡，長孫浩東瞠目結舌，驚愕地瞪著薄敬言，整個人傻住了。

這個深夜突然冒出來的年輕小夥子，在說什麼？

根據這小子提供的手機錄影，長孫浩東知道他阻止了綁匪架走無缺，多虧他，無缺此刻才能平安無事地坐在客廳裡吃著點心，沒有被那個包藏禍心的女僕帶走。

是，他感謝這個年輕人，原本他已準備好一大筆錢當報酬。可是，這小子不要錢，竟然說……竟然說……

「是的，我要娶她。」薄敬言瞥了一眼正被僕人餵食著點心的長孫無缺，微笑地再說一次。

「你、你要娶、娶、我們家無缺？」長孫夫人也驚訝得結結巴巴了。

哪個正常又俊朗的男人會想娶無缺這種女孩？

除非這人腦子也壞掉了！

要不，就是心懷不軌。

愣了好半晌才回神的長孫浩東，不悅地瞪著他，喝問：「你的企圖是什麼？」

薄敬言淡淡地勾起嘴角，盯著眼前這位叱吒商場，卻拿女兒毫無辦法的蒼老父親，輕哼道：「別擔心我的企圖，長孫先生。我來自北京薄家，你可以去打聽一下，我的家世可不比長孫集團遜色多少，不會覬覦你們長孫集團的家產。」

坐在大廳一旁座位，原本被長孫家請來做法事的中年法師一聽見「北京薄家」，臉色微變。

「北京？你……來自北京？可、可你的腔調聽不出……」長孫夫人更錯愕。

「我母親是台灣人。」他解釋。

「北京薄家？」長孫浩東擰著眉頭，這名號他怎麼好像在哪裡聽過？

「你是北京薄家的人？那個除厄師世家？」中年法師瞪著他。

「原來你也知道除厄師啊。」他衝著法師一笑。

「除厄師？」長孫浩東怔了怔。

「浩東，是……那個除厄師嗎？之前黃董夫人曾大力推薦，說北京有個專門替人除災解厄祈福的家族……」長孫夫人轉向丈夫說著。

長孫浩東猛然想起，就在不久前的一次台商聚會時，聽見大家在熱烈討論「除厄師」，據說那是北京一個非常古老，也非常厲害的「法師」世家。

這家族血統中流著純正的古代國師血液，因此代代都有繼承高強法力的子孫出生，這些擁有法力的後裔，就被稱為「除厄師」。

其中，法力最強大的，便是他們的「宗主」。

傳言，他們一代代的宗主統領著這批除厄師，穿梭陰陽兩界、斬妖除魔，是妖鬼的剋星，只要請得動他們出馬，任何詭奇陰邪的事都能順利解決。

「你這小子少在這裡胡說八道了，北京薄家的除厄師個個法力超凡，深居簡出，只有重大事件時才會出現，怎麼可能會跑到台灣來，甚至跑到這裡大放厥詞？」中年法師輕蔑地盯著薄敬言。

「哦，看來你這個外行，還挺了解除厄師的。」薄敬言揶揄地一笑。

「你說什麼？什麼外行？你又懂多少？」中年法師氣呼呼地駁斥。

「嗯，我懂得還真不少。」他又笑。

「你這專門行騙的臭小子，快點滾吧！否則別怪我施咒對付你。」中年法師以手中的法劍指著他，怒聲吆喝。

他面不改色，依舊淡定瀟灑地端起茶杯，輕啜一口，才挖苦地說：「行騙的是你吧？長孫大小姐的毛病又不是中邪受驚，你卻佈了個不倫不類的驅邪小陣舞弄，實在好笑。」

中年法師愣然語結。

他靠這陣式橫行法師界幾十年了，從沒有人知道這只是個小小的驅邪淺術，這小子卻一語拆穿了他的把戲。

「長孫先生被你耍得團團轉，連他女兒也被你搞得不能吃喝見人，你這錢賺得一點也不心虛嗎？」

「住口！你這來歷不明的小子竟敢妖言惑眾？看我不好好收拾你……」中年法師急駁，不停晃著手中的法劍，試圖恫嚇。

薄敬言不但不怕，反而起身走向他。「哦哦，真有趣，那就快讓我見識一下你要怎麼收拾我。」

「你以為我不敢？」中年法師虛張聲勢。

「你不是不敢，而是不會。」薄敬言冷笑。

「我不會？那就讓你瞧瞧我的厲害——」法師大喝。

「好啊，那我叫些陰鬼出來，快讓我瞧瞧你有多厲害。」薄敬言詭笑地說著，手指一彈，倏地，幾隻陰邪惡鬼應他召喚而現身，在大廳裡四處飛竄。

「啊——！」僕傭們都嚇得驚聲尖叫。

長孫夫婦駭然無已，還沒反應過來，就聽見法師殺豬似地慘叫，因為那些陰鬼竟衝向法師，還將他的法劍奪走。

「哇呀——」法師驚恐坐倒在地，臉色慘白，全身發抖。

「大師，你在幹嘛？你不是很厲害嗎？快鎮鬼收妖啊！」薄敬言諷刺地說。

「鬼……鬼……」法師嚇得結巴失神，虛軟無力。

長孫浩東夫婦和在場所有人都是第一次親眼見到鬼魅，完全嚇呆了。

那些妖鬼因眾人的恐懼而壯大，更加囂張地撕扯法師的法袍，還將那把號稱能驅鬼的法劍摔成兩半。

其中幾隻甚至撲向長孫無缺，穿入她的體內作怪，而她渾然不覺，仍傻傻地將點心塞滿整個嘴。

「無缺！」長孫夫人見了，急聲驚叫。

薄敬言眉心一蹙，伸出五指一收，那幾隻折騰長孫無缺的陰鬼頓時化為煙塵，其他妖鬼則嚇得奔逃離去。

這一景象更令所有人匪夷所思，震驚失神，久久說不出話來。

好半晌，長孫浩東才喘口氣，瞪著他，問道：

「難道……你也是薄家的……除厄師？」

這小子太年輕了，也太秀氣了！一身的打扮就和那些注重外貌、追求品味的時下型男一樣，怎麼看都和所謂的「古老家族」和「除厄法師」搭不上邊。

可是，剛剛那是怎麼回事？那些鬼影任他召來揮去，儼然怕他怕得要命，而且，不需法器，也沒見他唸咒，只輕輕動個手指，鬼影就全滅了。

重點是，在那一瞬間，他全身散發出一股超齡、不尋常的沉重魄力，震得在場每個人都呼吸一窒。

「是。」薄敬言微笑。

「可是……你這模樣一點都不像個法師。」長孫夫人驚魂未定地說。

「夫人，法力和外貌是一點關係也沒有的。」薄敬言溫文爾雅地一笑。

「但是……」

「你……難道是……那個……那個……」嚇成一灘爛泥的法師瞠目、顫抖地指著他。

「是哪個？」長孫浩東好奇地問。

「之前就聽說……薄家現任宗主……是個現年才二十多歲左右的年輕人……你……你該不會就是……就是……」法師驚恐地說。

「你、難道你就是薄家現任宗主？」長孫浩東凜然地瞪著他。

「是。」薄敬言傲然一笑。

「我聽說……薄家宗主的法力是除厄師中最強大的……」

「基本上是如此。」但也有例外。他咕噥著，突然想起了母親。

「但我以為……法力強大的人應該是個長者。」

「年齡與法力也是無關的。」他嘲弄地說。

長孫浩東依然半信半疑地瞪著他，這個年輕人充滿了謎，令人看不透。但比起懷疑他的身分，自己更懷疑的是他的目的。

「不論你是否為薄家宗主，我比較想知道，你為何要娶我們無缺？」

「是啊，你也知道，無缺她……她……和一般女人不同。」長孫夫人也說。

薄敬言看向長孫無缺，她正因一口飯嚥不下去，碎渣從嘴角擠了出來。

「她的確和一般女人不同，但……她和我有緣。」他面不改色地說。

「有緣？」長孫夫人摟住自己女兒，大感不解。

「是的，很深的緣分……」

「這到底是什麼意思？」長孫浩東不懂他話中的玄機。

「你們只要知道，我欠她一份人情。這份情，我一定得還她。」他解釋。

「我們無缺從來沒出過門，你幾時能欠她人情？」長孫浩東擰眉。

「幾時嗎？」他說著，嘴角慢慢浮起一抹令人玩味的微笑，然後回答：

「上輩子。」

所有人聞言都傻眼。

難道這是指前世的姻緣？

太不可思議了！

但長孫浩東卻沒因此失去理智，他沉聲地道：

「就算你們前世有緣，但現在她只是個癡傻的孩子，如果你是為了還人情才娶她，我勸你還是算了吧！你娶了她之後，她就成了你的負擔，還得負責照顧她一輩子，這種累贅，沒有強大的愛和財力是做不來的。」

薄敬言犀利地看著他，心想，這個長孫浩東真是一個好父親哪！

長孫無缺投胎在這種好家庭、好父母，很多人一定會認為她是幸運的。可是，誰又知道在這個幸運背後，暗藏了什麼惡毒的心思呢？

一個美好富裕的家世，良善有愛的父母，這種大部分人盼了幾輩子都盼不到的福氣，偏偏給了一個癡呆女。

為什麼？

哼，因為，要進這個癡傻軀殼的，原本應該是他啊！

這個胎，是閻王特地為他準備的，那隻千年老魔的目的，就是要他看得到，卻享受不到。

閻王要他毫無尊嚴地活在一個連如廁都無法自主的癡女身上，要他難堪地白活一場。

更歹毒的是，這長孫家族十年之後氣數必盡，財富崩盤，瞬間沒落，到時，他會從雲端摔進地獄，淪為沒人要的包袱，嘗盡破、敗、壞、窮，受盡折磨地慢慢度過八十年的陽壽。

這心計，太狠也太毒。

可最後，卻是這個鬼奴代替了他。

是她在生死簿上的那一筆，挽救了他悲慘的命運。

他因此逃過一劫，但她卻成了代罪羔羊……

在地府陰風乍起，忘川興波之際，她和他交錯的命運之輪悄悄啟動。那一瞬，他就暗自立誓，不會任由她白受這個罪，此生等於是她幫他換來的，這天大的人情，他一定會償還。

「這是我和她之間的恩怨，對於她，我責無旁貸，而她待在我身邊，對她來說更是好事。所以，請放心，只要你答應讓我娶她，我會好好照顧她一生一世的。」他轉頭盯著長孫無缺，嚴肅地說。

「我怎能相信你？萬一無缺跟著你反而受苦……」長孫浩東並不信任他。

「她現在就已經很苦了，你們以為讓她吃好穿好，她就快樂了嗎？」他冷哼。

如果她靈性有知，該會懊悔到人世走這一遭吧？千求萬求成為人的心願，卻落得如此下場，情何以堪？

長孫浩東一陣啞口，無言以對。

沒錯，光是看著自己女兒如此，他都痛苦得要命了，何況是她本人？給她吃好住好用好，像洋娃娃一樣被照顧，有什麼用？她全都感受不到啊！

「重點是，你也無法照顧她到老了。」他接著又說。

「什麼意思？」長孫浩東愕然。

「長孫集團興盛之日已過，未來十年，權勢轉眼成空，恕我直言，你這兩年起就已官司纏身，接下來恐將貧病交迫，再也無暇顧及你女兒。」他的斷言令人發毛。

長孫浩東臉色一變，駭然不已。

長孫集團這兩年的確已出現警訊，但這是極機密的事，這小子怎麼會知道？

「她命中本無姻緣，注定孤獨，癡愚，空茫，羞辱地度過一生，死後什麼也不會留下，無感，無情，毫無自尊可言。你們，要眼睜睜地看她就這樣可憐地活到老死嗎？」薄敬言再說。

長孫夫婦臉色蒼白地看著長孫無缺，兩人眼中都含了淚。

「可是，如果是命定如此，還能改變嗎？」長孫夫人擁摟著長孫無缺，泣問。

「我可以幫她改變命運，只要她嫁給我。」薄敬言正色說。

「你要怎麼改變？」

薄敬言走向長孫無缺，拉起她僵硬的手，語氣堅定而真誠：

「我會讓她繁衍後代，子孫綿延。」

＊＊＊

北京薄家第一次見識這種情況！

所有的人，包括各個長老、除厄師、薄家的每個成員，都集中在薄宅寬敞的中式大廳裡，瞪著他們年輕的宗主……

以及，站在宗主身旁那位怪怪的、不正常的、怎麼看都像個癡呆的女子。

每個人的表情都極致驚恐，沒有半個人發得出聲音。

就連宗主的父親，向來冷靜聰明又臨危不亂的戴天祈，也同樣錯愕得像被點了穴似的，驚訝呆立。

大廳裡，黑鴉鴉地站了一堆人，卻安靜得出奇，彷彿大家太過震驚，震驚得連怎麼呼吸都忘了。

氣氛沉重得有如大難臨頭。

「你們怎麼了？長老、媽，我回來了，不開心嗎？」薄敬言故意笑問。

他不問還好，這一問，長老們個個氣得幾乎腦充血。

「宗主，你……你剛剛說什麼？」大長老抖著聲音再問一次，深怕自己年老重聽，可能聽錯了。

「我說『我回來了』。」他笑著說。

「上……上一句。」大長老喘著氣說。

「上一句嗎？噢，我說，我已經和這女人訂了婚，我要娶她。」

場中所有人再次倒抽了口冷氣，還差點被冷氣嗆昏。

他們這位年輕有為的宗主偷偷去了一趟台灣也就罷了，居然還帶了一個新娘回來，而且，還是個傻傻的新娘……

這分明是要驚醒薄家安息已久的列祖列宗！

「你別開玩笑了！」一聲厲喝從戴天祈的口中爆出，震得整個大廳嗡嗡作響。

他俊眉一挑，看著父親。

「我不是開玩笑，我是認真的。」

「你認真？你認真的話就不會拿你自己的婚姻當兒戲！身為薄家宗主，身負傳宗接代的大任，你的婚姻對你、對薄家，是件多麼重要的大事，你不知道嗎？」戴天祈怒斥。

「我知道。」

「知道你還胡鬧？」

「我不是胡鬧，我明白我的責任有多重大。」

「明白就好，你的終身大事不是你自己能決定的，我們已經幫你物色好幾個合適的對象了，你只能從她們之中挑選……」戴天祈直接說。

「但我只要她。」薄敬言轉身攬住長孫無缺的肩膀，打斷了父親的話，堅定宣告。

所有人再次抽氣，實在想不出這個一直在傻笑流口水的癡女，有哪一點能吸引宗主？

「為什麼？」戴天祈問出了每個人心中的大問號。

「因為，我們薄家欠她一份人情。」他說著從口袋中拿出手帕，幫長孫無缺擦拭口水。

眾人的下巴差點掉滿地。

他們高高在上的宗主，不太喜歡和人觸碰的宗主，帶點潔癖和冷傲的宗主，居然幫那女人擦掉那噁心的口水……

「欠她人情？這是什麼意思？她究竟是誰？」大長老驚疑地問。

「她叫長孫無缺，是台灣長孫集團總裁的千金。」他介紹。

「長孫集團？那個以電子業起家，現今跨足各大產業的著名集團？」戴天祈愕然。他是商界老手，長孫集團的名號他早有耳聞，可從來沒聽過長孫總裁有個智障女兒。

「是啊，長孫集團非常有錢呢。」他輕笑。

「宗主，你不會是看上她的家世才要娶她吧？我們薄家這幾年來累積的財力也不輸給其他任何財團，不需要做此犧牲……」大長老急說。

「犧牲？呵……大長老，瞧你說得好像我多麼委屈似的。我可是求長孫總裁求了好久，他才答應把無缺嫁給我呢！」他揶揄著。

「求他？你還……求他？」大長老驚呼。

「是啊！你們都不知道他們有多寶貝這個唯一的掌上明珠。」他摸了摸長孫無缺的頭，笑著說。

「呃啊……呃啊……」長孫無缺適時發出了沙啞難聽的喊聲。

從剛才就被兒子驚嚇傻眼得變成石像的薄少春，本來就比其他人脆弱的心臟再也受不了刺激，突然咚的一聲，腿軟坐倒在地。

「少春！」戴天祈急忙蹲身擁住她。

「你看看你把夫人嚇成什麼樣子了！」二長老氣極敗壞地低吼。

「媽。」薄敬言走過去，伸手想扶起母親，卻被她打掉。

「你……你……你到底為什麼……一定要娶她這種……這種……」薄少春瞪著兒子。

「我說了，我，還有薄家，都欠她一份人情。」他正色說。

「什麼人情？你說清楚。」戴天祈擰眉問。

「說來話長，簡單地解釋，就是……我這條命，是她給的。」他盯著父親，緩緩地說。

眾人又錯愕不已，薄家人都知道，薄敬言是應薄少春的「願力」而生，怎麼會和這個癡傻女子有關？

「你這條命，是你媽給的。」戴天祈怒駁。

「是啊，宗主，你是夫人求來的啊！是因為她，你才能出生啊！」大長老也急聲應和。

薄少春傷心地瞪著寶貝兒子，完全說不出話來。

薄敬言嘆了一口氣。「許多因果，不是表象看來那麼簡單。媽的願力再強大，若沒有無缺，我也不可成為薄家子孫。」

「這是什麼意思？」戴天祈隱約聽出他話中玄機，沉聲問。

「箇中緣由，我不方便說明，但請放心，我絕不會做任何傷害薄家的事。」

戴天祈眉頭一擰，怒道：「不說清楚，就別想娶她。這件事非同小可，豈是你一個人就能作主？」

薄家宗主的婚事向來得經由八字相合配對，再選擇良辰吉日，怎麼可以隨隨便便說結就結？

「是啊，事關整個薄家命脈，怎能任由你一個人胡來？」眾長老們此起彼落地說。

他環視眾人，突然冷冷一笑。

「到底誰是宗主？」

「當然是你……」

「那麼，你們還有什麼好說的？在薄家，宗主的話就是命令，是律法，不是嗎？」他睇起俊眸，臉上掠過一絲冷厲。

大家心頭都沒來由地打了一個突。

「看來薄家的紀律和秩序該好好整頓一下了。」他陰沉一哼。

老一輩的長老們都噤聲斂目，沒人敢接話。

戴天祈則是瞪著他，微微閃神。

太像了！

雖然大家都沒說出口，但心裡想的都一樣：薄敬言從小就是個天才，智商超高，法力深不可測，四歲就展現了他除厄收妖的天分，而他那懾人的氣勢，卻老是讓薄家人覺得似曾相識。

隨著薄敬言日漸長大，他身上那抹熟悉的影子就愈來愈明顯，不論是口氣，動作，還有眼神，都很像那個人……

那個讓人捉摸不透，詭譎陰險，法力強大卻英年早逝的薄家宗主——

薄少君。

迄今，許多人一提起他的名字，依然一陣悚然與感嘆。

「怎麼了？我說錯了嗎？」薄敬言掃過每張呆愣的臉，勾嘴一笑，那抹陰厲的神色頓時消失，變回他一貫的明朗。

戴天祈蹙眉盯著他。「你沒說錯，宗主的話就是命令，但這件婚事得從長計議，何況你才二十五歲。」

「二十五歲已是成人。」

「那也不必急著結婚。」

「既然找到她了，她就必須和我在一起才行，我希望盡可能幫她找回主魂。」他盯著長孫無缺說。

「主魂？主魂是三魂之中的天魂，無形無蹤，你要如何幫她找回？」大長老驚問。

「總得試一試，我不能任由她癡呆一輩子，太可憐了。」他皺眉。

「敬言，你究竟和這女子之間有什麼我們不知道的瓜葛？你一定要說清楚。」薄少春又心急又憂慮地問。

他看了母親一眼，沉默了一會兒，才說：

「這樣說吧，如果不是她，此生，進入這個癡女軀殼的，就會是我了。」

全部的人又呆住了。

「她代替了我，成為癡人……」他頓了頓，看著眾人，嚴肅地接著說：「這理由，足夠我娶她了吧？」

大廳裡一片寂靜，沒有人再發得出聲音。

這理由太詭奇，詭奇到連見識過各種陰陽奇事的薄家人，都啞口無言。

第三章

因為，薄敬言的話中隱隱透露出，他似乎是帶著記憶轉生。

帶著……

前世的記憶。

4

薄家宗主的婚禮非常低調，低調到只有薄家的人參加，女方則只有長孫夫婦出席，消息全面封鎖，外人一概不知。

地點就選在北京薄宅，沒有正式的張燈結綵，只有一些簡單花束點綴著神壇與大廳，而且，明明是件喜事，但偌大的中式宅邸沒半點喜氣，反而充斥著低沉鬱悶的氛圍。

就像那些僕傭說的，這情景，簡直像發生了什麼慘案，沒人有一絲笑容。自從宗主親自敲定婚期，整整一個星期，大家的心情都跌到谷底，彷彿世界末日即將到來，人人都恐懼以待。

而當高眺俊逸，帥氣逼人的薄敬言挽著長孫無缺，走過那長長的紅綢地毯喜道，來到神壇之前時，有不少薄家年輕女孩們都紅了眼眶。

不是感動，而是不甘。

她們心目中如神人般英俊非凡的宗主，身邊的女人竟是個白癡，這景象，教她們如何能接受？

即使，長孫無缺穿著純白古禮服，被打扮得極為美麗出塵，但她癡傻的表情、動作，簡直令所有人觸目驚心。

只有薄敬言滿臉自在，對於即將成為他妻子的長孫無缺沒有一絲的不耐與勉強，更沒有任何的嫌惡與不悅。

這讓坐在主位的薄少春看得更是一陣心酸。

她前一晚還和他長談，仍抱著一丁點希望，盼他能取消婚禮。

可是，他依然堅持己見，似乎已真心認定長孫無缺。

「兒子，你為了報恩什麼的，一直強調要讓她生養出後代……但、但這樣的話你還得和她……上床啊！難道你真的不在乎？真的做得到？」她揪心地問。

「媽，這年頭科技如此發達，不必上床也一樣可以生小孩。」他一派輕鬆地回答。

她呆了呆，恍然地說：「你是說……用那種試管什麼的……」

他笑了笑，拍拍她的肩膀。

但即使這樣，她還是無法釋懷。因為，長孫無缺在名義上仍會成為宗主夫人，她將在薄家的家譜中留名，成為薄敬言的妻子。

一想到此，她就好想失聲痛哭。

她做夢都沒想過，她這個唯一的寶貝兒子，竟會娶個這樣的女子，任何當媽的遇上這種事，應該都會氣憤痛心、不知所措吧！

手按著胸口，她忍不住流下了淚。

戴天祈伸手擁住她的肩，輕聲說：「少春，別難過，妳就別再把敬言當成我們的兒子了。」

「什麼意思？」她愕然地轉頭看他。

「這次從台灣回來，妳不覺得他有些改變了嗎？」戴天祈目光犀利地瞪著一身銀繡白袍的薄敬言。

「有嗎？」她愣愣地問。

「二十五歲之前，他的記憶被封住，所以他還是我們的兒子。但現在……現在『他』已經覺醒了……」戴天祈喃喃地說。

「誰？誰覺醒？」她驚問。

戴天祈沒解釋，他只是想起昨晚的事。

昨晚，薄敬言突然主動到書房找他，這讓他有些錯愕，因為兒子從小就和他不親近，父子之間總有著一層難以形容的隔閡。

他隱約感覺得到，薄敬言始終沒把他當父親，但這種感覺他從不說破，只是悄悄地放在心上。

薄敬言進了他書房，便站到他面前，久久不語。

「怎麼？有事？」

他拿起手中的酒瓶和兩只杯子，衝著父親一笑，以平輩的語氣說：「我們……也該一起喝杯酒聊聊了。」

那一瞬，戴天祈看著他，一道寒氣從腳底直竄腦門。

一個清癯的殘影，與眼前這個有著他和妻子基因的兒子，重疊了。

同樣的話，多年前他曾聽某個人說過，那個人，一直想和他好好喝一杯，好好聊一聊，但，終究沒能來得及，便含恨而終。

但如今，那個人在他面前還魂了！

以全新的姿態，和更可怕的法力，重生於此。

「我現在沒心情和你喝酒。」他盯住兒子，心中百味雜陳。

最不希望的情況，最不想要的結果，他真心求過上天，妻子的話千萬別應驗。可是，命運似乎早在二十多年前，在妻子發現懷孕的那一刻就已注定。

在千機算盡，在撒手斷念之後，他和這個人之間的緣分，卻又這樣悄悄繫上。

「怎麼？還在擔心我的婚事嗎？」薄敬言輕笑。

他沒吭聲。

「別擔心，我娶長孫無缺，對薄家不會有任何影響，這算是償還我欠她的一份情，她代我受苦，而我回報她一個名分，還有一脈子孫，這樣我和她就兩不相欠了。」他冷淡地說。

「你……記得多少？」戴天祈忽然問。

他頓住，若有所思地看著戴天祈，然後笑了。

「你說呢？」

「轉生是另一個全新人生，不該記的，就應該完全拋棄，這對你比較好。」戴天祈意有所指。

「是嗎？我倒覺得這樣很好。」薄敬言不以為然。

「有時記憶是種沉重的包袱，忘了，反而幸福。」他語重心長。

「但有些事不能忘，欠了人情不還，不是我的作風，再說，和她的緣，我想在這一世整理乾淨，省得以後牽扯不清。」他的口氣理性、淡漠。

「就因為這樣？真的只是因為那個長孫無缺，你才施法守著自己的記憶轉世？」他總覺得沒這麼單純。

「呵……是啊。」他燦然一笑，那是屬於薄敬言的笑容。

他皺眉，以前就覺得兒子難搞，現在，更難以捉摸了。

「若真如此，就好好待她，她雖沒有靈性，但終究是個人。她癡呆，並不表示沒有喜怒哀樂，而且，她這種空殼向來最容易被附身，在陰氣極重的薄宅，更要特別小心。」他提醒。

「放心，她既是我的妻子，我一定會好好照顧她，更不會讓一些小妖小鬼近她的身。」

「那就好。」

「那媽和長老那邊，就請你多安撫了，『老爸』。」薄敬言調侃地說。

他震了幾秒，冷譏：「等了這麼久，終於聽見你叫我一聲，但我渾身都不舒服。」

「哈，可我現在卻覺得很有趣。」他哈哈大笑，轉身走出去。

「這一生，我真心希望你能活得幸福又快樂……」他輕聲說，接著，喊出了那個人前世的名字。「……少君。」

薄敬言的腳步頓住，緩緩回頭，回以一抹會心的微笑。

那一瞬，他很清楚眼前的人已不是薄敬言。

這年輕人，已不再是他的兒子，而是薄少君。

※※※

婚禮持續進行，戴天祈悵然若失地拉回思緒，將薄少春擁緊，為她拭去淚水。

「妳知道嗎？我認為，妳才是薄家法力最強的人。」他嘆息。妻子這朔陰之女的可怕願力啊，就某種意義而言，正是她把薄少君召喚回來的。

「你到底在說什麼啊？天祈？」薄少春不解。

「沒什麼，妳就別操心了，凡事往好的方面想就好。」他勸著。

「我還能怎麼往好的想？唯一的兒子竟娶了這個……這個……」她瞄向長孫無缺，看著她顛簸的腳步和癡傻的蠢笑，聲音頓時又哽在喉間。

「這是他的緣，也是他的命。」他甚至認為，長孫無缺是薄少君轉生之前就已選擇的女人。

「敬言這孩子從小就聰明，但也因為太聰明了，從來就不懂什麼叫付出。我一直希望有天他能找到真愛，誰知道他竟然找到這個傻乎乎的女孩……」她惆悵不已。

「他不是說了嗎？這是他欠她的。」

「可是，娶了這種妻子，他會幸福嗎？沒有愛的形式婚姻，這算什麼？」

戴天祈無言以對。

「我真希望無缺能變得正常，只要她變正常了，敬言一定會愛上她，把她當成真正的妻子……」薄少春脫口而出。

戴天祈聞言一震，立刻捏緊了她的手。

她猛然回神，摀住了嘴。

她在說什麼啊？

「別胡思亂想，也別亂說，少春，敬言的事，由他自己處理就好。」他提醒她。

她連忙點點頭，不敢再開口。

此時，薄敬言已執起長孫無缺的手，站立在神壇前，由大長老唸著祈福文。

所有除厄師立於兩列，同時揮手畫符為新人們淨身聚氣，祝禱兩人平安康順，白頭偕老。

一位女除厄師手中的銀鈴叮叮作響，吸引了長孫無缺，她突然掙開薄敬言的手，衝向那名除厄師，想要抓下那鈴鐺。

「啊！」女除厄師驚呼，反射地扣住她的手腕，嫌惡地將她推開。

長孫無缺撞向神壇桌台，白燭倒下，酒瓶翻淌，她的袍袖頓時著火，燒了起來。

「啊……呃啊……」

「天啊！」眾人齊聲驚喊。

「無缺！」長孫夫婦在台下大吼。

薄敬言急忙上前抓住她，徒手幫她撲火，但她的袖子沾上了酒液，火苗不但難以滅掉，甚至燒得更旺。

「哇啊——」她痛得大聲哭喊，四肢不停揮舞，一個反掌正好甩上薄敬言的臉，指尖還在他頰上劃出指痕。

「宗主！」長老們齊呼。

薄敬言擰緊俊眉，使勁抱住狂叫掙扎的她，蹤身躍下神壇，疾奔到不遠處的池塘，將她整個人丟進池中。

「嘩」的一聲！她坐進水池中，火是滅了，但頭髮也散了，白袍髒了濕了，整個人狼狽不堪。

偏偏，在這種時候，她還興奮好玩地拍打著污濁的池水，傻傻地笑了起來。

「哈……啊嗚……哈哈……」

眾人都瞠目結舌，說不出話來。堂堂的宗主夫人，新婚典禮上竟成了這副德行。

就連始終保持淡定的薄敬言也忍不住沉下臉來。

他以為他能很理性地看待她是癡呆這件事，也可以包容她的糗態，不過，看來他有點高估自己的耐心和善意。

要照顧她，果然不容易啊！

「宗主……這儀式……還未完……」大長老出聲。

「就到此結束吧！把少夫人帶進去更衣。」他冷冷地下令。

兩名女僕匆匆奔出，將長孫無缺從水中扶起，帶著她走向她的別院內房。

現場氣氛變得極為凝重，一位除厄師突然說：「宗主，現在後悔還來得及……」

他轉身盯住開口的人，嚴寒的眸光讓對方住了口。

「她已是我的妻子了，現在起，請你們尊重她，不准心懷他想，更不准有任何不敬的行為和舉動。」他嚴正地要求，目光掃向剛才將長孫無缺推開的那名女除厄師。

女除厄師一驚，惶恐地低下頭。

「還有，不准隨便對外人提起她，也別去討論她、打擾她。她住的別院，日後除了我和照看的女僕，誰也不准進入。」

眾人沉默著，鬱悶不服，卻又不敢反抗。

「好了，儀式結束，酒宴還是得吃，大家入座吧！」他話鋒一轉，口氣變得緩和。

這一刻，大家才想起婚禮後備好的宴席，只是，一想到薄家宗主夫人是個低能兒，這喜酒誰還唱得下去？

長孫夫婦尤其擔憂，女兒嫁進這個薄家，究竟是好事還是壞事？

正當眾人準備入席，倏地，一聲尖叫從別院傳來，才剛平緩的氣氛再次被驚動。

幾名除厄師正打算衝過去，薄敬言就輕喝：「都坐著，我去看看。」

說罷，他快步走向別院，才剛踏進拱門，就看見一名女僕驚慌地奔來，一臉慘白，顫聲說：「宗宗宗……宗主……夫人她……她……」

他抬頭一看，只見長孫無缺飄浮在半空中，長髮飛散，面目猙獰，婚禮白袍上全是鮮血，而下方地面躺著另一個女僕，顯然已慘遭殺害。

「嘻嘻……薄家宗主的新娘……這真是個好軀殼啊……又溫暖……又舒服……」她對著他咧嘴大笑，發出詭異的沙啞嗓音。

他冷冷地盯著被附身的她，眼中閃著凜冽寒芒。

「你怎麼進來的？」能侵入他設下的結界，這隻妖鬼不尋常。

「嘿嘿嘿……從她身上進來的啊……」妖鬼大聲狂笑。

「她身上？」他眉一挑。

「是啊……她身上有門……嘻嘻嘻……真好……」

門？

他臉色微變，先是驚，後是喜，接著嘴角往上勾起。

「真的，真好，太好了。」

「什麼？」妖鬼愣住，不解地歪著頭。

「謝謝你專程來告訴我這件事，現在，你可以消失了！」他冷笑，指尖一彈，一道無形氣符直射而去。

妖鬼根本來不及閃避，就被那強大法氣震出長孫無缺的身體，然後，在驚駭中破碎消散。

浮在半空的長孫無缺頓時往下墜落，薄敬言一個箭步衝上前，將她穩穩橫抱住。

隨後跟來的戴天祈和大長老見到她身上沾血，驚急喝問：「怎麼了？發生什麼事？」

「沒什麼，只是有隻鬼闖了進來。」他淡淡地說。

「我們薄家這兩年來屏障如此堅固，妖鬼怎麼進得來？」大長老愕然。

「或者，有個漏洞……」他說著低頭盯住已暈厥的長孫無缺，若有所思。

如果她是一道鬼門，那就表示，她身上的某個東西就存在於那個交界……

那個空無之地。

「她是個漏洞嗎？一個空殼，想必是妖鬼們的好宿主。」戴天祈嚴肅地問。

「果真如此，她對我們來說太危險了！」大長老凜聲道。

「別擔心，這事不會再發生了。」他輕聲說。

「什麼意思？」

「只要找到主魂，就能把『門』關緊了，而我已經知道要去哪裡找她的主魂。」他抬起頭，朝他們微微一笑。

※※※

在陰陽交界，在那無人無鬼的空間，是一片空無、冰冷，以及深邃的沉黑。

她就在這團黑暗之中，沉睡。

然後，有什麼聲音喚醒了她。

低沉的，遙遠的，若有似無的，有人在說話。

「妳是誰……妳是誰……」

她睜開眼，迷濛之中，隱約看見了一縷白煙。

那白煙如一條細絲游離著，忽近忽遠，像是漫無目標，又像在找尋什麼。

伸手想碰觸那白煙，煙卻飄然蕩開，她困倦地放下手，只想繼續入眠，但那不知從何而來的聲音一直吵擾著她。

「……說出……妳的名字……」

名字？

她疲憊地想著，她有名字嗎？一個卑賤的鬼奴。

「說啊……妳的名字……說出妳的名……」那聲音持續地嗡嗡催促著。

好煩人的聲音，她慵懶地又閉上眼，意識將要封閉。

「名字……只屬於妳的名字……說……那個名字……」

她愣住。

屬於她的？什麼名字……

哪個名字？

倏地，一個沉冷的聲音閃過她腦海。

她渾身一震，想起了曾有個人給過她一個名字。

是啊！那人在她游離卑微的生命中落了款，讓千百年來蜷縮在黑暗深淵裡苟延殘喘的她，有了真實的意義。

虛緲求生……現在起，這就是妳的名字！

她顫抖著，想起了那一身白衣，了無生趣，比忘川還冰冷的男子。

他，給了她名字！

一個她盼了許久許久的名字……

「快說……那個名字……」

她顫抖著，張大嘴，喉嚨卻像被什麼鎖住，發不出聲音，而且那重重黑暗似乎也在阻止她，迅速將她全然包覆。

「妳的……名字……」幽遠的聲音漸漸變弱，同時，那道白煙也隨之即將消散。

不，別走！

她驚慌地伸手，使勁全部力氣，喊出那個名字，只屬於她的名字——

「緲……緲生！……我是……緲生！」

就在這一瞬，那白煙陡地幻化成一條清晰的銀繩，筆直向她飛來，穿透了緊緊包覆她的黑暗，纏上了她，將她往外拉。

她萬分愕然，不知要被拉向哪裡，只見遠遠的彼端有個小小光點，而她正被拉向那個光源之處。

速度好快，似乎想擺脫她身後那不停追趕而來的巨大狂浪，那彷彿要將她吞回去的黑暗波濤。

她恐懼地閉上眼睛，不敢往後看，就在她感到那寒氣逼人的黑浪已捲縛上她的腳踝時，一個更強的力道猛然一扯，使她迅速墜跌，接著就跌進了某個空間。

周遭頓時變得溫暖，而且，她還聞到一股奇特的香味，某種……淡淡的焚香。

「妳醒了嗎？」有人在問話，聲音低沉而溫柔。

她慢慢地睜開眼，明亮的燭火中，一個陌生的、年輕的男人臉孔直接映入她眼中。

她怔了怔，盯著他。

這人……是誰？

「妳終於真的醒了，『緲生』。」他喊著她的名字，對她微微一笑。

她渾身大震，動彈不得。

千百年來，她第一次有了名字，也第一次，有人叫了她名字！

緲生。

原來，大師幫她取的這個名字，叫起來這麼好聽。

看她瞪眼發怔，他蹙眉，伸手摸了一下她的臉，沉吟道：「怎麼了？難道還沒完全清醒？」

她一驚，急忙閃開，不安地問：「你……是誰？」

他揚了揚眉，自嘲地輕笑。「看來妳不認得我了。也是，我這身軀殼，對妳而言是陌生人。」

她擰著小臉，不懂他話中意思。

「我先自我介紹，我是妳的丈夫，薄敬言。」他正色說。

「我的……丈夫？」她錯愕。怎麼？她幾時成婚了？

「是啊，妳的丈夫。」他再說一次。

「可是我……明明還在……」她下意識回頭，卻發現自己身處在一間古樸典雅的中式廂房內，後面是一個四柱大床，床前的寬敞地面上，四周圍著銀色絲線，還有無數個燭火，而她，就被圈在正中央，坐在一個畫著某種符咒的圖騰上。

自稱她丈夫的男人，就坐在她對面。

「這是什麼地方？」她驚問。

「這是妳投胎的陽世，是妳這隻鬼奴千年來切切渴望，不惜付出所有代價，不惜冒著魂飛魄散的危險偷走生死簿，千辛萬苦求來的一世。」

他的回答令她驟然變色。

他知道她是鬼奴？知道她唯一的心願就是成為人？知道她偷了生死簿……

「你……究竟是誰？」她顫抖地問。

「虛緲求生，緲生，妳喜歡這個名字嗎？」他笑問。

她瞠目結舌，久久發不出聲音。

這個人是……這個人竟然是……

「我得謝謝妳幫我劃掉生死簿上的名字。」他由衷感謝。

「大師……?!」她掩嘴驚呼。他竟是薄少君！

「好久不見。」

「你……你……還是投胎轉生了？」她瞪大雙眼看著他。

「是的。」

「可你要投胎的軀殼……」她記得，他將投的胎，是個癡呆女。

「多虧了妳，是妳救了我，妳在生死簿的那一劃，改變了我的命運。」他盯著她，緩緩地說：「反而是妳，代我受苦了。」

她呆了呆，倏地想起了地府那一幕，想起了那本生死簿，以及……閻王的暴怒狂吼——

妳就代替薄少君去投這個蠢胎吧！

一陣陣驚悚的戰慄竄遍她全身，難道她……

「妳轉生為長孫家的千金，豐衣足食，什麼都不缺，但妳三魂少了一魂，已毫無智能、癡傻地活了二十五年。」薄敬言直言。

癡呆？

所以，她真的代替了薄少君，轉生成了一個癡呆？

她摸著自己的臉，再低頭看著自己的手，全身僵冷。

殷殷切切期盼，唯一一次成人的機會，卻只能當個傻子。

酸楚淒苦的淚水瞬間從她眼眶迸出，滑落在她驚恐的小臉上。

如果她當時沒劃掉生死簿裡他的名字……

如果她當時別去理會那該死的同情心，而寫下自己的名字……

一念之間，竟是害苦了她自己。

「所以……我這一世就只能是個……是個……」她哽咽地說。

「別擔心，有我在。我這不是幫妳把遺落的一魂找回來了嗎？」他說著，伸手輕輕捧住她的臉，以指尖拭去她的淚水。

她愕然愣住。

這個人……這個溫柔俊雅又親切和善的人……是那個她在地府遇見的，陰沉冷淡、渾身不帶有一絲人氣的薄少君嗎？

「看，這是妳二十五年來第一次清醒。」他對著她露出迷人的微笑。

清醒的她看起來順眼多了，失智時的她，相比之下簡直是個噩夢。

她怔怔地盯著他，不由自主地輕顫了一下。

男人不應該這樣笑，因為，那是一種會讓女人心碎的微笑啊！

「妳救了我，所以，妳的這一世，我會負責的。」他安撫地說。

「你會負責將我變得正常嗎？」她急切地問。

「我試試，或者用符咒封住妳的主魂，可以幫妳定魂。」他沉吟著，起身跨出那道銀繩圈，踱向窗邊的平桌。

她起身，也想跟過去，但他突然回頭輕喝：「別動，留在圈子裡，別出來！」

「怎麼了？」

「那是暫時鎮住妳主魂的符圈，一出來，妳就會被拉回去。」他警告。

「回去哪裡？」她愕然。

「陰陽交界。」

「你是指……那個又黑又冷又空無的……地方？」她睜大了雙眼。

「嗯，主導妳意識智能的主魂被困在那裡了，我現在只是施法把妳拉了出來，所以，乖乖留在符圈裡。」他命令。

「難道……我只能一直留在這個……圈圈裡面？」她惶恐地瞪著自己腳下的小圈子。

「別急，我會試著施法在妳身上定魂，應該能讓妳正常。」他說著拿起一支桃心木毛筆，沾了硃砂，回到圈內，直接就要拉開她的白袍前襟。

她嚇了一大跳，急急退開，大喊：「你做什麼？」

「緊張什麼？我是要幫妳畫符。」他淡淡地說。

「畫符為什麼要……脫我衣服？」她揪緊了前襟。

「因為這定魂咒必須畫在妳身體上才行。」

「畫在……我身上？」她美目圓睜。

「對，畫在胸前，別浪費時間了，過來。」他走向她，伸出手。

胸前？那豈不是要被他看見……看見……

「等、等一下……啊！」她慌張地不停後退，不小心踩出了銀網圍起的區域，突然間，一股強大的吸力將她的魂吸出了軀殼。

「小心！」他急聲厲喝，上前左手一勾，摟住她的腰，用力將她拉回圈內。

她跌進他懷中，離散的魂瞬間又回到軀體內，但這一下出魂入魂的撞擊，已讓她頭暈目眩，臉色發白。

「已提醒妳了，妳還踩出去。」他不悅地責備。

「對、對不起……」她無力地道歉，但猛然發現自己就趴在他胸膛上喘氣，又急急忙忙地彈開，慌張地低喊：「我……我很抱歉。」

他蹙眉，扣住她的手，將她拉近。「快把衣服脫了，這符圈的法力只有一炷香的時間，時間已不多了。」

她一驚，轉頭看向圈外那已燒了三分之二的一炷香。

「如果妳不想又變回癡呆的女人，就聽話。」他說著又想拉開她的白袍。

她按住他的手，小臉漲得通紅。

「害羞什麼？我們已經是夫妻了。」他失笑。

「真的嗎？我們……真的成婚了？」她吶吶地問。

「是的，就在三天前。」

「三天前？」

他趁她發怔時，直接扯開白袍前襟，頓時，一片白嫩春光盡展眼前。

「啊！」她瑟縮了一下，下意識想以雙手遮掩，但他嚴肅地扣住她礙事的細腕，提起桃木筆就在她兩團如白玉般豐滿圓潤的雙乳間畫起符咒。

羞火從她雙頰燒向了耳根，整張臉紅透了底。可是，當她偷瞄他的表情，卻見他一臉自在淡定，彷彿正在做一件很平常的事，完全沒有因她的裸裎而有任何反應，就好像他並不把她當成女人，甚至，也沒把她當成妻子。

這一刻，她清楚地發現，即使重新投了胎，即使換了個皮囊，眼前這個名叫薄敬言，聲稱是她丈夫的男人，骨子裡仍是那個冷漠又無情的薄少君！

一股涼意湧現心中，臉頰的灼熱也降了一大半，她說不上來內心那空蕩的感覺是什麼，只是微微怔愣著。

薄敬言迅速畫好符咒，結了個手印，才收起筆說：「好了，穿好衣服，出來吧。」

她回過神，急忙拉好前襟，怯怯地問：「我……真的可以出去了嗎？」

「嗯，來。」他向她伸出手。

遲疑了一秒後，她握住他的手，跨出了銀圈。

一股莫名的冷顫一下子竄過全身，但這次，她的魂安穩地定在軀殼之內，並未脫離，也沒有黑暗來襲。

「看來我的符咒生效……」他審視著她，話到一半頓止，若有所思。

符咒有效，但為何他仍覺得有什麼不對勁？

她不解地抬起頭，盯著高眺的他，這才發現，投胎後的「薄敬言」是個更加好看的男人，氣質清逸，俊秀迷人，而且，出身似乎很好……

但她呢？她的長相、年紀呢？

「怎麼？」他迎著她的打量。

「我想看看我自己。」

他微笑，將她帶到一面鏡子前。「妳算是個美人。」

鏡子中，一個身穿白袍的女子，小臉嫩白細緻，五官清麗，一頭黑髮又長又亮，看起來年紀也不大，正睜大黑亮的雙眼回望她。

「這……是我？」她撫著自己陌生的臉龐，屏息而悸動。

在地府深淵當了幾百年的鬼奴，她早就不記得自己的長相了，有什麼樣的眼睛，嘴巴，鼻子……全是一片模糊。

如今，這是她第一次成為人的模樣，第一次……有了清楚而真實的臉孔！

而且，還是張漂亮得讓她想哭的臉孔！

「是的，長孫無缺，今年二十五歲，長孫集團的千金，妳有個令人稱羡的家世背景。」

「可是……卻是個癡呆……」她淒楚地望著鏡中正常的自己，心頭一陣酸澀。她難以想像，沒有智能時的她會是什麼模樣。

「不止如此，若我沒遇見妳，十年後妳家將破敗落魄，到時妳會從天堂墮入地獄，淒慘無比。這就是閻王的懲戒。」他沉聲地補充。

「什麼？」她瞪大雙眼，臉色刷白。

薄敬言按住她的肩膀，正色說：「但妳放心，有我在。我知道妳代替我受苦了，也委屈了，因此，妳這一生，就交給我來照應，我會想辦法讓妳恢復正常，不會讓妳受任何傷害。」

她聽得一怔，抬眼看著鏡中的他，隱約聽出了話中含義。「所以，你是為了還我人情，才和我成婚？」

「當然，這是我欠妳的，否則，我此生的姻緣根本不是妳，而妳命中早已注定毫無姻緣，孤老一生。」

只是……還她人情？

她終於明白，他眼中的冷淡是怎麼回事了。

大師純粹只是為了答謝她，才娶了癡呆的她。

「你我沒有姻緣，你卻娶了我，那你原來的姻緣怎麼辦？你這等於改變了命運……」她不安地問。

「那就改變吧！誰說人一定得照著既定的命運走呢？」他狂妄一笑。

她被這句話震住了。

是嗎？命運不是不能改變的嗎？

「生死簿注生死，卻不能操縱我們的思想。閻王要妳孤苦終老，無依無靠，那我就給妳一個幸福的人生，甚至，也會給妳子嗣。」他強悍地說。

「子嗣？你……是指……你要和我……生……生……」她錯愕地轉身看他，臉紅結巴。

「對，生孩子。」

「但……我們之間又沒有……沒有感情。」她慌張地漲紅了臉。

「沒感情也能生小孩啊，這都什麼年代了。我提供精子，妳提供卵子，我們根本不需要碰觸，我們的孩子到時還可以由別的女人生出來呢！」他揶揄著。

「什麼？由別人……生我們的小孩？」她大驚。這是什麼鬼時代？居然有這種荒唐的事？

「重點是，由妳留下我們薄家的子孫，也算是薄家對妳的報恩。」他執起她的手，真誠地說。

她更加愕然，抬頭望著他。「薄家？大師……你轉世投胎的地方……還是原來的薄家？」

「沒錯，因緣際會，我回來繼承了薄家的命脈，也繼承了除厄師的法力，成為這一代薄家的宗主。」他說著拉著她，走出房門，來到長廊，望向廊外廣闊的薄家園林。

「原來……這一世，你依然是個除厄師。」她喃喃低語，不知道薄少君轉生為薄家的一份子，算不算也是命運的奇蹟。

難怪他有能力將她從黑暗中召喚回到她的軀殼，此番重生，他的法力想必更強了。

只是，閻王是否早已預料到了這個結果？預料到薄少君的來生將是個強大的威脅，所以才千方百計想壓制他，將他弄成一生癡呆？

他轉頭看她，又說：「這都多虧了妳，緲生。所以，我會讓妳成為我孩子的母親，從此妳將成為薄家的一份子，妳的命運也將與薄家緊緊連結在一起。」

她嗎？成為薄家的一份子？這個傳聞中妖鬼們最懼怕的除厄家族？

黑夜將盡，點點宮燈照映著樓宇翦影，隱約看得出這個佔地驚人的中式豪邸，氣派中自有一股難以形容的森然莊嚴。

所以，她會有個家，也不再是個孤伶的鬼奴了。

一股暖意自渺生心中緩緩升起，心中的埋怨頓時全消失了。薄少君其實可以不管她的，兩人各自轉生投胎，原本不會有交集，但他竟還找到她，甚至還娶了她。

光憑這點，就夠她感激萬分了。

「謝謝你……大師……」她微微哽咽。

「叫我敬言吧，夫妻之間，不需要太客氣。而且姓名也是種言咒，稱呼姓名，可以增加靈能，對妳我都好。」他輕笑。

「是……敬言。」她怯怯地說。

「那我就叫妳無缺，這是個好名字，也是妳這一世的標記。至於緲生……那是妳的靈名，藏在心裡，好好記住就行了。」

「好。」她領悟地點點頭。

他盯著她，突然感嘆：「有智能果然差很多，失智的妳實在很令人傷腦筋。」

「是嗎？那時的我……是什麼樣子？」她遲疑地問。

「妳還是不要知道比較好。」他搖頭。

「那我是不是以後都能變得正常了呢？我……不會再癡傻了吧？」她有些忐忑。

「希望如此，但是……」

「但是什麼？」

他沒回答，只是瞥了一眼她身後天際的微光，突然愣住。

因為，就在此時，她的魂似乎飄晃了一下。

「怎麼了……」她不解地揚起臉看他，語音未歇，下一秒，一股冰寒吸力毫無預警地將她拔離軀殼。

「啊——！」她驚恐地大喊。

「無缺！」他急扣住她的手。

可是，他揪住的只是她的軀殼，她的主魂隨著天光漸露，整個被吸回了那深幽的黑暗之中。

「敬……言……」她驚恐的呼聲也急速被那團黑影吞沒。

主魂抽離，她的身體劇烈抖了一下，接著軟軟地倒下。

他一把攬住她的腰，連忙扯開她的前襟，只見他畫在她胸前的定魂符圖還清晰存在，可是，她卻消失了！

這是怎麼回事？

定符咒專定主魂，以他的法力，從沒有定不了的魂。除非主魂破散，或者，那一縷魂根本就不屬於此生……

不屬於此生！

想到此，他臉色大變，抬頭望著東方已亮的天色，再轉頭瞪向她消逸的西方，心頭震凜。

難道，緲生的主魂並未轉生？

她，只是個鬼魂，而不是生魂？

怔愕中，天際已發白，懷裡的長孫無缺也睜開了呆滯的眼睛，發出「呃呃」的聲音。

他低頭盯著她癡傻表情，這才明白，他的妻子，長孫無缺，其實只是橫跨陰陽兩界的……半個人而已！

少君 5

花非花，霧非霧，
夜半來，天明去，
來如春夢幾多時，去似朝雲無覓處。

薄散言目光盯著牆上某位著名國畫家贈給薄家的花卉作品，融合了抽象的朦朧意境，上頭正好題著白居易的這首詩詞。

「夜半來，天明去……」他低喃著，眉頭不由得緊蹙。

這根本就是長孫無缺的寫照。

一個主魂未轉生的人，只能在午夜現身，天亮就得回歸黑暗，嚴格說起來，已和一個鬼無異。

偏偏，她的二魂七魄又已投了胎，成了這一世的人體。

這種詭異的情況他平生第一次遇見，主導著一個人意識的主魂，就這樣被禁錮在陰陽交界，不得生，不得活，更不得自由。

閻王啊閻王，你可真是歹毒！居然想得出這種方式折磨鬼奴？

不……

或者該說，那老魔頭真正要折磨的人，是自己？

哼！真是個陰險的臭老頭！

「敬言……」身後響起了長孫無缺的聲音。

他緩緩轉身，看著在他的施法中再次清醒過來的長孫無缺，沉吟不語。

再強的符咒與法力也無法讓鬼魂變成生魂、留在人間。他能做的，只有每天以召魂術召喚她，讓她短暫地清醒。

但這樣做能持續多久，會有什麼後果？誰也不知道。畢竟，鬼魂並不屬於這個陽世，強行將她從黑暗召喚出來，對她而言，或者對薄家，甚至對他，都絕非好事。

長孫無缺俏生生地立在符圈之內，小臉略顯蒼白。三天了，她已漸漸從震驚害怕中平復了心情，因為她終於徹底明白了自己的處境。

三天來的情況都一樣，午夜十二點過了，她才能在黑暗中看見那縷化為絲線的焚香，也才能隨著絲線的牽引，回到軀殼，並在天色微明之前，又被迫回到那陰陽交界。

她無法一直停留在人世，即使是法力強大的薄敬言，也束手無策。

「無缺，看樣子，妳只能暫時在這段時間出現了。」薄敬言無奈地嘆口氣。

「嗯，我知道。」她低下頭，心知他已經盡力。

雖然她對於這樣的詭異情況不知如何自處，不知自己究竟是人，還是鬼？但比起永遠禁錮在黑暗之中，能在午夜出來，她已經很感激了。

「抱歉，這情形太詭奇了，所以……」他擰眉。

「沒關係，如果不是你，我這一世很可能就這樣癡癡傻傻地白活了，現在能夠清醒，我已經很滿足！真的，如果我只能在夜裡出現，那我就好好地過這一半屬於我的時間……」她感恩地說著，清麗的臉上有著認命與認分。

「事實上，妳能出現多久，也沒個定數，也許，只能有一小段時間而已。」他不得不明說。

她呆了呆，隨即露出苦笑。

「是嗎……那也好，從一開始我就不貪心。我說過，只要能成為人，就算只有一時，就夠了。」

他聞言一怔，這是他第一次發現，她比他想像的還要堅強，而且，她那份想成為人好好活一次的強烈渴望，竟令他微微動容。

「妳真的這麼想？」

「是的。」

「那麼，成為人的妳，最想做的事是什麼？」他問。

「我最想做的事？」她愣了愣，接著滿臉嚮往地說：「我只想好好看看這個世界是什麼樣子，想知道『人』活著都在做著什麼事……」

他盯了她許久，然後拉著她走向衣櫃，從她的衣櫃裡挑出輕便的上衣和牛仔褲，遞給她。

「要做什麼？」她不解。

「穿上吧！我就帶妳出去好好體驗這個世界。」

「現在？現在不是很晚了嗎？」她抓緊衣褲，望向窗外那一片漆黑。

「雖是夜晚，還是有很多可以逛逛看看的地方。這城市已是個不夜城了，只要是妳想做的、想看的，我都會幫妳完成。」

「我……真的可以出去嗎？可以到外面去？」她激動地問。

「當然可以，換上衣服，我到外面等妳。」他微笑，拍拍她，走出房門。

她又愣了一秒，才急忙把一身白袍脫掉，手忙腳亂地穿上短衫和長褲，匆匆跨出房門。

「好了，我們……要去哪裡？」她興奮地問著站在門外的薄敬言。

「這麼快就穿好衣……！」薄敬言轉身看她，目光掃向她胸前若隱若現的挺立，倏地一愣。

她不僅上衣前後穿反了，甚至沒穿內衣……

搖頭嘆了一口氣，他一把將她拉回房內，再從衣櫃裡拿出一件蕾絲質胸罩，然後命令：「衣服先脫掉，妳得先穿上這個才能穿外衣。」

「這是什麼？」她拎起那兩塊繡花小布裡還裝著厚墊和硬條的奇怪東西。

「這是現代女人穿的內衣，快穿上。」他解釋。

「這怎麼穿？」她再問。

他愣了一秒，突然一陣失笑。

這鬼奴千百年來都窩在地府深淵，人世的一切對她來說是完全的陌生，她現在簡直就像個新生兒一樣。

「算了，我教妳。」他笑著直接拉脫掉她身上的那件穿反的白色T恤。

「啊！」她驚呼著，雙手遮住裸胸。

「現在這人世的女人，都會穿這個『胸罩』，據說是要保持完美胸形。來，手從這裡伸進去。」他拉開胸罩肩帶。

「啊?從、從、這裡嗎？」她一手遮胸，一手慢慢伸過去。

「別遮了，妳之前穿的白袍都是我幫妳換的，該看的全看了。動作快一點，兩手都穿過去。」他輕促。

她雙頰飛紅，低著頭，尷尬地將兩手伸進肩帶。

他瞥了一眼她雪白渾圓的胸口，倒是愣了一下。

幫癡傻的她換白袍時，就知道她的身材玲瓏有致，四肢腰身纖瘦，雙峰卻飽滿豐盈，十足誘人。

只是當時他對她這身胴體毫無感覺，也無任何遐想，即便是在她胸前畫著符咒時，他也無動於衷。

可現在閃過心頭的異樣波動是怎麼回事？

輕蹙了一下眉頭，他很快將那兩片小布罩上她的胸前，繞到背後扣上。

「好了，以後妳出門記得穿上這個，這就是現在人類女子生活最基本食衣住行的一部分——衣。」他叮囑著。

她低頭看著那兩片剛好包覆著胸部的繡花布，既驚奇又不解，小聲咕噥著：「好神奇，大小正好。但為什麼現在女人都要穿這個？這樣很不舒服啊！」

他聽見她的嘀咕，忍住竊笑，又將T恤拿給她看。

「還有，這衣服有分前後，有標牌的穿在後面，明白嗎？」

「明白了。」她點點頭。

「明白就快穿上，再拖拖拉拉就要天亮了。」

一聽天就要亮了，她緊張地連忙將衣服套上穿好，像個迫不及待等著出遊的小孩子。

他看了她一眼，合身白T，窄管牛仔褲，襯出一身窈窕，加上清秀小臉，長髮飄逸，更顯得青春活力，漂亮可人。

眼前的長孫無缺和癡傻時的她簡直判若兩人。

「很好，我們走吧！」滿意地點點頭，他率先走出房門。

她緊跟在他身後，睜大眼睛左右看著四周，這才發現她住在一棟獨立的居所，似乎離正屋有段距離。

繞過小徑，再轉進長廊，倏地視野一開，整座薄宅盡收眼底。

雖已是深夜，但許多盞仿古宮燈仍將廣大庭園與恢宏中式宅邸照耀得輪廓分明。

原來這就是讓陰鬼們聞風喪膽的除厄師家族，整個屋宇樑柱都帶著古樸冷肅的氛圍，令人連大氣也不敢喘一聲，不知住在這裡的，都是些什麼樣的人？

她正在心裡驚嘆著，突然，前方響起了一聲清斥：「是誰在半夜裡任意走動？」

她嚇了一跳，躲在薄敬言身後不敢動彈。

「是我。」薄敬言淡淡回了一句。

一名身穿白袍的除厄師奔了過來，恭敬地說：「宗主，原來是你，這麼晚了，你怎麼還不休息？」

「敬道，今晚你執勤嗎？我要出去一下，別驚動其他人。」薄敬言看著他，簡單交代。

薄敬道是大長老的長孫，和他同屬薄家這一代「敬」字輩，從小與他一起長大，在薄家，算是和他較為有接觸的同輩。

「現在？現在已經凌晨一點了，你要出去？」薄敬道愕然地看了一下腕錶。

「對。」

「可是……」薄敬道正想搬出薄家禁止夜間出遊的戒律，就瞥見他身後的一抹俏影，不由得一怔。「咦？她是……？」

「我帶無缺出去走走。」薄敬言移動一步，擋住他的探看。

「你要帶她……出門？」薄敬道愕然。三更半夜帶個白癡出去幹嘛？

「白天耳目太多，只好晚上出去透透氣。」

「但她不是癡……」癡呆兩字差點從口中迸出，但突然之間，他發現藏在薄敬言背後的那身影似乎抬頭瞄了他一眼，頓時愣住。

那雙美麗清亮的眼睛，令他心思顫了一下。

「我說過不准用異樣眼光注視她、評論她。」薄敬言眼神變冷。

薄敬道一驚，連忙低頭認錯：「是，我知錯了。」

他和薄敬言雖是從小一起長大，可對他一直有著說不出的敬畏。

「你去忙吧！」薄敬言沉聲說。

「是。」薄敬道被這森然的聲音削得背脊全涼，恭敬行個禮，轉身快步走開。

長孫無缺望著薄敬言寬闊的肩背，一點也不訝異其他人對他的畏懼。因為，即使不面對他，也能清楚感受他全身散發的震懾氣勢。

這個人……天生就不是凡俗之輩，因此，閻王才會對他如此忌憚。

「走吧！」他回頭向她說。

她點點頭，順從地跟著他繼續往前。來到車庫，她見他打開一輛非常閃亮的「東西」，坐了進去，當下就呆住。

「上車啊，發什麼呆？」

「噢，是。」她學他打開門，坐上去，好奇地觀望著裡頭的一切。

他瞄了她一眼，突然貼向她。她嚇了一跳，緊靠在椅背，屏息僵住，不敢亂動，不太明白他想做什麼？

「別緊張，只是幫妳繫安全帶。」他嘴角調侃一勾，將安全帶拉出、扣上。

「哦……」她擠出微笑，任由他動作。

他輕笑一聲，這才啟動車子，俐落地滑動方向盤，將車子駛出薄宅，進入了黑暗的街道。

一路上夜色漆黑，她有點失望地看著窗外。

外面的世界原來也這麼晦暗啊，她在心中嘆息著。可隨著進入大街，燈火愈來愈亮，路上車子、行人也愈來愈多，再轉過一個大彎，眼前的景色竟一下子絢爛閃爍、璀燦紛呈！

滿滿的七彩燈光，鑲在一幢幢高大的樓宇中，放眼望去，就像百寶箱裡的寶石散落一地，差點閃盲了她的雙眼。

「天啊！現在不是深夜嗎？為什麼還這麼多亮光？大家都不睡覺嗎？那麼多的燈火是怎麼弄出來的？還有那一閃一閃的，哇，還有許多顏色，還有那高到天上的房子……」她大聲驚呼，口中冒出一連串的疑問。

薄敬言笑而不答，她的反應果真像個孩子。在她的驚嘆聲中，眼前這個他早已看得麻木的夜景，似乎也有趣了那麼一點。

「這就是現在人們的夜生活，基本上，比白天還要忙碌。」

「是嗎？大家晚上不睡覺，那白天怎麼辦？」她納悶地轉頭看他。

「白天就精神不濟，力弱氣虛，才讓那些陰鬼到處橫行。」他冷笑。

「真的是這個原因讓陰鬼們四處遊竄嗎？」她驚問。

「當然還有其他因素，陽世人們心浮氣躁，困頓萎靡，恐懼不安，這正是陰鬼們最喜歡的糧食。」活在這個浮華世界的人類，在他眼中並不比陰鬼強多少。

「這世間的人，活得並不快樂嗎？」她愕然。

「是啊，其實成為人並非妳想的那麼美好，很少有人是全然快樂的，反而皆被生老病死，哀傷痛恨等七情六欲，拖得疲累、辛苦，到最後，只想一死求得解脫。」

她怔住。她夢寐以求只想成人活一次，但有人竟然不願活？

然後，她突然想起了忘川畔初遇薄少君，那時的他，正是了無生趣的一抹孤魂，無欲無念，一身的空茫冰冷。

而現在的他……

她總覺得，轉生之後的他，看似活潑明朗，積極自在，但其實並未有什麼改變。

「妳就好好體驗這人世吧！希望妳不會後悔活這一次。」他揶揄地瞅著她。

「我不會後悔的。」她堅定地說。

「哦？是嗎？即使遇見了痛苦萬分的事？」

「比起無痛無感無望地在地獄黑泥中沉淪著，我認為，只有痛過，苦過，還有真的愛過……才叫活著。」她喃喃地輕嘆。

他微挑眉，被她的話輕輕撥動了一下心思。

痛過，苦過，愛過？這些究竟是什麼樣的感覺？為何再轉生一次，他還是從來沒有感受過？

沉思中，車子駛向了更熱鬧的街道，突然，一陣咕嚕嚕的聲音響了起來，他愣了一下，轉頭盯著她。

她抱住肚子，不好意思地說：「那個……我……好像肚子餓了。」

「我們去吃點東西吧！想吃什麼？」他笑問。

「什麼都好，我什麼都想吃。」她也笑了。

於是，接下來的時間，他都帶著她吃吃喝喝，看著她無論吃著什麼都津津有味，彷彿是第一次也是最後一次吃到那般幸福滿足，讓陪吃的他似乎也覺得食物變得不錯了些。

「吃得好飽啊！」回程中，她癱在椅座上，快樂地說。

「妳簡直像個餓鬼。」他挖苦她。

「我是啊，餓了幾千年了，從來沒好好吃過一頓，從來不知道熱食是這麼美妙的滋味。」她幽嘆著。

「難怪失智的妳時時刻刻一直吃著東西，吃得滿嘴還一直往口裡塞東西。」他恍然，無奈地搖頭。

她不安地看著他，問：「失智的我……會不會太給你添麻煩？」

他頓了一秒，才說：「還好。」

雖然他這麼說，但從他的神情，她知道，那個失智的自己絕對是個累贅。

「如果哪天，我再也不能出現，而你也受不了了，你就把我送走，讓我自生自滅吧！不要讓我成為任何人的負擔……」她輕聲地說。

他微怔，轉頭看她。

「我是說真的，如果只能有一世人生，我希望能在其他人心中留下想念，而不是厭煩和嫌惡。」她對著他淒楚一笑。

「妳以為要讓人想念很容易？人都健忘，妳一離世，再不會有人記得妳，就連那些厭煩和嫌惡也很快就抹去，什麼都不留。」他冷嘲。

她愣住。

「所以別想太多，在妳有知覺和智能時想做什麼就做什麼，等妳不再出現，我要怎麼安排妳，那就是我的事了。」他再說。

真奇怪，他明明說著犀利刻薄的話，她卻覺得被安慰了。

這個人，原來並不如她想像的那樣冷血無情嘛。

「走吧，該回去了，下雨了。」他看著擋風玻璃上愈來愈多的水滴，啟動車子。

「雨？下雨了？」她驚喜地看著車外。

「是啊。」

「我……我想出去看看！」她大喊。

「等等！雨勢不小，先撐傘……」他提醒著，但她不等他的阻攔便直接衝下車，奔進雨中。

雨勢瞬間變大，嘩啦啦地傾洩而下，她卻像個孩子似的在雨中不停轉圈跳躍，笑著，玩著。

「瘋子。」他啐笑一聲，搖搖頭，撐起一把傘，下車走向她。

「這就是雨嗎……從天空降下的水……」她張開手臂，仰起頭，閉起眼，任由雨水恣意打在她的身上、臉上。

「別淋了，這雨很髒。」他以傘為她遮雨。

「不會比地府陰溝還髒。看，這水，是透明的，是清涼的，好舒服，好像要幫我洗淨污穢……」她說著緩緩睜開眼睛，淚水和著雨水，一起從臉頰滑落。

他眉頭輕皺。果然鬼奴當太久了，這丫頭的怯弱與自卑太嚴重了。

「妳並不污穢，就算妳曾是個鬼奴，也比有著險惡人心的人們更純淨。」他沒好氣地哼道。

她定定地看著他，淚流得更凶了，但也因他的話破涕而笑，笑得天真而美麗。

「謝謝你，謝謝你這麼說。」

他被她笑得心頭莫名又晃了一下，不自覺伸出手，輕輕一抹她臉上分不清的雨和淚。

她愕然，他也同時呆住。兩人都頓了幾秒，他的指尖突然重重點了一下她的額頭，低斥：

「又哭又笑的，難看死了，快上車。」

她按住額頭，吶吶地說：「再等一下，再一下下就好。」

難得淋雨，她想多體驗一下這種暢快淋漓的感覺。

「給我上車！這雨太冷了，妳看妳全身都濕透了，我討厭把車上弄得濕答答的。」他直接拉住她的手走到車子旁，拉開車門。

「好啦，對不起……唔！」她抱歉地說著，但話到一半突然站定，渾身不停顫抖。

他急忙轉身，只見她一臉慘白，搖搖欲墜。

「無缺！」

「時間……似乎……又到了……」她的聲音像被掐住，接著，她的魂魄再次被吸出了軀殼，瞬間失去了意識，昏了過去。

他向前抱住她，瞥了一眼腕上的手錶，心頭微凜。

還不到凌晨五點，而前三天，她明明在五點時才會離去。

這表示，她以後出現的時間會愈來愈短？

看來，他要做的事得快點進行了。

此時天空閃過一道雷電，瞬間照亮了周遭，也照亮了他臉上詭譎難測的神情。

※※※

長孫無缺病倒了，因為前一夜的淋雨。

畢竟是長年待在家中珍養的嬌貴千金，一場雨就受不了了。

生病的長孫無缺更難照應，吵鬧，發燒，抽搐，忙得所有女僕和照護師人仰馬翻，尤其餵藥更是艱困的工作。她不喜歡吃苦藥，每次餵藥，都吐得滿地，要把藥餵進她口裡簡直就是件不可能的任務，到最後，薄敬言不得不以焚香讓她全身無力，再慢慢將藥強灌進她口中。

一整天下來，不止照護她的人累癱，薄敬言也覺得疲憊不已。

但這份疲憊中，還摻著更多的心煩。

他很清楚，這份心煩，是比較而來的。

如果沒見過清醒時的她，或者他還能定心照應她，可是，一旦接觸過清醒的她，對癡傻的她的耐心就大大降低了許多。

「啊……啊……呃……呃……」喝完藥，躺在床上的長孫無缺發出虛弱的聲音，乖乖地任由僕人換掉髒污的衣服。

他斜靠在太師椅上，一手支著下巴，注視著這癡傻的女人，心中卻想著另一個她。

果然少了靈性，整個人就完全不同。

這個長孫無缺只會發出「啊呃」的單音，她的眼神是空洞的，她只有感覺，沒有感情。她不知道自己為何會在此處，不知道自己為何活著。

那個長孫無缺，率真、溫婉，看似脆弱，實則堅韌。她眼中有著累積了千百年的滄桑，同時卻又有著赤子般的熱情。

她什麼都感到新奇，也什麼都想嘗試，這人世的所有一切她都看得興味盎然，就連過個十字路口她都能興奮莫名，甚至，第一次淋到雨時，她還激動得落了淚。

那個長孫無缺才像個人！

會哭，會笑，會感動，會回應他的話。

而現在這個……

這個女人和昨夜與他在一起出遊的那個女子，根本不是同一個人。

「宗主，夫人睡了。」女僕低聲向他報告。

他瞄了沉睡的妻子一眼，點點頭，冷著俊臉，起身走出別院。

別院地處偏僻，但小巧別致，獨棟獨院，自成格局，尤其別院之外正是薄宅的後花園，此時夏日的庭院花朵盛放，他看著這一片淡粉的紫薇花，腳步微頓。

如果是緲生，應該會很喜歡這片景色吧？或者今晚可以帶她出來賞花……

這念頭一閃過腦際，他就愣住，然後自嘲地笑了。

現在他居然會想著夜晚降臨，期待那個有神智的長孫無缺快點出現，是嗎？

果真什麼事都不該比較的，有了比較，所有的標準便開始扭曲。

信步往前，他在心裡喃喃暗忖。

「你昨天夜裡出門去了哪裡？」一個聲音在他背後響起。

他站定，轉身看著戴天祈。

「敬道的嘴太不牢了。」他冷哼。

「不是敬道說的，是監視器錄到的。」戴天祈走近他。

「是嗎？科技這種東西有時也挺讓人困擾的。」他嘲弄。

「你帶著無缺，究竟出門做了什麼？」戴天祈再問。

「只是逛逛。」

「在監視器中看起來，她似乎不太一樣，你找到她的主魂了？」戴天祈敏銳地問。

唉，薄家大大小小的事都瞞不過精明的「父親」哪！

他在心裡輕嘆，才說：「是找到了。」

「既然找到了，為何她現在仍未變得正常？」戴天祈不解。

「因為……」他思索著該不該說實話。

「因為什麼？」

「因為她的主魂並非生魂。」

「什麼？你是指……她的主魂並未轉生？」戴天祈一驚。

「是的。」

「那麼……她的主魂仍在陰間？」

「沒錯。」

「居然有這種事！」戴天祈難以置信。

「所以，我只能在夜裡將她召喚出來，她的陰魂無法在白晝停留。」他的目光移向獨棟居所。

「那就不要再召喚她了，陰魂不屬於陽世，這就表示她注定這一生的癡傻，無法改變。」戴天祈嚴肅地說。

他挑眉，冷笑道：「真的無法改變嗎？」

「你應該知道事情的嚴重性，強行召喚陰鬼是要耗去法力的。況且陰魂會吸來負能量，這對薄家、對你，都是傷害。」戴天祈厲聲警告。

「我知道。」

「知道就停手，別再召喚她了。」

「不行啊，她必須清醒才可以。」

「為什麼？」

他詭異一笑，摘下身旁樹叢中的一朵紅花把玩，沒有回答。

戴天祈倏地一凜，冷聲問：「她不是普通人，是嗎？」

他把玩的手停了一下，才哼道：「我就說你實在太聰明了，聰明得讓人討厭。」

「你娶她，真正的目的是什麼。」

「我說了，報恩哪。」他隨口應著，轉身想走。

「薄少君！」戴天祈動怒地直呼他以前的名諱。

他身形一頓，回頭冷譏：「你不該叫我那個名字的，天祈，那會把我之前的惡念全叫回來。」

「你的惡念早該放下，可是，你自己並不想忘。」戴天祈豈會不明白，這小子轉生之際以法力護住了記憶重生，肯定是想在這一世做些什麼。

「我本來想忘了，可是，我得記住別人給我的恩情啊。」

「你想記住的不止這個吧？她究竟是什麼來歷？讓你即使投胎轉生了也不願忘記她？」

「她的來歷？我也不知道。」

「你不知道？」

「對，就是不知道，才想查清楚。」他端詳著手中的紅花，喃喃地說。

緲生是隻地府的鬼奴，但，真的只是這樣嗎？

「為何想查清楚？」

「因為……」他才開口，就感受到無數股陰邪之氣從長孫無缺的獨棟別院竄出，話聲戛止，臉色一變，疾步衝回別院。

臥室內，長孫無缺躺在床上，睡得很沉，但從她身上卻不斷有陰鬼冒出來，彷彿她身體有個開口通往陰間，讓陰鬼們可來去自如。

「宗主！」女僕早已縮在角落發抖，嚇得臉色發白，一見他就顫聲驚喊。

他的視線冷掃一圈，整間臥房寒如冰窖，陰鬼囂張地飛奔而出，這情景在薄家從未見過。

「天啊！這究竟是怎麼回事？」戴天祈驚呼。

「她的軀殼是一道門，尤其是她氣虛的時候，更是門戶洞開！」他說著走向長孫無缺，在掌心結了個手印，直接按住她的胸口，堵住了那道無形的門。

戴天祈則在空中畫符，滅了幾隻向他飛來的陰鬼，擰緊眉鋒。「這樣的人，一開始就不該留在薄家！」

「不該留嗎……」薄敬言盯著長孫無缺的臉龐，俊臉沉吟。

「早點將她送走，才是上策！」戴天祈早在第一次見到長孫無缺時就有著非常不好的預感。

這時，原本沉睡中的她突然張開眼睛，瞳仁妖光鑠鑠，衝著他露出詭笑。

「嘻嘻嘻……太遲了……請鬼容易，送鬼難……」她喉中發出嘶啞刺耳的聲音。

薄敬言眉一挑，沉哼：「現在居然連你這種妖魅也敢進出我薄家地盤了。」

「這都是因為她的關係啊！只要她在薄家一天，薄家就永無寧日……嘿嘿嘿……」

戴天祈聞言臉色一沉，眼中淨是警戒。

「你話太多了。」薄敬言一聲冷斥，指尖迅速在她的眉心畫了個無形的符。

「哇──」妖魅立刻瞠目張口，淒厲地尖喊，只見長孫無缺身子重重彈了一下，妖影瞬間抽離消失。

房內又恢復了安靜，戴天祈瞪著閉眼昏睡中的長孫無缺，久久不語。

「請你去叫除厄師們清理一下環境。」薄敬言彷彿沒事般地說。

「敬言，你真的打算把她一直留在薄家嗎？」戴天祈看著他。

「當然，她已經是我妻子了。而且我答應她父母，會照顧她到終老。」

「但這樣繼續下去，只會危害到薄家安全……」

「我會試著封住她這道『門』。」

「她二魂七魄在陽，一魂在陰，你要怎麼封？」

「必要時，只好將她的三魂全封了。」他低垂的眼中閃過一絲冰冷鋒芒。

戴天祈擰緊了眉頭。封了三魂，長孫無缺就不再是個癡呆，而只是一具……無魂的軀殼。

這小子……即使重生，依然沒變，還是這般冷酷無情。

「你這樣還叫報恩？與其讓她變成行屍走肉，還不如一開始就讓她留在長孫家自生自滅……」戴天祈惱怒地說著，突然話聲一頓，瞪著他說：「不……你是有計畫的，是吧？你一定懷有其他目的才娶她，而我猜，這個目的，肯定是為了你自己。」

這個自私自利的傢伙，大概死一千次再投胎一千次也改不了這種陰險惡習。

薄敬言揚了揚眉，笑而不語。

「說吧！你非要把她留在你身邊，到底是為了什麼？」

「我說了，我只想知道她是誰。」他在床沿坐下，溫柔地拂開她額上的髮絲。

「為什麼想知道？她有什麼特別之處？」

「她啊……」他的指尖微停，嘴角奇異地勾起，緩緩地說：「她最特別的地方，就是她可以在閻王的生死簿裡，寫下任何字！」

第六章

6

她焦躁地望著四周，坐立難安。

自從出去過之後，這個沒有時間的虛無空間，愈來愈難捱了。她開始會在黑暗中等待著，盼著那縷焚香出現。

不知過了多久，那熟悉的淡淡檀香終於襲來，接著，一縷白煙化成的絲繩再次拴住她的手，將她拉出了這個冷黑的深洞，當她感覺到溫暖，她就知道自己又來到了陽世。

只是，睜開眼睛的瞬間，她卻覺得身子又沉又重。

「這是怎麼回事？我的頭有點暈，全身乏力……」她坐起身，手支著頭，不解地說。

薄敬言早已坐在一旁等候她清醒，見她一臉茫然，便說：「妳生病了。」

「病了？」她抬頭看他。

「誰要妳去淋雨？昨夜那場大雨把妳淋出病來了。」他摸了摸她有點發燙的額頭，冷哼。

「人……這麼簡單就病倒了？所以，這種倦乏無力，全身發燙的感覺，就是生病嗎？」她傻氣地發問。

「正確來說，就是感冒，風寒。」

「是嗎？」她試著下床站起，兩腳卻虛浮不穩。

「小心。」他伸手扶住她。

她晃了晃頭，好奇地揚起了嘴角。生病原來是這樣啊！帶點昏沉，頭重腳輕，身子微燙……

「妳笑什麼？難道妳覺得生病很有趣嗎？」他挑眉。

「是啊，很有趣。因為從來就不知道生病是怎麼一回事，從來不知道什麼叫生，老，病……還有死亡。」她仰起臉，笑著說。

「妳這怪丫頭！就這麼想經歷一場『人生循環』？」他輕啐。

「嗯，很想，想知道成為一個人會遇到的所有事，包括生病，還有鼻塞，還有頭暈。」她吸了吸微塞的鼻子，滿臉都是興味。

「人生並非妳想像的有趣，有太多的抉擇、痛苦、無奈，和無能為力。」他沒好氣地說。

「即使是那樣，我也想要去體驗，去感受那種抉擇，那種無奈痛苦，還有那種無能為力。」她眼中閃著熱切的光芒。

他獵奇地看著她。

真是個古怪的女人，是因為從沒活過，所以她才會有顛覆一般人的思維嗎？誰不想逃離人生的苦痛磨難，她卻偏要嘗個徹底。

「要體驗痛苦還不容易？這個，我絕對可以幫妳達成心願。」他說著湊近她，揚起一抹勾魂的魅笑。

「這是……什麼意思？」她向後微縮，不自覺地抖了一下，被他笑得有些不安。

他沒回答她的問題，只是遞上一杯水和一包藥。「乖乖把藥吃了，今天就別出門了。」

「今天不出門？」她的失望全寫在小臉上。

「妳以為妳還有體力出去？」

「但我不想浪費這幾個小時，我想多看看……」這人世，她還沒看夠啊！

「今天就帶妳參觀這個家好了，妳不想看看妳住的這間薄宅嗎？」

「想！當然想！」她眼睛一亮。

「那就快把藥吃了。」他說著準備幫她餵藥，但她直接接過那包藥，一口就將藥粒全吞了，還一連喝了好幾口水。

看她這般自主又俐落，完全不需人照顧或費心，和白天又吐又叫，折騰了所有人的那個她，真的是天差地遠。突然間，他有股衝動想把這個她一直留下。

因為這個會與人互動，天真又對這世界充滿好奇的她，實在有趣多了。

「妳得快點痊癒，生病的長孫無缺太磨人了。」他輕嘆。

「白天的我……很糟糕嗎？」她抬頭看他，發覺他眉宇之間有著倦意。

「很糟。又哭又鬧，吐了滿地，讓人傷透腦筋。」

「對不起。」她滿臉都是歉意。

「為什麼要道歉？這又不是妳的錯。」

「但她就是我啊！」她無奈又難過。

他一愣，她就是她，癡呆的和正常的，都是同一人？

同一個人啊……

「藥吃完了，我們可以開始參觀了嗎？」她看了看時鐘，心急地問。

看她一臉著急，他笑了笑，幫她披上一件薄外套，才說：「好，走吧，先帶妳去後花園賞花。」

「賞花？在這種黑漆漆的半夜？」她愣住。

「對，就在這黑漆漆的半夜。」他噙著笑容，拉起她的手，往外走。

她跟著他跨出了別院的門，來到後花園後，整個人當場呆住。

後花園中由下而上打著明亮的燈光，照著朵朵盛放的粉色花團，襯著葉影層層疊疊，豔粉中別有一番沉靜的雅致。

「天哪！好美！原來夜裡真的能賞花！」她欣喜地驚呼，渾然忘了病體未癒，興奮地衝向花叢之中。

夜燈中花影婆娑，風搖曳著花枝，粉瓣如雨落下，她愛極地仰起臉，張開雙臂，不停地笑著，激動莫名。

「太漂亮了……我從來沒看過這種景致。」

他雙手環胸，欣然看著她的反應。他認為平淡無奇的東西，透過她的眼看去，彷彿都變得新奇而美麗。

「這些燈……是你安排的？」她轉頭看他，感動地問。

他不語，只是揚了揚眉，彷彿在說，不是我還會有誰？

她心頭一緊，眼中突然湧上水氣。

有人肯這樣為她費心做一件事，感覺真的好幸福。

「怎麼了？我是要逗妳開心的，怎麼反而哭啦？」他調侃地低睨她一眼。

「沒有啦……這是什麼花？盛放得這麼燦爛。」她撇過頭，吸了吸鼻子，趕快轉移了話題。

「不知道。」他從來不會去在意這種小事，薄宅裡上千種花卉，誰會去管那些花叫什麼？他只是覺得花長得挺好，想讓她看看，才在下午吩咐僕人們架設好投射燈，好讓她醒來時可以賞花。

「真可惜，我好想知道花名啊！這麼美的花，我要記住它的名字，這樣當我又回到地府時，就可以慢慢回想它們的美麗。」她伸手輕撫著一枝低垂的花枝，遺憾地低嘆著。

「那我明天再幫妳問問。」他隨口應著。

她欣喜回頭，感激不已。「謝謝你，敬言，真的謝謝你，你對我太好了。」

「當然要對妳好，妳是我的妻子啊！」他走近她，伸手摘下一朵花，輕輕插在她耳旁髮際。

她怔住，瞪大眼睛望著他。

「嗯，很好看。」他低頭欣賞著她的俏麗模樣，讚許道。

「謝謝……」她不自在地摸著耳際的那朵花，心頭怦怦亂跳，既害羞，又有點害怕。

這麼溫柔的他，讓人很不安。

「我之前都不知道別院後花園栽種的這些花在夏天會開得特別茂盛。」他環顧著眼前的花海，暗想，原來人們對於不在意的事，竟如此視而不見。

「你不是住這裡嗎？怎麼會不知道？」她好奇地問。

「這別院很偏僻，要不是把妳安置在這裡，我很少過來。」

「你故意把我安置在偏僻的地方，是因為我是個癡呆的女人嗎？」她敏感地看著他。

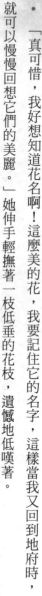

「是的。」他也不隱瞞，直接說：「因為薄家上上下下，全都反對我娶妳。」

她心頭微揪，早該想到，薄家宗主娶了個癡女，這根本是個家醜，是個恥辱，難怪他想把她藏起來。

「你的族人們……應該都很討厭我吧？」

「不是討厭，而是不能接受宗主夫人是個無心智的女人，失望之餘，對妳的態度不會太好，所以，白天雖有女僕和看護照顧妳，但我還是希望妳不要和其他人有任何接觸。」他提醒。

「白天……有人在照顧我嗎？」她看著四周，一片寧靜無聲。這些日子，每當她醒來時，就只看到薄敬言一個人，從未見過其他所謂的女僕和看護，看來薄敬言真的把她與其他人徹底隔離了。

「白天的妳無法自理生活起居，一定得有人照顧，但一入夜，為了施法讓妳回魂，我就把她們全撤了。」

「哦……」她有些難過，白天的自己肯定非常惹人厭。

「雖然我已下了禁入令，但薄宅夜裡都有人巡守，那些除厄師們對妳特別有敵意，所以，我不在時，妳就乖乖待在別院裡，不要出來亂逛。」他叮囑。

「你不在？你……會去哪裡？」她扯住他的衣袖。在這人間，他是她唯一熟識的人，一想到自己醒來見不到他，她就一陣心慌。

他看著她這依賴的小動作，眼中狡光一閃，順手將她擁進懷中。

「有時我得出遠門去除厄，這是我的工作，如果路途太遠，多半得三天才會回家。放心，就算我不在，我也會請人按時點上我的符香，妳每晚還是可以出現。但我不在家時，妳一定得好好待在別院裡，知道嗎？」

兩人突然的貼近，他的氣息清晰可聞，讓她心跳加快，僵著肩膀不敢亂動，只能拚命點頭。

「知、知道了。」她結巴地說著，試圖拉開與他的距離，但他卻不放，反而直接摟緊她的腰，害她更加不知所措。

「怎麼了？」他故意往她耳邊吹氣。

「沒什麼。」她敏感地縮了一下

「我們是夫妻，無缺，妳必須早點習慣我的碰觸。」他調侃著。

「可是……你之前說……我們之間不需要碰觸，就連生小孩也……」她還記得他曾冷淡地說過，他想和她生小孩，卻不必與她有肌膚之親。

「之前是覺得沒必要，但既然妳說妳想要體會人生的所有喜樂與苦痛，我覺得我有責任和義務幫助妳。」他低笑。

一開始，他的確只想義務性地提供精子，再取她的卵子，以代理孕母來製造兩人的孩子，他認為這是最簡單，也最方便的方法。

她給了他一世新的生命，他償還她一脈子孫，兩人雖是夫妻，但不見得要有肌膚接觸，也不需要有感情。

但現在他卻認為，或者陪她談場小小的戀愛遊戲也挺有趣的。

第六章

「這有什麼相關嗎?」她傻愣地問。

「人生最大的喜樂和痛苦，都源自於一個字：愛。」

「愛?」她睜大雙眼。

「對，所以，妳想品嘗人生的所有滋味，只要愛一回就行了。」

「和……誰愛一回?」她囁聲問。

「除了我，妳還有其他人選嗎?夫人。」他嘲弄地笑著，以指尖輕撫著她的臉頰。

「但是你……你懂愛嗎?」她脫口反問，完全不知道自己這句話充滿了挑釁。

氣氛忽然凝結了一秒，他的眼睛危險地瞇了起來。

「愛這種事不需要懂，只要做就行了。」

她還沒搞清楚他話中意涵，他已俯下頭，覆住了她的雙唇。

風似乎停了，四周的蟲唧也靜了，大地彷彿被什麼魔咒封住，全都凝定了。

包括她的呼吸，她的心跳，

還有她的思緒……

這是什麼?這軟軟的重量，這溫潤的觸覺，這害她動彈不得的魔法……究竟是什麼?

他在她柔嫩甜美的唇瓣上不停輕吮，含弄著，廝磨著，以絕佳的吻技，回應她對他的質疑。

愛情這玩意兒，不就如此嗎?耍點浪漫，挑逗彼此的心思，讓腦內一種叫做多巴胺的激素上升，然後陷入一種非理智的狀態。

他在心中冷笑著，加強了吻的熱力，輕易挑開她的雙唇，撩撥她的小舌。

長孫無缺輕嚶一聲，覺得自己快當場融化了。她忍不住輕顫、暈眩，雙腿虛軟，完全忘了身在何處。

好半晌，他才放開她，低頭笑問：「感覺如何？」

她張著被吻得更顯鮮紅欲滴的唇，呆愣地看著他，一時回不了神。

「無缺？」他拍拍她的臉。

她猛然驚醒，掩住自己的嘴，急急喘氣，才發現她剛剛差點窒息了。

「幹嘛這麼吃驚？不喜歡我吻妳嗎？還是我吻得不夠好？」他挑了挑眉。

「不是……我只是……嚇了一跳……而且……那個……就是……你這樣……會不會……被我染病……」她小臉漲得通紅，結結巴巴地只能冒出這些話。

「嗯，有可能哦。」他噙著笑意。

「那怎麼辦？你要不要……洗洗嘴巴……」她真的很擔心。

「呵……」他忍不住笑出聲。他這個「傻妻」實在很有意思。

「你笑什麼？」她臉更紅了。

「不過是一個吻，妳就慌成這樣，再繼續下去，妳怎麼受得了？」

「繼續下去？繼續下去是什麼？」她呆呆地反問。

他瞅了她一眼，笑著說：

「以後妳就會知道了。走吧，我帶妳四處看看。」說著，他握住她的手，緩緩繞過花樹，沿著小徑漫步。

她就這樣被牽著往前，挨在他身邊，芳心一片凌亂。

灼熱的夏季，入夜後已稍感涼爽，空氣一股暗香飄送，不知道是因為發燒的關係，還是那個熱吻的影響，她整個人有些輕飄飄的，像做夢一樣。

像那個她在陰暗深溝底，偶爾會做的夢。

夢中，她和心愛的他在月下漫步。那個他，有著高眺的身形，寬闊的肩膀，雖然她始終看不清他的臉，但那個他，總是緊扣著她的手，將她握得又牢又緊，彷彿永遠都不會放開她……

就在她恍惚之中，他突然開口問：

「無缺，妳還記得，妳偷了生死簿的事嗎？」

「嗯。」她迷糊地應著。

「妳為什麼會去偷？又怎麼知道自己能在生死簿裡寫字？」他邊走邊問，隨興得就像在聊天。

「那是……一個老鬼奴告訴我的。」她喃喃地說。

「老鬼奴？他怎麼對妳說的？」他小心地提問。

「他告訴我，閻王的生死簿，只要沾了忘川的水就能在上頭寫字，如果我有辦法偷出來，在上頭寫字，就能轉生成人了。」她突然想起地府陰溝裡那個老得比閻王還老的老鬼奴，從沒有任何鬼知道他的年紀，也沒有任何一隻鬼奴比他還老。但多虧了他，她才有成人的機會，才能站在這個地方賞花、漫步。

「只要沾了忘川的水，就能在生死簿上寫字？誰都可以嗎？」薄敬言擰著雙眉，完全不信。

生死簿或許有足夠法力的人都能打開，可是，能在上頭書寫的，從來就只有閻王一人而已，這也是為何他親眼看見她在上頭劃掉他名字時如此震驚。

「我不太清楚，老鬼奴說這是祕密，他只對我一個人說，還說我一定可以。」

「他說妳一定可以？」他心頭微凜。

「是啊，他說我的欲念太強烈了，所以一定做得到。雖然我不太相信，可是我後來還是行動了，現在想想，膽子真的太大了。」她自嘲。

這種事可不只是靠欲念和膽子大就辦得到的，他心想。

「那妳又如何偷出生死簿的？妳一隻小小鬼奴，怎麼有辦法溜進閻王殿偷書？」

「地府裡有很多地道……只有老鬼奴知道，是他畫地道給我看的。」

「一個老鬼奴知道這麼多事？」他愈聽愈奇。這老鬼奴究竟是何方神聖？

「他真的知道很多事，他很老了，比閻王還老。」

「比閻王還老嗎？」他輕哼著。

如果那老鬼奴真的知道很多，那麼，他應該會知道，別說一隻小小的鬼奴，就連一般小鬼，只要一碰生死簿，就會被燒成灰燼。

老鬼奴到底是要幫她，還是害她？

不，他應該要問的是——她是誰？

在成為鬼奴之前，她是誰？

他定定盯住長孫無缺，一臉深思。

「怎麼了？」她不解地看著沉默的他。

「妳在地府的黑暗陰溝裡多久了？」

「很久很久了，從我有記憶以來，我就在那裡了。」

「一直在那裡嗎？」

「是的，一直待在那裡，也只能在那裡，這一世結束，可能又要回去了……」她看著一旁的水池，想起了地府那幽晦腐敗的溝水，不禁微微戰慄。

他伸手將她拉進懷中，雙手環擁住她，輕聲安撫：

「別擔心，我與妳結婚，就是要讓妳在人世結緣，一旦緣繫上了，妳就能轉入輪迴，不會再是隻鬼奴了。」

「真的嗎？」她怔愣著。

「是的，只要能在人世留下一些東西，這緣就能結成了。」

「可是……我……能留下什麼東西呢？」

他嘴角露出一抹難測的微笑，低頭在她的髮絲上輕輕一吻，才緩緩地說：

「孩子。我們的孩子。」

※※※

「你不是想給她一個孩子，你要的，是她的血脈吧？」

此時此刻，薄宅又是一片寂靜，薄敬言坐在別院的臥房內，看著沉睡中的長孫無缺，想起了戴天祈犀利的提問。

嘖！有個太了解自己的朋友，是幸？還是不幸？

他嘲諷地低哼一聲。

「一個能在生死簿上寫字的女人，你想利用她做什麼？薄少君？」

那天，戴天祈用一種凜然嚴厲的表情瞪著他，好像他在打著什麼不良主意。

「說利用太過分了，我是在幫她，也幫薄家啊！」他如此回答。

「幫薄家？我看你是在玩危險遊戲！生死輪迴，凡人最好別插手，就這樣順應天道就好，否則，誰也不知道日後會造成什麼可怕的效應。」戴天祈喝道。

會有什麼效應？只要能擁有她的血脈，日後，薄家的後代，也許也能在生死簿上動筆，那麼，薄家子孫福禍貴賤，就能操控在薄家自己人手中了，這有什麼不好？

更何況，他幾乎可以確定，緲生絕不只是一隻單純的鬼奴，薄家有了她的後裔，好處肯定大於壞處。

他狡猾一笑，撫摸著她美麗的臉頰，低聲輕哼：「我這麼做，雖有私心，但也是為妳好啊，對不對？無缺。」

長孫無缺安靜地睡著，沒有回應，但他知道，她快要醒了。

過了晚上十二點，他畫的香符一點燃，焚香化為煙，不久，他等待了一天的那個「緲生」，就會再次出現。

他必須承認，他比較喜歡「緲生」。因此，這些日子來，白天他幾乎很少過來別院，只有入夜才會準時到來。

甚至，迫不及待她的現身。

尤其自從決定陪她談場戀愛之後，每天的午夜就變得更有意思了。

逗弄著慌張的她，讓她悸動、迷亂，看著她一步步陷進他的情網，看她不知所措，卻又不由自主、無力抗拒，那種過程，太好玩了。

空氣中瀰漫著一股檀木淡香，當圍繞著她的縹緲煙絲化為一道直線，她的睫毛便開始微微搧動。他趁機俯身湊近她，以一種曖昧的姿勢等待她的甦醒。

因此，她睜開眼的瞬間，就赫然看見他近在咫尺，一副要吻她的模樣。

「啊……」她嚇了一跳，才驚愕地張開嘴，唇就真的被重重啄了一下。

「妳醒了。」他看著她瞬間暈紅的雙頰一笑。

「你……」她瞪大雙眼，心跳一下子飆得好快。

「喜歡我這樣吻醒妳嗎？」他調皮地問。

她怔了怔，這個人真的是那個薄少君嗎？

從他說要和她談戀愛開始，他就常常會有出人意表的行為，不僅時時碰觸她，還動不動就吻她，那模樣，簡直像真的愛上了她似的。

但這怎麼可能呢？他怎麼可能會愛人？這一切，都只是一場要讓她體驗愛情的遊戲吧？

可是，為什麼他可以表現得這麼自然？自然得彷彿已把她當成了多麼深愛的女人，與她調笑、擁吻，一點也不勉強，就像真的愛上她一樣。

「怎麼一醒來就發傻，起來吧。」他寵溺地點了一下她的額頭，將她拉起。

她愣愣地下了床，腳下不穩，晃了一下，他很快地扶攬住她的腰，笑著說：「連走路都不穩，那需要我抱妳嗎？」

「不……不用了，我可以自己走。」她又羞又急，連忙推開他，問道：「今天我們要去哪裡？」

這些日子，他們幾乎已把薄家逛遍了，她又開始期待他要帶她去哪裡走走。

「今晚就待在這裡吧！我明早有事，得出一趟遠門，所以今天必須在妳身上施點咒術才行。」他正色說。

「你……明天要出門？」她愣住。

「嗯，要去日本一趟，大概三天後才會回來。」

「三天？」她慌了。薄敬言要離家三天？

「三天很快就過了，我會叫人按時點焚香，妳還是可以出現。」他拍拍她的肩膀。

原本想讓她三天暫時別現身，但又怕到時找不到她的魂，因此他還是決定請薄少蓮每天按時點符香。

「可是我會三天見不到你……」她脫口而出。

他微怔，隨即調侃地輕笑。「怎麼？捨不得我離開？三天見不到我，會想我嗎？」

她呆了呆，小臉又染上紅雲。

「呃……我只是……不太習慣……你也知道，整個世間，我只認識你一個人，也沒見過其他人……」

雖然她努力解釋，但他一眼就看穿，她對他的依賴和眷戀已愈來愈深了。

呵，這是個好現象。

「來，這支手機給妳，想我時就打給我，而且，這個還能視訊，可以讓妳看見我，就像我在妳面前一樣。」他噙著笑，交給她一支手機。

「真的嗎？用這個就能看見你？那……這個要怎麼用？」她拿著那支手機，急問。

「只要按下這裡，撥出這個號碼，就能看到我了。」他笑了笑，將操作方式說了一遍。

她試著撥出手機裡唯一的號碼，他口袋裡的手機鈴聲就響了，他一接通，她的手機裡便出現他的臉孔。

「喂，找我嗎？」他淘氣地對著手機眨了眨眼。

「哇！我真的看到你了！好神奇啊！」她驚喜地瞪著手機螢幕。

「所以，很想見我時，就打給我，免得害相思病。」他揶揄地說。

「誰……誰會害相思病啊！」她又臉紅了。

「好了，來吧！到浴室去，我得在妳身上加強符咒，免得我一不在，白天的妳輕易被陰鬼附身惹事。」他關掉手機，執起她的手往臥房後方的浴室走去。

「去浴室做什麼？」她愣愣地問。

他直接打開門，寬敞的浴室中，大浴池裡已放滿了熱水，水氣氤氳，散發著一股熟悉的香氣。

「衣服脫了，進水裡去泡一下。」他指著那池水。

「這是……？」她不解。

「這是被我施了符的符水，洗過後可以保護妳，遏止陰鬼的侵近或附身。」他的手輕輕一揮，水面竟隱隱泛著一股青焰。

「泡了這個，那些陰鬼們就不會來找我了嗎？」她瞪大眼睛。

「泡完之後還要在妳身上畫些符印，比較保險。快下水吧！」他說著便伸手要解開她的睡衣。

「要……要、要全脫嗎？」她揪緊衣襟。

「對，脫光，整個人泡進去。」他命令。

「啊？」脫光？那不就全裸了？她有些慌了。

「快點，沒什麼好害羞的，我說過，妳全身上下我早就看過了。」他蹙眉輕喝。

「是。」她不敢違背，只能忍住羞赧，背對著他，將衣服全部褪掉，雙手遮掩著重點部位，慢慢滑進了水中。

水波晃漾，她粉白纖細的胴體在水中若隱若現，他的目光不自覺地盯住她，胸口不知為何也跟著微微晃漾。

她羞澀地抬頭看他，發現他的注視，又窘迫又不知所措。「……這樣就可以了嗎？」

他對自己的反應皺了皺眉，連忙吸一口氣說：「頭也要泡進水裡。」

「頭？整個人都泡進去嗎？」

「對，要讓符水徹底浸潤妳全身才行。」

於是，她乖乖地往下坐，整個人沉進符水裡，讓溫熱的水漫過自己的頭頂。

薄敬言等著，但過了好幾秒她都沒出來。他愣了一下，才說：「無缺，妳幹嘛？夠了，快起來。」

但她似乎沒聽見，仍泡在水裡。

「無缺！無缺！」他見不對勁，跳進浴池裡，將她撈起。

「咳咳咳……」一出水，只見她的小臉漲紅，拚命咳喘。

「妳這個傻瓜！泡一下就好了，妳幹嘛一直悶在水裡？」他沒好氣地罵著。

「我……在水裡……」她有些恍神。

剛才一沉進水中，她的頭突然悶痛，接著一股似曾相識的感覺就席捲而來，腦中頓時閃過許多奇特又模糊的影像。

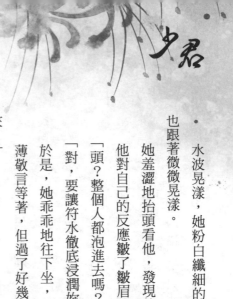

第六章

「在水裡怎麼了？」

「頭有點痛……」她喃喃地說。

「妳這笨蛋，誰叫妳一直埋在水裡憋氣的？妳想溺斃嗎？在這小小浴池裡？」他被她的傻氣惹毛了。

「對不起……你在生氣嗎？敬言。」她怯怯地抬頭看著他。

他低頭瞪她，的確想發火，但比起這小小火氣，一股更強烈的火苗卻來得更急更快！

眼前的她全身濕漉漉的，肌膚因溫熱的水而泛著淡淡粉紅，尤其豐滿渾圓的雙乳就在水面上忽露忽隱，勾惑著他的每一寸感官。

個性使然，他向來對性的慾求並不高，天生的冷調和淡漠，以及太容易看透人們的思維，要能夠挑逗他並不容易。

但現在，現在他很清楚，她已引起了他體內一直沉睡的慾火。

「我是有點生氣……」他擰著眉，低哼著，非常不喜歡此刻那份不在自己掌控中的騷動。

她看他神色不悅，急說：「別生氣，我不是故意的，我馬上上去……」說著，她急著想離開浴池，但才轉身，就被他扣住了手。

「怎麼……」她愕然回頭，一開口，卻見他俯下頭，狂野地封住了她的唇。

她驚慌地睜大雙眼，還沒來得及喘氣，他的舌尖便鑽了進來，熾熱的氣息直灌而來，帶點強霸的意味，放肆地與她的唇舌勾纏。

「唔……」她被吻得心跳狂彈，雙腿發軟，完全無力招架。

然而，這吻才只是個起點，就在她被他吻得天旋地轉之際，他的單手罩住了她一只豐盈，輕輕揉撫，並不停地逗捏著那粉紅的尖端，直到它們敏感地挺立。

她微顫了一下，輕喘著。

手中那飽滿得幾乎無法完全握住的柔嫩觸感，深深刺激了他，他於是放開她的雙唇，低下頭，直接含住那誘人的蓓蕾，吸吮著，舔弄著，直到她逸出了輕吟。

「嗯……」這種感覺是怎麼回事？男女之間的接觸都會像著火一樣嗎？為什麼她會又酥又麻又無力抵擋？甚至，不想抵擋，只希望他這樣一直吻下去。

見她迷醉放鬆，他一手順勢摟住她的腰，一手則伸進她雙腿之間，愛撫著她最敏感的密處……

「啊！你……」她嬌軀大震，驚呼一聲，夾緊雙腿。

但她的呼聲很快被吞進他的口中，他以吻堵住了她，指尖則持續撩撥著她。

一股難言的、陌生的感官躁動瞬間從下體竄向她全身，她急喘著，努力想抗拒那種既虛無又膨脹，卻又捉摸不到的感覺，可是，在他的撫弄下，她一點力氣也使不出來。

薄敬言原本只想淺嘗即止。他以為，他可以像以往一樣，一切操縱在他手中，可以由他開始，也可以由他喊停。

可她的紅唇比他想像的甜美，她的酥胸如多汁的蜜桃，她的胴體散發著純女性的魔魅，尤其指尖傳來的灼熱絲滑，彷彿正在呼喚著他的進入……

理智瞬間被慾火焚燒，想要她的衝動充斥著他的每條血管，每個細胞。

他猛抽一口氣，將一絲不掛的她從水中橫抱而起，回到臥房，直接將她壓倒在床墊上狂吻。

似乎有什麼……失控了……

他褪去了自己身上礙事的衣服，以火燙的密吻在她雪白胴體細細烙下印記，像是要標記她是屬於他的，不留一絲空隙，極盡火辣地挑逗她、品嘗她。

迷亂之中，長孫無缺腦中飄過了他說過的話，他說……他想要他們的小孩！

孩子啊……

他和她的孩子，會是什麼模樣呢？會像她？還是他？

思緒飄忽而過，但他深入的撫觸迅速將她拉回極致的狂潮。

「啊……敬言……啊……」她忍不住呻吟，扭動玉臀。

她的呻吟是春藥，讓他更加銷魂難抑，尤其她散發的女性氣息，簡直令他血脈僨張，令他陷入瘋狂。

「我……我……好奇怪……敬言！」她不停喘息著，慌喊著，只感到身體裡似乎有個氣球不斷高漲，再高漲，但同時又空虛得無處著力，只能發出迷亂的輕吟來抒發那種難以言喻的渴求。

他抬起頭，看著她誘人的身子不停顫動，正想進入她那等待著他的灼熱，倏地，一道冷光閃過腦中，令他的動作戛然而止！

不行，不能讓她本身懷孕，失智的她連自己都照顧不了，絕不可能好好把孩子生下來。

想要她的孩子，只能靠代理孕母才行。

理智在這一瞬間從天邊強拉了回來，他克制著自己即將爆炸的慾望，瞇起眼，湊近她耳邊煽惑：「一點也不奇怪，別去抗拒身體的反應，去感受這種只有人類才有的快感吧！」

說著，他的手更快速地在她早已狂躁的雙腿間撫弄。

剎那間，體內某個火種爆開了，一種極度的感官刺激、充斥著她每個細胞，她像是被拋到半空，失重，卻又不停地顫動，輕搐，嘴裡發出了銷魂的嬌吟——

他盯著她，看她在他手中如豔花綻放抖瑟，看著她在他懷中癱成一池春水，喘息，呢喃，美不勝收……

最後，他再難自持，反身衝進浴室，不停地以冷水沖去一身的慾火。

而獨自被留在床上的長孫無缺，高潮過後，虛軟地癱躺著，分不清此刻那份空虛的失落是怎麼回事，更不明白薄敬言為何突然丟下她。

即使再單純，她也知道男女交合並不是這樣，他在最後關頭，並沒有……與她成為一體。

有種說不出的悵然，像涼水一樣將她淹漫。

好半晌，薄敬言一身清爽地走出來，只簡單地罩了一件除厄師白袍。

她羞澀地急忙以床被包住自己的身體和臉。

「遮什麼？快起來，符咒還沒畫呢！」他好笑地拉開床被。

「還要畫……符咒嗎？」她怯怯地看著他。

「對，得在妳胸前畫符，才能徹底防堵陰鬼。」他從桌上拿來一支桃花心木筆，扶她坐起，直接就在她白嫩的胸前畫起符咒。

同樣面對全裸的她，此刻他的臉龐已沒有方才的激情，相反的，冷靜得近乎淡漠，彷彿剛剛與她的交纏激吻都不曾發生過。

胸口像被什麼壓住，又沉又悶，她忍不住低聲問：「你……對我不滿意嗎？」

薄敬言的手頓住，抬眼看她。「什麼？」

「你……不是說……你……想要孩子？」她低下頭，不敢看他，只是結巴地擠出這句話，小臉幾乎紅透。

他定了一秒，才說：「我是要孩子，但我們的孩子不能由妳來生。」

她呆住，錯愕不已。

「這是……什麼意思？」

「失智的妳根本沒自理能力，不能讓妳懷孕。無缺，我會找專家來處理這件事，並且找個代理孕母，由她來生下我們的孩子。」他正色說。

「你是指……我和你的孩子……還是由別人來生？」她難以置信地瞪大雙眼。

他是認真的？這個時代，真的可以讓別人來生自己的孩子？

「是的，目前的醫學絕對可以做到，這樣妳就不必冒著懷孕的風險，我認為對孩子也比較安全。」他的口氣就像在談論一件公事。

「可是……由別人生的……會是我們的孩子嗎？別人……要怎麼生？」她驚喃著，完全不懂，這是什麼歪理？

「只要從妳體中取出卵子，再從我體內取出精子，以人工受精方式形成胚胎，再植入代理孕母的子宮，由她來幫忙將胚胎孕育長大再生下。」

「我聽不懂這些。只是……那孩子……不就是她的孩子？」

「放心，孩子的血緣和基因，都會和我們一樣，與她無關。」他微笑地說。

她渾身輕顫，無法想像這種事，自己的孩子，不是經由愛情結合，更不是由自己親自孕育，那她算什麼母親？

「別想得太複雜，這種事在這世界很平常了。妳只要了解，我們的目的，是讓妳留下孩子，其他的都不重要。」他拍拍她的肩，繼續在她的胸口畫符。

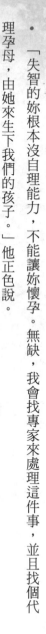

她怔怔地看著他俊帥卻冷漠的臉孔，心口微微揪痛，不只是因為自己沒能力懷孕的事實，還有他的態度。

他的態度，說明這段時間他的種種令人怦然悸動的言行舉止，都是一場陪她戀愛的遊戲。

包括剛才的肌膚之親，也都只是他「好心」想給她人世男歡女愛的體驗。

他想「製造」出一個他們的孩子，也只是為了報恩，為了幫她與這世上結緣而已。

他對她，從一開始就沒有愛。

完全沒有。

她忘了，即使他的外表是薄敬言，但他依然是那個無情的薄少君！

可是，怎麼辦呢？

偏偏在這一瞬，她才驚覺自己已不知不覺愛上了他，愛上了這個她最不應該愛的……

名義上是自己丈夫的男人。

少君

7

長孫無缺坐在空蕩蕩的別院臥室中，獨自面對著一屋的清冷與寂靜，神色有些黯然，以及無助。

薄敬言不在，他出差去了日本。

但他還是交代其他人點了符咒焚香，讓她能夠現身。只不過，她醒來時，沒見到任何人，別院裡，只有她自己。

這是第一次薄敬言不在她身邊，也是第一次她獨自一人面對這個世界。

然後，她才明白，她有多依賴薄敬言，而且，有多麼喜歡他。

偌大的房子，冷冷清清，之前每次感到的溫暖，原來不是來自這身軀殼，而是來自薄敬言。是因為他，她才覺得這人世有趣、迷人，這一切，都是因為這裡有他！

一種恐慌攫住她心頭，原以為他不在，她可以稍微喘口氣，可以仔細釐清她對他是什麼樣的感覺。

可是，大腦還沒開始思考，心就被一寸寸湧上的思念淹沒。

她想他！

瞪著空曠的屋子才不過五分鐘，她就好想他！

想念他的聲音，他的氣息，還有他那溫柔背後的冷酷。

是的，她幾乎可以感覺得出，他對她並沒有感情，即使他會逗她，碰她，甚至愛撫她，但所有行為背後真正的理由，都只是為了報恩而已。

「唉……」盯著窗外點漆般的夜色，她不禁幽幽地嘆了一口氣。

這種報恩方式，其實讓人覺得特別傷感啊！因為她和他的緣分，起於恩情，也止於恩情，絕不會有任何改變。

可明知如此，她這顆守不住的心，還是不小心陷了進去，陷進他傲然調笑的眼神，陷進他揶揄上揚的嘴角，陷進他指尖撫觸的熱度，漸漸地無法自拔。

要愛上一個人竟是如此容易嗎？

不，應該說，要不愛上像薄敬言這樣的男人太困難了。他是那麼地出色、俊秀，那麼地……獨特。

可她呢？她不該忘了，她終歸是地府中一隻連鬼都不如的蜉蝣，若非那次無意間遇上他的因緣，她此生又怎麼能與薄敬言相遇？

「清醒點啊，他不是妳這種人可以高攀得上的。」用力拍著自己的小臉，她喃喃低斥。

薄敬言留給她的手機靜靜地擱在桌面上。她走過去，拿在手心，點開螢幕，怔怔地盯著通訊錄裡那唯一的名字，卻無論如何都不敢按下去。

他說想他就打電話給他，可是，打了之後更想念怎麼辦？而且，萬一他正在忙，吵到他就不好了。

所以，還是別打了，反正只要忍三天，他就回來了。

她默默將手機放回桌上，但不自覺又拿了起來，猶豫了一下，再放下，拿起，放下。

就這樣三心二意了好半晌，終究，還是沒按下去，心情卻因此更加焦躁。

為了排遣心煩，她索性踱步走到別院的小園賞花，夜裡涼風送爽，花香陣陣，抬頭環顧，那些前幾天和薄敬言一起賞的粉色花朵依然在枝頭盛放著，可是，今日看花，卻少了一些姿色。

她才頓悟，原來，那天的感動和幸福，不在花的芳豔，而在心的悸動。

是因為和薄敬言在一起，這世界才顯得如此美麗。

按住鬱鬱的胸口，她一臉憂愁，眼中有花，心卻已飄得好遠……

相思成疾，相思成疾，思念，果然是一種病啊！

彷彿明白她的心情，突然，照映著花的夜燈全都亮了起來，瞬間花顏繽紛，紅粉燦爛。

她一下子呆住，隨後驚喜不已。

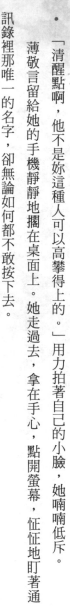

是薄敬言貼心為她準備的嗎？
就在此時，一陣幽揚的旋律從屋裡響了起來，她愣了片刻，這才想起是手機的鈴聲，立刻奔回屋內，拿起手機，螢幕上顯示著薄敬言的名字，她欣喜若狂，不太熟練地滑開了接聽鍵。
螢幕上隨即出現了薄敬言俊逸又帶點質問的臉龐。
「無缺，妳為什麼沒打給我？」
「我……」她盯著螢幕傻笑，不知該說什麼。
「難道妳不想我嗎？」他調侃地問。
她的俏臉微紅，還是傻笑。
「原來妳不想我，那我掛斷了。」他輕哼。
「別、別掛斷！我很想你！一直想著你，只是又怕打擾你，手機拿在手中就是不敢撥出去……」她急得脫口說了一串話。
逼出她真心話，他才滿意地笑了。
「是嗎？那我打給妳，開心嗎？」
「嗯，很開心。」她不擅於掩飾，欣喜興奮之情全寫在臉上。
「我不在，妳都在做什麼？」他又問。
「什麼都沒做，就發呆，然後，去外面賞花……」

「賞花？一個人賞花有趣嗎？」

她頓了一下，幽幽地搖搖頭。

薄敬言透過螢幕看著她一臉索然，嘴角微揚，故意問：「我不在妳身邊，寂寞嗎？」

她盯著螢幕裡的他，點點頭，眼中全是思念。

「雖然寂寞，但還是謝謝你特地點亮了燈，讓我賞花……」她感動地說。

薄敬言嘴角的笑容停住，眉頭微蹙。「花園裡的燈亮了？」

「是啊，就在我剛到花園時，你好厲害，怎麼會知道我何時去賞花？」

「別院裡只有妳一個人嗎？」他忽問。

「嗯，只有我一人，沒人會來啊！」

「不，會有人去點焚香喚醒妳……」他沉吟著。

可是點焚香的人絕不會去點燈，因為他沒下令。

那麼，是誰多事點了燈？為她點燈？

「夜燈亮了，花就更美，你看，就和你陪我賞花時一樣……」她走到屋外，把手機對著明亮花樹，讓他也能看見。

他的眉頭皺得更緊了。

除了他父親戴天祈，薄家還有誰在偷偷注視著無缺嗎？

一股不悅的情緒掠過他胸口，不知為何，他直覺點燈者是個男人。

「花被燈一照，真的好美，就好像你在我身邊陪著我……」她繼續說。

「別賞花了，回屋裡去。」他冷聲打斷她的話。

「怎麼了？」她呆了呆，看向螢幕，發覺他似乎不太高興。

「我說過，我不在時別出去亂逛，乖乖待在房間。」

「我沒亂逛，只是去賞花而已。」

「等等，妳穿什麼衣服？」他突然想到什麼地問。

「我？我穿著……」她低頭看著自己的衣著，不解地說：「我就和平常一樣啊！」

「手機拿遠，我看看。」

她將手機拿遠，螢幕裡秀出她整個上半身。

薄敬言見她身上像往常一樣只罩著白袍，眉鋒幾乎擰成死結。

每天入夜，女僕為她梳洗之後就是罩上一件白袍，等候他將她喚醒，那白袍下不著寸縷，每次他都得提醒她換件衣裳，她才會記得換上正常的服飾。

而現在，光是透過螢幕，他就能清楚看見低領的乳溝，以及那若隱若現的紅梅，一股氣不由得竄了上來。

「都說幾次了，醒來第一件事就是換衣服，怎麼老是不聽？」他怒道。

她被他罵得錯愕傻眼，囁嚅地說：「但……今天又沒有……要出去……」

「不出門也要穿著整齊，這件白袍根本無法蔽體，要是被人看見──」

「你說過，夜裡沒有人會來這裡。」

「那可不一定，薄宅裡還是有夜巡的人。」他沒好氣地說，長眼一瞇，驀地想起了薄敬道。

會是敬道嗎？

他會不會太盡職了？夜巡巡到了別院，還體貼地替無缺點了燈？

「知道了，我馬上去換。」長孫無缺急步走回房裡，匆匆換掉身上白袍。只是，她實在不太明白他為何會生氣。

「內衣呢？穿了嗎？」他提醒。

「呃？那也要穿嗎？那穿了很不舒服……」她愣愣地說。

「給我穿上！」他的俊顏著火了。

「是……」她只好重新脫掉上衣，笨手笨腳地穿著胸罩，嘴裡忍不住嘀咕：「穿不穿這件小布料有這麼重要嗎？有必要氣成這樣嗎？」

「妳還在咕噥些什麼？快換好衣服讓我檢查。」他催促。

還要檢查？他是怎麼了？沒穿內衣很重要嗎？會讓他丟臉嗎？

她忍不住地拿起手機，不解地問：「敬言，你是怎麼了？為什麼這麼生氣？」

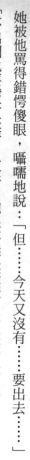

薄敬言微怔。

生氣？的確，他居然在生氣，就為了他妻子的服裝不整。

「我穿好了，你別氣了，這樣可以嗎？該穿的我都有穿。」她連忙將手機鏡頭對準自己。

圓領粉紅T恤完美地包覆了她的上身，下半身則是一件牛仔短褲，短褲下露出一雙修長纖細的美腿。

褲子太短了！

他的眉頭又不自覺輕擰。

「怎麼樣？穿這樣可以嗎？」她不安地問。

「嗯，換好衣服就待在房裡，看書，或是看電視，妳不是想知道這世間的事嗎？打開電視，裡頭有一堆最能打發時間的資訊隨妳看。反正夜不長，很快就會天亮了。」

「之前我也覺得時間過很快，可是，你不在，卻覺得夜好漫長……」她拿著手機低語。

他頓住，擰緊的眉鬆開，盯住螢幕。

螢幕裡清晰地秀出了她美麗的臉蛋，微紅的雙頰，天真羞澀的神態渾然不知自己說這種話有多麼挑逗誘人。

他緩緩勾起嘴角，輕笑：「那我明天就回去。」

「真的嗎？」她驚喜低呼。

「是的，為了妳，我提前回去。」

「為了……我？」她心頭晃漾著一絲甜蜜。

「當然，我的妻子獨守空閨太寂寞了，我只好早點趕回去。」他調侃地說。

她害羞地摀住微熱的臉頰。

「等我回去後，我們快點來製造個孩子吧！」他接著又說。

她呆住。「製造……孩子？」

「是啊，有了孩子，妳應該比較不孤單，我已經和醫院約好時間了，有關人工受孕的事，以及代理孕母的事，都已準備就緒。」

臉頰的熱度瞬間冷卻，她怔怔地看著他。

代理孕母是什麼？就是要生出他們的孩子的……女人嗎？

他真的打算讓別的女人「製造」出他們的孩子？

「那個……真的可以這麼做嗎？」她的胸口陣陣緊縮著。

「當然可以，別擔心，事情很簡單。」他笑著安撫。

「可是我……我想……如果由我自己……由我自己來……」她囁嚅地說。

螢幕裡，他臉色一正，嚴肅地說：

「別鬧了，無缺，在陽世的妳只是個空殼，妳的魂並未轉生，此刻妳能清醒，全得靠符咒法力。一旦哪天妳的魂不能再出現，長孫無缺就永遠只是個生活完全無法自理的女人，那樣的妳，怎麼可能生養孩子？」

「白天那個我，真的很糟嗎？」她頹然地問。

他盯著她，頓了幾秒，嘴角掠過一絲詭笑，才說：

「打開電視，轉到第三個頻道，裡面全是妳的影片，那是為了妳的安全而側錄妳的日常起居，如果妳真想知道白天的妳是什麼樣子，就去看看吧！那麼，妳就會知道我不敢讓妳受孕的原因了。」

「電視？」她轉頭看著牆上那面平板大電視。

「先提醒妳，看了別太驚恐，也別太難過，妳只要相信，我這麼做都是為妳好。」

兩人結束通話，她迫不及待拿起搖控器，打開了電視。

然後，她就當場僵直，再也動彈不得。

那個在電視裡，癡傻地流著口水的女人；那個沒有意志、知覺，沒有行為能力，不論吃飯、上廁所都需要人照料打理的女人；那個和她長得一模一樣，卻滿臉空洞無神，不會言語，沒有智能的可悲女人……

是誰？

那是她嗎？是她在一般外人眼中真正的模樣嗎？

一個……癡呆！

原來，這就是閻王殘酷的懲戒，懲罰她偷了生死簿，又竄改了生死簿！

若非薄敬言為報恩娶她，這一生，她將就這樣毫無尊嚴，悲慘地渡過……

她顫抖著，終於明白薄敬言要把她藏在別院的苦心。

這個長孫無缺連她自己都難以接受，更何況是其他人，或是薄家的所有人。

這身皮囊，少了靈魂，根本不成人。

別說生養孩子，連存活都困難……

她痛苦地萎坐在地，摀住雙眼，不忍繼續看下去，看螢幕裡那個明明是她，卻又不是她的女人。

此刻，她終於徹底明白，她這個鬼奴，其實並未真正轉生，她始終都沒脫離過那個黑暗的世界。她，至今都不算是個人。

不是人……

「呃……呃……呃……啊……啊……」

電視螢幕裡的長孫無缺不斷發出單音，使她閉緊雙眼，遮住雙耳，再也難以忍受地起身衝了出去。

「那不是我！不是我！不是——」

屋外不知何時下起了雨，她衝入雨中，在雨中狂奔了一段，然後停住，仰起臉，任由雨水將她淋個徹底。

「我不是長孫無缺啊！不是啊！我有自己的名字，我叫緲生，緲生！這才是真正的我……」她朝向天際喃喃哭喊著。

就在她顛狂之際，一股強大的氣瞬間向她襲來，直劈她的後腦，強烈的劇痛幾乎震碎她的靈魂，她整個人當場倒地，腦袋一陣昏沉。

「不論妳叫什麼，都當不成人，也當不成鬼，既然妳什都不是，就安分地待在原來的地方。因為妳的存在，對薄家，對敬言都是個災禍。」一個冰冷的聲音緩緩響起。

迷茫中，這人的話像根針深深刺進她心裡。她掙扎地抬起沉重的雙眼，只見一個高瘦的身影，背著光，正低頭盯著她。

「由於魂未轉生，妳的軀殼就成了陰陽通道，鬼魅很容易透過妳侵入薄宅。若非敬言利用符咒將妳封住，薄宅很可能早就成了鬼場，到時薄家所有人都會陷入危險，尤其是敬言。妳想想，他得消耗多少法力，才能鎮住這個通道？」

原來……她的存在反而會害了薄敬言嗎？

她……對薄家來說，只是個災禍？

「妳自己也很清楚，敬言娶妳只是為了報恩，他對妳不可能有男女情愛，這樣的婚姻，終究無法長久。就算薄家欠妳一份恩情，但也不能為了報恩而賠上整個家族，娶一個癡女當宗主夫人。所以，很抱歉，我們無法留妳，請妳走吧！」

這人的話，字字像刀，割著她早已脆弱不堪的心。

從口氣聽來，她幾乎可以猜得出他是薄敬言的家人，很可能是薄家長老，或許……是他父親……

他是來趕她的，特地挑薄敬言不在時，來趕走她這個瘟神。

苦澀的心酸，在她胸腔漫延著，淚水不停地從眼眶中溢出，流個不止。

「妳愛他，對吧？可是妳這一縷鬼魂怎麼愛他？空有軀殼的傻女，連愛是什麼都不知道，又怎麼和他長相廝守？更何況，他根本不可能愛妳，你們在一起只會彼此拖累。我是為妳好，再待下去，妳的心會傷得更深。走吧！為了妳自己，為了敬言，請妳離開吧……永遠都別再出現了！」

永遠，別再出現……

這個人最後這句話，將她殘存的意識壓垮。

是的，她愛薄敬言，可她既非人，亦非鬼，根本沒資格留在他身邊，這樣每夜靠他法力出現，只會拖累他，也讓自己愈陷愈深，更無法自拔而已……

那條焚香的繩斷了，那股將她拉到這人世的力量消失了，於是，天未亮，時辰未到，她卻帶著一顆自卑又痛苦不堪的心，躲回了那空茫的黑暗裡。

※※※

薄敬言手裡握著一份禮物，瞪著空蕩蕩的別居，俊臉寒氣懾人。

特地為了長孫無缺提前一天從日本趕回來，孰料，一進別居卻不見妻子的蹤跡。

不止別居，整座薄宅，都沒有長孫無缺的氣息。

「無缺她人呢？」他質問著侍女們。

「不知道，今天早晨一進來就找不到夫人……」侍女們個個驚恐、不知所措。

一早就不見了？那表示昨晚和他通過電話之後，無缺就已不在。

他沉凝不語，轉身走回主屋，發現所有除厄師們都有事，就連長老們似乎也迴避著他。

這詭異的氣氛，要讓人不起疑都難。

直接叫來總管，他冷聲問：「我父親呢？」

「大爺去香港談生意，前宗主陪他一起同行。」在薄家，所有人都稱呼戴天祈為「大爺」。

「去香港？」他挑眉。「他們幾時走的？」

「今天早上的飛機。」

第七章

他拿出手機，邊撥了航空公司的電話，心中邊想，即使時過境遷，戴天祈依然想和他作對，是嗎？

電話通了，他正打算訂張飛往香港的機票，倏地，一個念頭閃過腦際，他轉頭問：

「敬道呢？」

總管一呆，似乎沒想到他會問起薄敬道，頓了幾秒才說：「敬道先生和少蓮女士接了除厄的任務，出差去了。」

「去哪裡出差？」他瞇起眼。

「去……美國。」

「美國？」他擰眉。薄家向來很少接歐美的案子。

「是，是一位華僑的委託。」老成的總管立刻解釋。

他臉色微沉，好個聲東擊西，看來這才是戴天祈的目的。他派敬道和少蓮帶長孫無缺去美國，好讓他再也找不到她。

「他們去美國哪裡？」

「這……我不清楚，得問大長老，宗主您不在，除厄的任務都由大長老指派。」

「是嗎？得問大長老？我猜大長老這會兒應該也『正好』出門了吧？」他冷譏，目光如箭。

「呃……是的，他老人家和眾長老們……去了上海。」總管低下頭，不敢面對他的怒氣。

一群老傢伙！居然趁他不在連同他父母一起造反！

薄敬言冷哼一聲，知道再問也問不出什麼，轉身便回到別院，行經花園，被那開得豔麗的花樹枝椏擋住去路。他腳步站定，一陣陣不悅直往心頭擠壓。

此刻，令他最火大的不是戴天祈趕走長孫無缺，而是，戴天祈竟然派薄敬道帶長孫無缺離開。

這件事，莫名地令他心煩。

伸手揮開那綻放得很無辜的花枝，花瓣如雪片繽紛飛落，他寒著臉走進別院，環視著安靜的空間，胸口又堵得厲害。

少了長孫無缺，這份冷清感是怎麼回事？

才短短幾個星期，他就這麼習慣長孫無缺的存在了嗎？

不，這不行，這戀愛遊戲只是報恩的一環，她想體驗人生喜樂與痛苦，那他就陪她玩一場，對她百般情挑，讓她陷入情網，再故意讓她看清自己的真面貌，讓她痛苦萬分……

這些滋味，本該由她來嚐，他可不能也跟著入戲。

他要的，只有她的血脈而已，這才是最重要的事。

他低頭打開手中的禮物盒，拿起一條銀色的花型鑽鍊，緊緊握住。

只要取得她的卵子之後，戴天祈要送她到哪裡去，他都不會介意，但在這之前，他要好好拴緊她才行。

深吸口氣，調整好心態，他決定利用陰鬼們來搜尋長孫無缺的行蹤。人會說謊，鬼就老實得多了，戴天祈就算把長孫無缺送到天涯海角，他也能把她找回來。

他冷笑一聲，快步走向車庫，迅速駕車飆出薄宅。遠離薄家結界，他便能任意召喚陰鬼們。

他輕彈指尖，幾隻妖鬼立刻被他的法力鎮伏在他面前。

「去找出長孫無缺，我要知道她被帶往美國哪個城市。」

指令剛下，其中一隻妖狐就機伶地說：「她現在在台灣哦！大師。」

「台灣？」他愣住。

「是啊，她飛去台灣了。」

他微蹙眉，五指收緊，妖狐頓時被揪住尾巴，懸空倒吊了起來，嚇得嘎嘎尖叫。

「她飛去台灣怎麼可能薄家沒得到任何訊息？給我說實話。」他咬牙說。

「真的，是真的，她和那個男的，一起去了台灣……」小妖狐尖聲嚎喊。

「男的？敬道？」他愕然。

「是啦是啦，她被附身了啊，迷惑了那男的，把那女的弄暈了，綁在車裡，然後兩人一起買了去台灣的機票……」妖狐急著解釋。

「她被附身了？」他凜然變臉。這真是最糟糕的情況了。

「對，還是被一隻能力超強的鬼精附身，那男的被她迷得團團轉……我的同伴們都看到了。」

他表情一沉，雙眉擰得更緊。

少蓮阿姨近來體弱，法力已不比從前，無可厚非，但敬道的法力並不淺，連他都制不了，是鬼精妖力真的太強，還是他心中本來就有鬼？

「所以，現在只有他們兩人去了台灣？」他陰鷙地問。

「是的，上了飛機，兩人親密地坐在一起，讓人以為是情侶……」妖狐還不停地說著。

一股無名火在胸口猛然竄起，他手握成拳，瞬間將妖狐震昏，讓牠閉上了嘴。

揮手一掃，妖鬼們俱散，他則猛踩油門，直衝機場。

買了飛往台灣的機票，等待搭機的時間突然變得令人難忍，向來閒逸的他第一次顯得焦躁煩悶。

長孫無缺被鬼精附身，天曉得會做出什麼事，鬼精佔據無缺的軀殼愈久，到時就愈難鏟除。

只是，更令他不高興的是，鬼精利用他妻子的身體去迷惑別的男人，這種事，簡直教他無法忍受。

非常……難以忍受。

少君

8

薄少君抵達台灣時，天色已暗，而且還下著大雨，壞天氣致使他的心情更加惡劣，他鐵青著俊臉，招了一輛計程車，直奔市區。

「好不容易有了人軀，那鬼精開心得不得了，吃喝玩樂樣樣都來，早上一抵達台灣就四處亂晃，入夜了更是她的天下。剛剛在餐廳吃完飯，就拉著那男的進了夜店……」小鬼很盡職地向他報信。

他雙手環在胸口，冷靜的表情在聽到「夜店」兩字時，一下子扭曲了起來。

居然去了夜店！

「哪間夜店？帶路。」字字幾乎從齒縫迸出。

在小鬼的引路下，他讓計程車在大雨中疾馳，兩個多小時之後，終於來到鬧區一家規模不小的夜店。

「大師，就是這裡，她就在裡面。」小鬼指著夜店炫亮迷幻的招牌。

他面無表情地走進大門，一陣陣強烈刺耳的音樂立刻直灌耳膜，眼前出現一個昏暗帶著紫光的寬敞空間，擠滿了男男女女，空氣中全是煙霧酒味，還有妖氣！

這種紙醉金迷的場所，陽氣最弱，人與陰鬼混雜，意志和心性衰竭，最容易沉迷深陷，頹喪失志。

他的目光在人群中搜尋，然後，定在舞池中央的那抹豔影上。

長髮媚惑任意地披散著，一件薄得幾乎遮不住胴體的金絲薄紗短洋裝下，不但曲線畢露，黑色胸罩和底褲更是若隱若現。她的纖臂勾住一個壯男的後頸，整個人貼靠對方，細腰翹臀不斷扭動，騷浪得連周遭的其他男人也兩眼發直，色心狂冒。

而他，卻是怒火中燒。

明知是鬼精操縱了長孫無缺的軀殼，可是目睹這種挑戰神經的畫面，一向鎮定的他還是被惹毛了。

他推開擋路人群，幾個大步走過去，長手一伸，硬是將牢貼的他們用力分開。

「啊！」長孫無缺跌退一步，轉頭一見到他，沒有驚愕，反而露出一抹妖詭邪笑。

「你來啦？老公……」她妖媚地嬌喃。

「從她身上滾開！」他嫌惡地瞪著她，心中微凜。

果然，這並非一般的鬼精，妖氣和道行都頗不尋常，見到他，不但絲毫不畏懼，甚至還充滿了挑釁。

「哎呀，你好凶啊，老公，怎麼了？一臉不開心的樣子？」她說著，竟伸手想摸他的臉。

他冷冷地扣住她的手，低斥：「大膽妖孽，找死！」

說罷，正準備結符施法，倏地，那壯男出手擋住他，怒喊：「別碰她！」

他瞪著壯男再熟悉不過的方正臉孔，隨即怒哼：「薄敬道，你居然會著了這妖孽的魔障，真是太丟薄家除厄師的臉了。」

但薄敬道不僅對他渾然不識，甚至凶惡地推了他一把。「你這小子給我走開！別碰我的女人。」

薄敬言愕然地被推得退了一步，寒臉瞬間著火，五指緊握成拳，兩鬢青筋浮現。

他的女人？這傢伙竟當著我的面，稱我的妻子是他的女人？

「這人好可怕哦，敬道，他想欺負我，快打他。」鬼精趁勢從薄敬道身後摟上，在他耳邊鼓動教唆。

薄敬道完全被煽惑了，他像被引燃的火藥，暴怒地一把揪住薄敬言的領口，大喝：「臭小子，你給我滾遠一點！」

薄敬言眼中閃過凜光，厲聲道：「薄敬道，還不給我醒來？」

隨著這句話，一股森然氣場從他身上射開，颳得周圍的人都不自覺打了個哆嗦。

薄敬道抖了一下，渙散的瞳仁終於聚焦，然後，他愕然地看著眼前的薄敬言，呆問：

「宗主？你……你怎麼會在這裡？」

「這裡是哪裡？」薄敬言冷冷反問。

薄敬道怔住，看了看陌生的四周，接著，他的視線落到自己的手……

赫然驚見自己的手正揪住薄敬言的領口！

「啊？」他嚇得立刻收手，急步後退，臉色刷白。「宗、宗、宗主……這是怎麼回事？」

「蠢蛋，你被妖鬼迷惑了！」薄敬言冷冷喝道。

「妖鬼？可是我明明護送夫人……」薄敬道說到一半，一隻纖臂就繞上他的肩膀。

「敬道……」

他打了個冷顫，一轉頭，就看見長孫無缺妖豔的美顏湊近他，嚇得急忙推開她。

「夫人！妳……妳……」此刻的長孫無缺明顯就是被附了身。

「敬道，快幫我趕走他，我就如你心中所願，跟你在一起。」鬼精嬌嗲地蠱惑著他。

他驚恐得全身僵住。

如他心中所願？這個之前在別院不小心偷窺了正常的長孫無缺之後，在他心中興起的極私密念頭，竟會被點明了出來！

他害怕得幾乎屏息，因為即使不回頭，他也感受得到薄敬言足以將他射成窟窿的森然視線。

「夠了！」薄敬言滿臉冰霜，揚聲冷斥，指尖結法印，掃向鬼精。

鬼精臉色微變，閃身逃躲到人群之中。

薄敬言正要大步追去，鬼精突然左閃右竄，跳上了ＤＪ的高台，當場撕開了自己的薄紗小洋裝，全身只剩下黑色蕾絲胸罩和小褲，引起眾人一陣輕佻的口哨聲和狼嚎聲。

薄敬言瞪大雙眼，瞳仁迸出精光，這一瞬，他只想把在場所有男人的眼睛全都刺瞎！

「誰幫我打倒他，我今晚就陪誰一整夜。」她妖嬈地指著薄敬言尖笑，並扭動胴體跳起煽情豔舞。

場中的男人們都瘋狂地起鬨，齊齊向薄敬言圍攏，個個摩拳擦掌。

「打倒這小子！」

薄敬言擰眉，魔由念起，障由心生，他能施法制得了妖鬼，卻祛不了人心的狂執。

對付這些人，不能靠法術，就只能用最基本的方法……拳頭！

「宗主！」薄敬道急忙護在他身前。

「敬道，你的拳頭夠硬吧？」他問。薄家除厄師多半習法術，少有練拳，但他知道敬道學過武術，身手不錯。

「還行。」薄敬道點點頭，只是方臉上有著憂色。

若是妖鬼還好處理，偏偏眼前這堆全是人類，他擔心自己無法守護宗主平安離開。

「這些人交給你，我去對付那隻鬼。」薄敬言瞪著在台上囂張大笑著的長孫無缺。

「是。」薄敬道吸口氣，決定豁出去了。他不畏人多勢眾，扳了扳十指，揮拳衝進一湧而上的人群。

薄敬言也重重踹開幾人，在薄敬道的掩護下，鑽向長孫無缺所在的ＤＪ台。長孫無缺見狀大驚，立刻躲進了後方走道。

他追了過去，卻在走道口被兩名男子堵住，二話不說見他就打。

「打垮他，那女的就是我們的了……」他們狂亂地笑鬧著。

他皺起雙眉，閃開攻擊，出手就是一記重拳，打得對方其中一人倒地。

「哦，看你斯斯文文的，挺能打的嘛！」另一人哼了一聲。

「讓開，別擋路。」

「想過去，那得打得過我。」那人嗤笑，一身雄壯肌肉在衣裡繃張著。

「我叫你閃邊！」他不耐煩地推開對方。

但那人高大雄壯，反手扣住他的手，一把就將他摔了出去。

他俐落翻個身，尚未站穩，倏地眼前拳影揮動，左頰已中了對方一拳。

「唔……」他痛得向後撞倒，悶哼一聲，頭有些昏眩。

「宗主！」薄敬道瞥見他倒地，急得大喊。

「殺了他……快殺了他……殺了他……我就是你的……」一個飄忽的聲音魅惑地鑽進那壯男耳中。

「殺了你……殺了你……她就是我的……」壯男臉色突然扭獰了一下，抓起一旁的酒瓶，直接就朝薄敬言頭上砸去。

薄敬言危急中躲開，酒液噴濺，他臉上一涼，頓時清醒多了，卻也同時更加惱火。長到這麼大，第一次挨了揍，第一次流了血，這痛感和著怒火，讓他全身細胞暴動。

該死的鬼精！

他瞪向藏身在走道後方的那張鬼魅妖顏，怒極地以指尖沾了自己嘴角的鮮血，在空中結了個血印，一個箭步衝向前，直接將血印打在那壯男的眉心。

倏地，無數陰鬼齊聚，來回鑽進那壯男的體內，只見他瞠目驚恐，臉色慘白，不停發抖，全身虛軟。

鬼精駭然戰慄，轉身奔逃，薄敬言冷酷地踹開壯男，追了出去。

夜店的後門巷弄，長孫無缺全身僅著胸罩小褲，幾近裸身地在雨中疾跑，那情景，簡直令他萬分暴怒。薄敬言雙眼竄燒著火苗，站定，在空中結了個符網，施法向她套去。

鬼精只覺得後方煞氣如刀，嚇得腳下一軟，向前跌仆，就這麼一耽擱，一張無形刀網立刻將她整個包覆，刀刀入骨，痛得她仰頭尖叫。

「啊——」

薄敬言踱到她身旁，低頭冷冷地說：「鬼刀網，專治惡鬼，千刀穿心，滋味如何？」

「啊——好痛！好痛啊——！」鬼精痛苦地嚎啕。

「妳竟敢利用我妻子作怪，這是妳自找的。」他咬牙切齒地說。

「呼……呼……呵……你的傻妻子獨守空閨……寂寞難耐，慾火焚身……我是幫她……排遣內心的渴望……」鬼精喘著氣，諷刺地說。

「住口！」他厲斥。

「反……正……你又不愛她……不如……讓她找……其他男人……玩一玩……」

他臉色凜冽，手掌一縮，無形鬼刀網縮得更小，也刺得更深。

「啊——！！」鬼精痛徹嘶吼。

「這是惹火我的下場。」他森然地說。

「你……就算滅了我……也見不到那個……緲生了……嘻……她自卑地躲了起來……不想出來了……嘻嘻……」鬼精痛得死去活來，仍不示弱地低吼。

「什麼？」他擰眉。

「這個愚蠢的……軀殼……她不要了……可憐的鬼奴……她自認配不上你……怕你因她而受傷害，所以，她不敢愛你……更不敢再待在薄家，所以逃走了……嘻嘻嘻嘻嘻……從今以後，你就和你這個……腦袋空空的……白癡妻子……一起白頭……偕老吧……」鬼精諷笑。

難道是看到自己癡呆的模樣，震撼太大？還是，戴天祈對她說了什麼？

緲生躲起來了？

「嘿嘿……她走了也好……免得被你這種人欺負折磨……利用……」

他瞳仁冷光一閃。

「她不比這副軀殼聰明多少……也是個傻瓜啊……居然會愛上你這種冷血無情的人……還真的相信你會報恩……」

「妳廢話這麼多，就是想逼我滅了妳，好讓妳解脫是吧？但妳可能不知道，即使妳化為煙塵，我的鬼刀符也將永遠如影隨形，扎在妳魂氣之中，即使妳躲到地府任何地方，也永難擺脫這種錐心痛楚。」他瞇眼，怒極冷笑。

「你！……你這個狠毒的傢伙……呼……呼……」鬼精驚恐、顫抖地瞪大雙眼。

她終於明白，為何妖鬼們這麼懼怕他，為何閻王說什麼都想阻止他轉生。

極陰命格，卻生在陽世，擁有有史以來最強法力的除厄師薄敬言，天生就是陰鬼們的剋星，是個又危險又可怕的人！

他的能力幾乎等同閻王了，這樣的人，絕對不能讓他活著……

「你……不會……得意太久的……『薄少君』……」

聽鬼精直呼他的前世名諱，薄敬言俊臉上的笑意褪去，接著，五指握緊成拳，冷喝：

「滅！」

「哇——」鬼精痛吼著，瞬間從長孫無缺的身體中消失。

長孫無缺軟軟倒地，失去了意識。

天空閃著電光，響起幾聲悶雷，雨，下得更大了。

薄敬言走到她身邊，低頭盯著她那僅遮蔽了三點、濕透了的胴體，不禁皺起了眉鋒。

「可惡，脫成這樣，又要感冒了……」

他憤怒地脫下自己的線衫外套包住她上身，將她橫抱而起，胸口交雜著一種又氣又惱又心疼的複雜情緒。

向來對任何事都冷靜以對，向來總是從容不迫的他，為了長孫無缺，居然如此動怒。

這幾乎失控的怒火，讓他心情爛透了。

撥了手機報警處理暴動中的夜店，他大步走出巷弄，攔了一輛計程車，在計程車司機的側目中，證明了自己和長孫無缺的夫妻身分，再隨口編個喝醉的藉口，就近找了家商務旅店休息。

現在最重要的，是得叫醒長孫無缺……

不，應該說，他想叫醒的，是那個緲生。

那個讓他想了兩天兩夜的女人。

＊＊＊

十二點過了，但緲生並未出現。

佈了陣法，點了焚香，然而時間一分一秒過去，她就是沒有醒來。

薄敬言瞪著躺在床上的長孫無缺，臉色漸漸變得陰沉。

鬼精的話是真的？緲生躲了起來，不願出來了？

為什麼？

一心想成為人，她理應非常渴望這種機會才對，讓她看清自己轉生後的模樣，原以為能刺激她更想久駐軀殼，成為一個真正的人，怎知卻得到反效果？

難道，戴天祈告訴了她，他只想要她的血脈？所以她才不想出來面對他？

不，她早就知道他會和她留下子嗣，不可能為了這種事就躲起來。

那麼，她究竟是怎麼了？

他上前按住她的雙肩，不悅地低喊：

「緲生！妳到底在怕什麼？快出來！緲生！」

經他一喊，長孫無缺眼皮微微顫動，似乎正在掙扎著要醒來。

他欣然一笑，等待她的清醒，然而，當她緩緩睜開眼睛，他的笑容就僵住了。

那空茫的眼神，呆滯的表情，說明了醒來的這個並不是緲生，而是長孫無缺！

「呃……啊……」她發出了無意義的單音，笨拙地爬了起來。

他後退一步，瞪著她，滿心的失望。

怎麼，緲生真的在躲他？真的不想再出現？

「啊……啊……」醒來的長孫無缺似乎餓了，顛步下了床，開始大聲吵鬧。

他疲憊地揉著眉心，衝上前將她拉住，低斥：「安靜！」

她傻愣地停了一下，但隨即又哼哼嘎嘎地發出怪聲。

「我叫妳閉嘴！」他不耐地緊扣住她的手。

「啊——呃——啊！」她痛得張口哀叫，聲音更加刺耳，整張臉更是扭曲變形，口水沿著嘴角流下。

他放開她，冷臉盯著她此刻的模樣，胸口頓時像被什麼千斤擔壓住，窒悶得喘不過氣來。

不，他無法忍受現在這個她，他只想見緲生！

只想和緲生說話！

但她竟然躲著他？竟然不願見他？

可惡！

「啊呃……啊……」長孫無缺持續癡傻地喊著。

他氣憤地扣抓住她的雙肩，喝問：「妳在想什麼？我耗力施法讓妳出來，妳卻給我躲起來？」

「嗚啊……」長孫無缺目光渙散，根本沒在看他，只是不停地哀嚎。

他的心情從未如此煩雜，索性一掌砍昏了她，她失去意識後，終於安靜下來。

可他的內心卻無法平靜，看著那白煙凌亂的符香許久後，決定親自去把緲生拉出來。

生魂進入陰府冥路，危險性極高，向來是薄家的禁忌，身為薄家宗主，更不該以身觸法。

但他無法這樣等下去，一想到緲生很可能就此不再現身，想到他將一直面對這個癡傻的長孫無缺，他就煩怒不已。

「我們還沒製造出子嗣，妳可不能消失。」他蹲下身，冷冷地撫著她的臉。

接下來，他換上除厄師白袍，寫好符咒，在她周圍佈陣結界，繫上警鈴，以防惡鬼侵襲他脫魂的軀殼。

待一切就緒，他點上符香，在她身邊躺下，閉上了眼。

沒多久，他的魂魄脫離，跌進一個冰冷黑暗的空間，伸手不見五指，唯一能看見的，是那道縹緲如絲的白色符煙。

白煙引路，不斷往深處走，這裡不是地府，而是個陰陽交界，一個空無之境，一旦在這裡迷失，很可能就此困住，再難返陽。

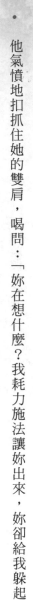

他謹慎地隨著白煙而行，過了許久，依然沒有盡頭。

此時，白煙開始裊繞，彷彿失了方向，他知道，如果緲生不主動不回應，符煙就找不到目標。

「緲生！」他放聲大喊。

四周一片深深的靜謐，符煙依舊打轉。

「緲生！出來！緲生！」他繼續怒喊。

低沉的嗓音挾著火氣，隨著聲波擴散，穿透了那層層的黑幕，一陣陣地傳進了緲生的耳朵。

哀傷而沉睡的她，醒了。

是夢嗎？她似乎聽見了薄敬言的聲音。

她緩緩抬頭，見到遠處有道熟悉的煙索繚繞，那是薄敬言為她點的符煙。這些日子，她幾乎都不睡地等著符煙出現，主動伸手，符煙便會纏住她的手，將她帶往陽世。

可自從第一次薄敬言喊她，之後的幾次，都不曾再聽他喚她的名。

現在是怎麼回事？

是她耳朵有問題嗎？還是因為太想他了，產生了幻聽？

按住隱隱刺痛的胸口，她低頭不敢再多看那道白煙，只要看了，她就會有衝動想伸手，就會忍不住思念，想出去，再看薄敬言一眼……

「妳對薄家，對敬言而言，都是個災難……」

但那人的話，像刺一樣在她心中扎著，一再遏阻了她的渴望和思念。

「如果妳愛他的話，請妳離開，永遠別再出現……」

第一次知道，有些愛，很可能反而是害，這就是為何人們如此為情愛傷神的原因嗎？

愛一個人，原來並不總是快樂，反而多是痛苦與傷感。

原來，當個人要承受的並不比一個鬼奴少，與其這樣，她還不如永遠待在地府深淵就好……

她縮著身子，緊緊環抱住自己的雙臂，將頭埋進胸前，頹然而絕望。

「緲生！緲生！」

那嚴厲而熟悉的聲音再次傳來，她愕然地再次抬起頭，定睛一看，只覺得白煙飄搖之處，隱隱似乎有道白影。

那是什麼？之前除了白煙，什麼也看不見，這次卻多了一團模糊的影子。

「緲生！」

聲音再響，且白影與白煙正朝她逼近，她的心重彈了一下，屏息地瞪大雙眼，不敢亂動。

「緲生！出來……緲生……」

這一瞬，聲音彷彿近在咫尺，她的心跳加速，忘情地伸出了手。

白煙化成絲線飄來，眼看就要與她的手相觸，她突然又膽怯地收手後退。

不可以，不能去，不行……

就在這時，白煙後方陡地冒出一隻手，直接扣住她的手腕，將她往前一拉。

「啊！」她駭然驚呼。

白煙頓時紛亂如霧，而就在這白霧中，赫然走出一個人！

「我總算找到妳了。」薄敬言冷哼。

她整個人呆住。

薄敬言?!他……怎麼可能會出現在這裡？

「妳居然躲著我？」他咬牙切齒，俊容凝霜，眼中卻冒著火苗。

她驚望著他，根本說不出話來。

「說啊！妳為什麼躲著不出去？」他氣怒質問。

「你……你怎麼會在這裡？我……我在做夢嗎？」她呆愣地問。

「我為什麼會在這裡？這要怪妳，妳不出來，我只好冒險進來。」他瞪著她，瞪著這張久遠前便在地府見過的清秀臉蛋。

他記得她，在忘川之畔，那個抱著生死簿逃亡的鬼奴……

「我……我不能出去……」她後退搖頭。

「不能？還是不想？」他挑眉。

她怔了怔，才幽怨地說：「是不該……」

「不該？什麼意思？我施法喚妳，妳以為很輕鬆嗎？每一次符煙穿入這個空無之境，得耗掉我多少法力，妳知道嗎？」他將她拉近，火惱地喝道。

「懂，我懂，就是懂了，才不該出去。」她盯著他苦笑。

「為何不該？有什麼不該？妳不是一直渴望當個人嗎？不是很珍惜每次出去的時間嗎？」他怒問。

「之前是……但現在……我覺得我不該再出去……」她不敢再看著他俊雅迷人的臉孔，轉開了頭。

「理由是什麼？」他捏住她的下巴，強迫她面對他。

「我只是發現……當人好累……一點都不好玩。」她垂下眼睛。

這種違心之言也想騙過他？

他瞇起眼，一把將她摟近，低頭湊向她。「不好玩？妳根本還沒真正玩過，現在就下定論未免太早了。跟我出去，我們有好多事還沒做呢……」

「不要！我不出去！放開我！」她低喊。

「閉嘴，走。」他手緊箍住她的腰，往外拉。

「不行啊！我不能出去……不可以……」她扭動掙扎。

「現在起，決定權不在妳，我施法，妳就得出來，否則我天天進來抓妳。」

「不要啊！求你別再為我浪費你的法力，這樣太危險了，你明知道我根本不屬於你的世界，我的存在只會害了你，對你們薄家更是個禍害。不論是那個癡傻的長孫無缺，還是我這個未轉生的緲生，都不該是你的妻子！我……配不上你……我們……不配……」她急急地說。

他怔住，轉頭看她。

「所以，夠了……不需要為了報恩而勉強把我召喚出去，我不想變成傷害你、傷害你們薄家的元凶，如果你真的想報答我……就請你平安健康、長命百歲，這樣就夠了，我別無所求……就算只能躲在這裡……當不成人……也無所謂……」她低喊地流下了淚。

他緊盯著她的每一個表情變化，滿腔怒火瞬間消失，嘴角緩緩上揚。

說了這麼多，顧忌得這麼多，但她躲起來的原因，原來只有一個……

她愛他！比他預料的還要愛他！

「把長孫無缺送走吧！只要她離開，我就再也不會出現……這樣對你，對大家都好，這樣我就不會成為你的負擔，你也不會被我拖累，不會夾在我和你的家族之間為難……」

「妳不出來，我會更為難。」他出聲打斷她的話。

她一愣。

「妳不出去，長孫無缺才是我的負擔。因為，我要的不是她，是妳。」他輕撫她的臉，拭去她晶瑩的淚水。

她心顫地凝望著他。

「所以，別再躲我，別再說什麼配不配，也別管我父親或是別人說什麼。妳就是我的妻子，薄家的宗主夫人。」他幾乎可以想得到戴天祈對她說了什麼。

「可是……」

「別再說任何理由，既然妳知道長孫無缺的模樣有多糟，就更該明白我有多需要妳。現在，我已無法忍受和她相處，沒有妳，她就不是我愛的女人。」他低沉的嗓音魅惑著她。

「敬言……」她悸蕩地望著他。他說……她是他愛的女人？

「如果妳真的愛我，就別再說了，聽我的話就好，快跟我出去。」他擁她入懷，輕撫著她的頭。

「我……可以嗎？可以和你在一起嗎？」她靠在他胸前，不安地問。

「這是什麼傻問題？妳是我的妻子，當然要和我在一起，走吧！別浪費時間了。」

他輕笑，執起她的手，輕觸白煙，準備返回。

然而，白煙卻剎那晃散，竟無法聚集！

他暗暗心驚，擰起雙眉，凝氣施法，硬是將零散的白煙聚成絲線，繞上手腕，小心翼翼地靠著那極細的絲線往外飄行。

「怎麼了？」她從沒看過他這麼緊繃。

「符煙快熄了，似乎有什麼東西正在弄熄它。」他冷聲說。

「是什麼？」

「不清楚，看來是個能力頗高的傢伙。」

「啊？若是熄了會怎麼樣？」她滿臉惶惶不安。

「如果熄了，妳和我都出不去，我們就會困在這個空茫之境。」他陰鷙地說。

她悚然一驚，總覺得是她連累了他，要是他也像她一樣被困在這裡，也許就再也出不去了。

眼看絲線愈來愈細，力道也愈來愈弱，她陡地掙脫白絲線，也甩開了他的手。

「妳在做什麼？」他驚問。

「你一個人出去！別管我了！」她喊著。

「妳別鬧了！這符煙快消失了！」他喝斥。

「就是快消失了你更應該快出去，你出去再把煙點上，再來找我。」她推他向前。

但就在此時，一股冰寒之氣倏地鑽進了他的心口，他身形一震，臉色驟變。

「敬言，你怎麼了？」她發覺他不對勁。

他擰眉喘息，只覺得全身氣力急速消失，愈來愈弱，低呼著：

「那邪物……正在動我的身體……奇怪，我明明設了結界護身……」

「啊？那怎麼辦？」她驚駭不已。

「得……快點出去才行……不能讓符煙滅了……」他瞪著白煙，氣虛地說。

此時若符煙滅了，他的魂魄很可能會就此困在這黑暗之中。

「啊！煙要飄走了！」緲生驚呼。

「快抓住它。」他喝道。

她伸出手，符煙頓時化為絲線纏住她的手腕，將她往外拉。

「快，敬言……」她扣住他的手臂，急著想將他帶出這個地方可他的身子卻如千斤重般，不但使不上力，還將她扯了回來。

「啊！」她驚呼一聲，與他同時摔跌，手腕的絲線頓時微微鬆開。

他眼見情況危急，扳開她的手低吼：「妳先出去！」

「不……那你怎麼辦？」她恐慌得大喊。

「妳出去幫我確保符香不滅，記住，若滅了，一定要點燃它，這樣我就有辦法出去了，快去。」他說著使勁將她一推。

她往上一飄，手中絲線再次纏緊，緊接著，一道強大拉力將她整個人往外吸了出去。

「敬言！敬言——！」

她揚聲驚叫，就這樣離薄敬言愈來愈遠，最終，眼睜睜看著他消失在那無止境的黑暗中。

第九章

9

長孫無缺一睜開眼，便跳了起來，轉頭一看，圍繞在她周遭的一圈符繩斷了一角，而薄敬言則倒在她身旁，動也不動。

「不……敬言……敬言！敬言！」她倒抽一口氣，撲了過去，焦急地猛搖他、喊他。

但他毫無意識和知覺，完全沒有回應。

她連忙抬頭，只見桌上的符香只剩下一點點火光，白煙幾乎快要消失，大驚失色之下，連忙衝過去不停吹氣，只盼能再將它燃開。

但這一吹似乎得到反效果，符香竟整個熄了！

她駭然驚呆，轉身看著薄敬言，全身害怕得劇烈發抖。

符香一熄，他就被困在那個黑暗之地，出不來了！

怎麼辦？該怎麼辦？

愣了片刻，她立刻回到他身旁，翻找他身上的口袋，想找出可以點火的任何東西。她見過薄敬言點焚香時都會用個小小的長方形金色小物，他似乎都放在口袋之中，可是搜遍他全身，卻什麼也沒有。

「怎麼會這樣……我得去找火，去……」她又慌又急，抬頭看著四周，這才驚覺她並非待在薄家，而是身處在全然陌生的一個小房間內。

這是哪裡？她愕然焦急，整個人慌了手腳，完全沒印象自己何時跑到這裡。

怎麼辦？要去哪裡找火？哪裡有火？

她慌亂驚恐地在房間內搜尋，但這房間好奇怪，只有床，沙發，小桌，和一間沐浴室，其他好像什麼都沒有。

匆忙晃了一圈，她只好打開房門，衝出去，可是一出門她就傻住了。門外是一條走道，而走道兩旁全是房門。

這究竟是什麼地方？

她無助地呆了幾秒，直接去開隔壁的房門，但門是上鎖的，打不開。

轉身再衝向對門，房門同樣上了鎖，她心急如焚，不禁使勁拍打門板大喊：「有人嗎？有人在嗎？拜託，幫幫我！幫幫我——」

幾秒過去，正當她快絕望時，門突然打開，一個英氣逼人的男子出現在她面前，對她微微一笑。

她愣了一下，正要開口，對方就先說：「終於來了，我等妳好久了。」

什麼？這個人……在等她？

她呆了呆，還沒問出口，那男子直接又說：「妳需要火吧？要我幫妳嗎？」

咦？她整個人驚住。

「快點，沒時間了吧？」男子盯著她，繼續說。

「你……你你你……怎、怎麼會……？」她驚愣得幾乎結巴。

「拿去。」男子二話不說，遞給她一個打火機。

她一見到打火機，腦中一回神，急忙拿住打火機，轉身衝回房間，大步奔到桌前，心急地想點上符香。

可不知是她手抖，還是她不會使用，打火機怎麼都無法打出火來。

「快！快呀……快……」她邊點火邊回頭看著薄敬言，急得滿頭大汗。

那男子跟在她身後，看不下去，啐笑：「妳在幹嘛啊？不會用打火機嗎？」

「我……咦?!」她正要回答，赫然驚異結舌。因為她突然看見，一隻從陰影裡探出的鬼手正按住她手中的打火機，似乎在阻止她點燃符香。

正駭然之際，立在她身後那男子伸手接過她手中的打火機，直接幫她點了火。說也奇怪，他一接手，那鬼手就像被灼傷似地瞬間縮回陰影中，於是那男子很輕易地就為符香點上了火。

「看，就這麼簡單啊！」男子笑說。

她驚疑地回頭看他，難道這男子也有鎮鬼的能力？

更奇特的是，他還知道她急需火……

一股不安竄上心頭，她戒慎地後退一步。

「你……你到底是誰？」

男子淡淡一笑，聳個肩說：「別緊張，我叫東方日出，是我三嬸請我在今天這個時候來這家旅館等妳。她說，她欠妳一份很大的人情，一定要報恩。」

「你三嬸？」她不解。

「是的，妳肯定不認識我三嬸，但她的名字妳一定見過，她叫聞知來！」東方日出說。

聞知來？她怔了怔，總覺得這名字很耳熟……

倏地，她腦中閃過了生死簿上那個被她竄改了壽命年限的名字！

是啊，聞知來！

她在翻開生死簿時，墨筆不小心劃掉了這人的壽命，怕誤了人家，因此她在這人的名字下方寫上「七十」……

「三嬸說，要我謝謝妳，多給了她四十年。」東方日出臉色一正，誠懇地向她頷首致意。

原來，聞知來的壽命本來只有三十嗎？那真是萬幸，幸好自己沒有害到她。

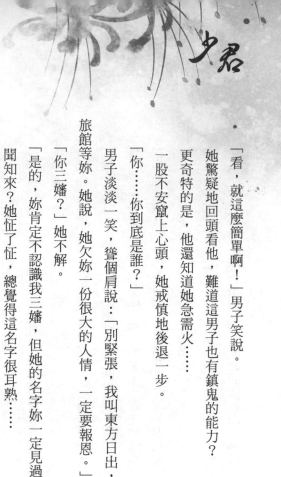

可這種事，一般人怎麼會知道？

「你三嬸……聞知來，又怎麼會知道這種事？」她納悶地問。

「我三嬸是個很神奇的人，她以前還有天眼呢！不過現在只剩下一點通靈的能力。」東方日出笑了笑，小時候他就覺得聞知來非常厲害，常能預知一些事，尤其是他闖了禍會挨揍的事，更是料事如神。

「天眼？通靈？」那個聞知來竟是這麼厲害的人嗎？

「是的，所以她知道了妳的事，才要我在這個地方等妳。她說，有個漂亮的女人會急需要用火……」東方日出說著，再次露出爽朗的微笑。

她心中有些悚然，心想，閒知來連她會在這個時候、這個地方需要火都能預知？太驚人了。

東方日出轉頭看了躺在地上的薄敬言一眼，好奇地問：

「他怎麼了？為什麼會昏倒？需要我叫救護車嗎？」

她轉頭一看，符香已緩緩形成白絲線，縈繞在薄散言身邊，但他卻仍未醒來，不禁擔憂地蹙起秀眉，撲向他，輕拍著他的臉，喚道：

「敬言，敬言，你醒醒，快醒來啊！」

薄敬言動也不動，毫無清醒跡象。

「怎麼會這樣？難道他被困在裡面了？」她恐懼地低喃。

如果他被困在那個深黑之境，再也出不來……

「妳說他被困在哪裡？」東方日出蹲下來，不解地問。

「怎麼辦？我該怎麼辦？要怎樣才能救他？」她握住薄敬言的手，急得快哭了。

「冷靜點，小姐，我看他只是暈倒而已，我送他去醫院好了。」東方日出說著，伸手要拉薄敬言。

「不！不可以碰他！他必須待在這個圈子裡——」她連忙阻止他，但這才想起符繩圍起的圈子已斷開一截，轉頭又撲向那符繩，驚呼：「啊！這個要先補上，否則會有妖鬼侵入他的軀體！」

她著急地想把符繩繫上，但此時卻有兩隻黑爪從地面探出，扣住她的雙手。她瞪大了眼睛，驚恐地發現地上有雙妖眼直盯著她，邪氣逼人的雙眸令人忍不住打起寒顫，更可怕的是，那鬼爪似乎正要將她的魂魄拉進地底。

她恐懼不已卻無法動彈，連聲音都發不出來。

東方日出看她整個人僵住不動，頗覺好笑，上前拍拍她的肩膀說：「喂，妳怎麼了？睡著啦？我來幫妳繫吧！」

就在他拍她的瞬間，那鬼爪倏地收了回去，更神奇的是，那雙妖眼一看見東方日出，彷彿他身上有什麼耀眼光芒似的，雙眼被灼得慘叫著縮回地底。

造成這景況的男子渾然不覺，卻看得長孫無缺再次驚訝傻眼。

這個男人……究竟是什麼來歷？為何妖鬼們都很怕他？

他將符繩一繫上，頓時，那些繚繞徘徊的白煙便直接鑽進了薄敬言的鼻和嘴裡。

「好了，這樣應該可以了吧？」他回頭看她。

她怔怔地望著他，吶吶地問：「你……什麼都沒看到嗎？」

「看到什麼？」

「那些……那些妖鬼……」

「噗！」他突然噗哧一笑，說：「說真的，雖然我們東方家族遇到的事也是挺詭異的，不過我的感應力不強，所以從來沒看過什麼奇怪的東西。」

看著他笑得燦若朝陽，她就覺得整個人暖烘烘的。

他根本不需要感應力，本身氣場就夠強大了。正因為氣場如此旺盛，那些妖鬼才近不了他的身吧。

「你是個很有陽氣的人，跟你在一起很舒服……」她脫口而出，第一次覺得心魂這麼安定。

東方日出笑容加深，蹲下身湊近她。「謝謝妳的恭維，不過妳說這種話很容易讓人誤解哦，小姐。」

她愣了愣，還沒反應過來，就看見他開始脫掉他的西裝外套，邊調侃地接著說：

「我從剛才就很想跟妳說，妳只穿這種單薄浴衣，很容易讓男人想入非非。」

她一呆，低頭瞄了自己的衣著，這才驚覺自己只穿了一件單薄的白衫，更因為跑來跑去忙著救薄敬言，開襟領口不知何時已大大敞開，整個胸口幾乎春光洩盡，雙峰更是呼之欲出。

「啊！」她羞急地雙手遮胸跪趴在地，小臉爆紅。

「哈哈哈！」東方日出被她的後知後覺和姿勢逗得忍俊不住，大笑出聲。

「你你你……別……別看我！」她窘得結巴大喊。

他強忍抽搐的嘴角，將脫下的外套披在她身上。「好了，我不看妳，快起來吧！」

她手忙腳亂地用他的外套將自己包緊，急著站起，但偏偏雙腿互絆，整個人失衡側倒。

「哇──」

東方日出立刻伸手扶住她的腰，她就這麼直接倒向他懷裡。

瞬間，她又感受到他身上散發的那種溫暖定神的力量，彷彿能將她飄移的魂魄紮實地定在她的軀殼內。

她忍不住地貼向他，在寒冷的地府陰溝裡待太久了，因而貪戀著那股奢侈的暖意。

但就在這一刻，一隻手倏地探進他們之間，硬生生將她從東方日出的懷中拉開。

她愕然踉蹌著，被摟進一堵熟悉的胸膛中，緊接著就聽見森然得讓人抖瑟的怒斥。

「誰允許妳隨便投向其他男人懷抱的？」

她驚喜地抬頭，薄敬言不知何時已醒來，正冷著一張臉低頭瞪她。

「敬言！」

他看她身上還披著陌生男人的衣服，眼瞳更是冒火，扯下那件西裝外套，眉頭一擰。

「這又是什麼？」

「哦，是這位東方先生……」

聽見「東方」這個姓，薄敬言俊臉一沉，瞪著東方日出，冷哼：「東方？……東方家的人跑到這裡來幹什麼？」

東方日出好奇地盯著眼前這個剛剛還像個死人一樣的傢伙，沒想到他醒來之後是這麼個凌厲又無禮的人。

「別這樣，敬言，他是來幫我的……多虧了他，符香才能點上……」長孫無缺急忙解釋。

「幫忙？」薄敬言凝目一瞥，符香確實是重新點上，而整間房被一股極陽的氣勢鎮住，這份極陽的正力，正是從眼前這個帥氣昂揚的男人身上透出。

這是哪一個的孩子？東方家老大的？還是老二的？

「是啊！多虧他，你才能回來。」長孫無缺感激又抱歉地看著東方日出。

「哦？那真是感謝你了……不過……」他輕哼，卻將手中的那件西裝外套直接丟過去，冷聲道：

「我妻子不需要你的衣服。」

東方日出接住外套，俊眉微揚，忽地一笑，露出潔白的牙喃喃自語著：

「三嬸說得還真準，這個忙幫完就快走，免得好意反被嫌。」

薄敬言眼神犀冷，輕哼：「聞知來少了天眼，預卜的能力倒沒減弱，這次就當她還了緲生的恩，我們兩不相欠了。」

「哦？原來你認識我三嬸？」東方日出恍然大悟。

「不認識，東方家的人，我一個都不認識。」薄敬言冷冷地駁斥。前塵往事，與東方家族恩怨的那一段他最不願意想起。

東方日出莞爾地盯著他，隱約可以猜出，這個冷漠無禮的小子似乎不只認識三嬸聞知來而已，說不定整個東方家都曾和他有過因緣？

可他明明看起來如此年輕。

算了，東方家的事無奇不有，這其中原由他想不透也罷，總之三嬸叫他完事就走，他還是快點離開。

只不過，才跨出一步，他突然又轉身走向長孫無缺，遞出一張名片，微笑說：

「小姐，這是我的名片，如果以後有需要我幫忙的地方，隨時可以打給我。」

長孫無缺愣愣地接過名片，點點頭。

薄敬言很快地從她手中搶過那張名片，盯著名片上的字。「你是『東方美人』現任CEO？怎麼？東方四兄弟這麼早就退休了？」

「也不是退休，就是很悠閒地當著董事，把苦差事全丟給我。」東方日出笑笑地看著他，心裡暗忖，這人果然和父親叔叔們都認識，雖然年紀看來比他還小，可是那份說不出的氣勢卻完全像個長輩。

薄敬言抬眼打量著他，不屑地說：「不過是做個瓷器騙騙錢的差事，能有多苦？」

東方日出也不生氣，笑說：「哈哈，我也覺得我家瓷器挺普通的，偏偏就是有人很愛，愛到一直追貨催貨，還不惜重金搶買，所以我才辛苦啊。」

薄敬言被他回了這句，眉鋒一斂。

東方日出丟給他一記挑釁的微笑，朝一旁完全搞不懂對話內容的長孫無缺眨了眨眼，轉身走出房間。

薄敬言拿起名片再看一眼，喃喃說：「東方日出……日出東方，人如其名，嘖，東方家倒是生了個好小子。」

俊朗磊落，正氣外露，加上外向陽光的穩定能量，這小子絕對會是東方家這一代的堅固支柱。

「什麼？你說剛剛這個人怎麼了？」長孫無缺好奇地問。

他的目光移向她傻氣的美麗臉龐，隨手將名片一丟。「我說，妳給我離那個人遠一點！」

「啊！這是他給我的耶……」她連忙彎身撿起，小心地捧在手裡。

他更加不悅，扣住她的手腕，將她拉近。「他給的有什麼好的？難道妳喜歡那小子？」

「沒有啊！只是東方先生人很好，而且，他有一種非常強大安定的力量，我剛剛靠著他時，整個人覺得暖洋洋的，很舒服……」長孫無缺急忙解釋，卻不知道她這番話惹得薄敬言更不高興。

「哦？靠著他，很舒服？」他危險地瞇起眼，聲音幾乎沒了溫度。

「是啊，彷彿他身上的能量可以安穩地定住我的魂魄，讓我不再縹緲游移……」她臉上不由自主地露出對剛剛靠在東方日出身上的那份溫和暖意的懷念。

那是什麼表情？他為了她冒險進入陰陽交界，現在她卻想著別的男人？

薄敬言俊臉拉得更沉，猛地伸手將她拉進懷中，低頭欺向她，口氣森然而充滿了妒火：「妳這是在我面前稱讚別的男人可以給妳更多溫暖？」

她愕然睜大雙眼，急著說：「我不是這個意思，我只是……」

話未說完，一團挾著怒火的氣息便堵了上來，牢牢地封住了她的唇，她的口，她的呼吸。

從北京追到台灣，再從夜店到此刻，多日來，積壓在他心口的那團氣結，終於迸發成一股火焰，燒灼難抑。

她驚瞪著雙眼，還沒反應過來，他已用力扯開了她那幾乎無法蔽體的薄薄長衫，將她整個人壓倒向一旁的大床。

她連喘息的時間都沒有，就完全深陷在他暴風般的狂吻之中。

他是那麼的急躁而失控，完全不像之前的克制和冷靜，她清楚地感受了他的重量，以及他渾身散發出的那份詭異的……

冰冷！

那令她打顫的冰冷撫觸與力道，以及從他唇間傾洩而來的火熱，成了強烈的矛盾與對比。

衣衫迅速褪盡，她裸裎地成為他的囚擄，交纏的口舌，重疊的胴體，她彷彿化成了軟絲棉絮，任由他冰寒的指尖撫弄著，挑逗著，直到她分不清那全身的顫慄是因為寒冷，還是興奮。

一陣狂野的侵襲之後，他忽然戛然停住，抬起頭看著她，瞳孔深黑如漩渦，而在那漩渦的深處，彷彿有什麼邪焰在跳動。

「敬言……」她急喘著，總覺得他有點不太一樣。

「東方日出那小子能給妳什麼溫暖？我來告訴妳，什麼才是真正的溫暖，什麼才是真正的火熱。」他雙手撐在她的耳旁，沙啞而低沉地說著，不容她開口，再次急促地吻住她。

從陰晦幽冷的空無之地回來，讓薄敬言極度渴望著她身上的暖意，他索求著她體內的那份火苗，從她的唇，她的乳尖，她的每一寸肌膚，來到她那純女性的柔滑中心……

那滾燙的火源，正是他要的。

是他此刻最需要的……

探下頭，他舔弄著她絲滑的柔瓣，深深埋進她那誘人的濃烈之中，品嘗著那只為他濕潤的甜美。「啊……啊……啊……」她倒抽一口氣，不住地扭動著嬌臀，口中只能逸出既無助又愉悅的歡吟。那如春藥般的吟哦催化了他的野性，他難以克制地捧起她的雪臀，讓她為他更加敞開，毫無保留地將她的處子之身獻給他。

他感覺自己幾乎要瘋狂了，不停地深啜著她敏感的花芯，被那純女性的氣味勾懾著所有的感官。

「敬言……啊……敬言……我……我……」她難以承受地抽搐著，聲音中全是赤裸的懇求。

他抬起頭，看著她嬌顫渴求的模樣，心中的火氣頓時全化為狂燒的慾火，幾乎要將他燒融。

「妳是我的……」他癡迷地說著，以指尖繼續愛撫著她，在那蕊瓣之間滑動，全身因那濕嫩的觸感繃得又硬又緊。

「敬言……求求你……我……我……」她幾乎是泣訴著，卻不知道自己在求他什麼，下體傳來的陣陣敏感收縮，欲死欲生，膨脹又虛空。

他被她的模樣惹得心神全亂，再也把持不住，撐起上身，將那灼熱的堅挺深深埋入她早已為他柔軟濕熱的暖池……

「啊！」一陣強烈的刺痛倏地貫穿她全身，她拱起身子，開始抵抗他的入侵。

這一聲痛呼將沉溺於狂潮中的他喊醒，他一驚，急急抽離。

天啊，我在做什麼？他明知道自己不該碰她的，怎麼會……

他急喘一口氣，全身僵直地停頓住，抬起頭瞪著她。

不……不可以，他得忍住，必須忍住……

他溫柔地摟住她，因克制而微微顫抖，此刻體內的慾望仍像隻飢渴的野獸，只想將她吞噬。

「嗚……嗚……敬言……嗯……嗯……」她輕聲泣說著，像哭，卻更像在呻吟。

「噓……抱歉，弄痛妳了。」他抱緊她，吻向她的耳垂、玉頸，不停地安撫。

「我……」她說不上來那股疼痛後的虛脹是什麼。

他的碎吻遍灑在她白嫩的肌膚上，從頸項往下探尋游移，含住她飽滿欲滴的雪胸，不停地搓揉，並吸吮著那兩朵挺立的蓓蕾。

「啊……」她迷茫地咬著下唇，雙峰顫動著，拱起了身體，雙腿不禁纏上了他的腰。

他心魂俱蕩，她的蜜腿如絲綢纏繞著他，而她的氣味如玫瑰誘人，再次引爆了他的火種，那早已不堪一擊的理智再也拴不住內心那隻狂猛的野獸，於是，他不假思索地壓住她，再次進佔她的體內。「啊……」她適應了他的堅硬，口中逸出撩人的低哼。

他放任了自己的衝動，她輕輕扭動著腰枝回應，剎時，一股極致的興奮像電流般從小腹竄遍全身，他更忍不住在她體內緩緩抽送。

「啊……啊……啊……」

隨著他的深吻，以及他在她體內的充實感，她漸漸地又陷入了之前那種迷亂，甚至比剛剛的刺激還要更強更烈。尤其當他的節奏愈來愈快，她的身體彷彿不再屬於自己，不斷地隨著他擺蕩、騰飛，一次次地衝向雲端。

一切都失控了，再也無法停止。

他們的身體緊密交纏著，彼此迎合，疊撞，激狂地享受著這美好的互動，彷彿千百年之前他們本就是一體，彷彿從此他們再也不願分開。

蠟燭的火焰晃動了一下，似滅又明，照映一片纏綿春意。

歡愛的高潮如波浪翻湧來襲，一層層將他們吞沒，滿室的旖情喘息，掩蓋了陰暗角落的黑影裡飄過的一絲冷笑……

＊＊＊

薄敬言盯著蜷睡在他身旁的長孫無缺，神情嚴肅且複雜。

一夜的纏綿，狂亂又脫序，他知道，這絕對不只是因為東方日出那小子的挑釁，更不會是單純的醋意，就讓他克制不住自己的慾火，連保險套都忘了戴，就衝動地要了長孫無缺。

似乎，有什麼不對勁……

此時回想，從虛無的黑暗歸來，他體內就有種詭異的騷動，是那股騷動凌駕了他的理性，讓他意志鬆懈，情潮潰堤。

那騷動……是什麼？

他正沉吟著，長孫無缺動了一下，睫毛輕搧。

她就要醒了。

他擰緊眉鋒，一臉沉凝地翻身下床，並不太樂意在和她歡烈地做完愛之後，就又要面對癡傻的她。

現在，全身還殘留著與她廝磨交纏的餘韻，他沒心情，更沒耐性去照應一個傻子。

現在不行……

但這時，她拉住了他，他微惱地轉身，意外地對上了一雙帶著羞怯的惺忪黑瞳。

他呆住，瞪著她。

黑瞳的主人俏臉一紅，將臉埋進了薄被。

他迅速瞄了一眼牆上時鐘。

早晨七點。

這個時間，她的魂竟然還在？

驚訝坐回床上，他伸出手翻開被子，抬起她的下巴，低呼：「緲生？」

她看著他詫異的臉色，點點頭，怯怯地問：「是……敬言，怎麼了？」

他一凜，直接將她從床上拉起。

「啊……」

她低呼，慌忙扯住薄毯遮掩自己的裸身，踉蹌地被他拉到窗邊。

他一把掀開窗帘，早晨耀眼的日光直射進來，灑在她身上。

她不適應地瞇起眼，對這種暖洋洋的光線感到陌生，更對他的舉動不解。

「妳的魂居然沒回去。」薄敬言看著她，神色不定。

與其說驚喜，不如說是不安。

不對……這太不尋常了。

她一怔，這才發覺，天已亮，時辰已過，但她的魂竟穩穩地留在這個軀殼裡。

「天啊！我……我怎麼……」盯著自己的雙手，再環住自己雙臂，她驚呼著，張大了雙眼。

怎麼回事？發生了什麼事？她怎麼還在？沒有回去那個幽黑之境？

「這種時候，妳的魂不該在這兒的。」他看著她，長目中有著警戒。

她怔怔地望向他，小臉寫滿了驚慌和困惑，但隨即又被那照進房內的日光吸引，忍不住轉頭仰起臉，迎向那耀眼的光輝。

活在黑暗中太久太久，從來沒見過太陽，這一窗煦光是她千百年來的奢求。

「原來……這就是……陽光嗎？白晝的陽光……」她悸動地將掌心貼在玻璃上，任那光溫暖地拂在她的臉上、身上，輕柔地將她包覆。

他見她沐浴在日光中仍魂魄安穩，一把將她攬過來，問道：「妳現在覺得如何？會暈眩嗎？無力嗎？很清醒嗎？」

「嗯？」她暖洋洋地抬眼，搖頭說：「我……現在整個人……很好。」

很好？像正常的人？怎麼可能！

雙臂倏地攏緊，他將她摟近懷中，直接去感觸她的體溫和氣息。

空殼的長孫無缺因主魂未轉生，體溫一直是略低的，冰涼的手腳，動作僵硬且不協調，但此刻，懷中的她柔嫩溫暖，還散發著誘人的體香，就和昨夜一樣。

但，此時是白天啊！

不屬於這陽世的她，為什麼能留到現在？

「太奇怪了。」他低頭，眉心鎖緊。

「敬言……？我這樣……不行嗎？」她茫然擔憂地抬起頭看他。

伸手輕撫著她細緻的臉頰，他沉默不語。

一定有什麼地方出了錯，才讓她定在軀殼中。可是，為什麼在這驚疑的瞬間，他卻又有種微妙的喜悅？

日光下的她，更加耀眼美麗，白淨姣好的臉龐，曼妙的胴體閃著動人光采，令人心馳意猿。

她不再是個癡傻的女人，而是正常的女人，不必只停留在黑夜，可以在白天現身，對他來說，這正是最好的狀況了。

但事情絕對沒這麼簡單。

到底是哪裡出了問題？

「咦？敬言，你的手怎麼這麼冰涼？」長孫無缺突然按住他的手掌，貼緊了自己臉頰。

他一凜，一道光閃進腦中，緊接著身體晃了一下。

「敬言！你不舒服嗎？」她急忙扶住他。

他靠著她，抬手盯著指尖，這才發現，一絲若有似無的氣正從他的指尖逸出。

這情況……

他臉色瞬變，心下恍然。

此刻，他不是不舒服，而是元氣被吸走了，被那個虛無的陰陽交界……

現在他懂了，終於明白緲生之所以能出現在白晝的原因。

困住緲生的黑洞，此時正被他的氣息鎮住了。他留在那裡時，為了維持清醒而催動了法力，好讓焚香再次燃起時能找到他。

不料這麼做卻讓他和黑洞有了連結，那陰氣極重的虛緲之境，正像吸蟲一樣吸取著他的精氣，若不及時斷開，他的氣很可能就這樣被吸取殆盡。

但是，要斷開這連結唯一的方法，就只有一個。

他的目光緩緩地盯住長孫無缺。

唯一的方法，就是把原本屬於那裡的緲生主魂，送回去。

只有她歸位，他才能解脫。

而且，這次必須由他親手將她送回去。

只是，一旦她回到那個被攪亂了的虛緲之境，要將她再喚出來，勢必更加困難且危險，甚至，她很可能再也無法出現。

這始料未及的狀況，竟有些困住了他。

緲生若無法再現身，意味著他必須一直面對那個癡傻的長孫無缺，那實在不是一件愉快的事。

見他臉色陰鷙，沉默許久，緲生不安地拉了拉他的手。

「敬言，你還好嗎？」

他盯住她，目光沉凝。

現在，她多留一天對他都是種消耗，但他卻不想就這樣將她催送回去。

他心裡明白，他心中多少有點不想讓她走，不想讓這個清醒的、美麗得令人迷醉的他的妻子，又變回一個癡呆的空殼。

難得，她能在這樣燦爛的陽光下現身，能有完整的二十四小時待在他身邊，這種奇妙的時機，太過難得。

不如，讓她多留幾日好了。

雖然這樣會消耗他一些法力。

他沉吟著，在掌心結了個法印，用力將五指收攏，稍微止住元氣流洩，然後對她微微一笑。

「沒事，我很好。」將她整個人摟進懷中，低頭聞著她身上散發的暖香。

擁著她的感覺如此美好，溫軟而真實，不再有之前那種她隨時會消失的煩躁，這種微妙的充實感，是什麼？

「要不要休息一下？你看起來有點累。」她抬頭憂心地看著他。坦白說，從那深幽虛無之境回來之後，他的臉色就有些蒼白。

他笑了笑，搖搖頭，以指尖輕梳著她黑亮的髮絲。

「不，難得妳在白天現身，我想帶妳出去走走。」

「可以嗎？」她驚喜不已，眼神閃耀。

「當然可以，妳不是從沒在白日出過門嗎？」他喜歡看她雀躍的神情。

「但……我能待多久？不會再被拉回去嗎？」她興起疑慮。

「情況有些奇特，我也不清楚，但能待一秒是一秒，我想在白天和妳在一起。」他模糊地帶過，暫時不想讓她知道真相。

「也是，能和你在一起，多一秒都好。」她仰起臉，漾起了深情認分的微笑，無瑕的臉龐在陽光下更加清靈秀雅，明豔照人。

他心旌一蕩，不禁低下頭吻住她。

她輕顫了一下，微啟雙唇，怯怯地回應著他，一顆心深深地蕩漾著，為能在白日現身而喜悅著，為他說要帶著她出遊而期待著。

更為了昨夜，她真的成為了他的女人而悸動著。

那種親密的交合，證明了他們終於成了真正的夫妻，雖然想起來仍像夢一樣，不過，這已足夠讓她一顆始終懸浮飄搖的心，踏實地定了下來。

長長的擁吻差點又勾動薄敬言的慾火，他及時打住，抬起頭，暗喘一口氣。

「來，別浪費時間，去梳洗一下，我們出門吧！」他撫摸著她的粉頰，催促著。

「好。」她歡喜地點點頭，奔向浴室。

他盯著她的背影，溫和的笑容緩緩消逸。

不能再失控了，得小心不能讓她受孕，最好趁著她清醒的這段時間，盡快完成他們的「胚胎」製作。

縱然她的知足順服總會挑起他的憐惜，可在他的計畫中，這些情緒都必須排除。因為，再沒有什麼比得到她的子嗣更重要，他提醒自己，不屬於陽世的她，對他唯一的用處，就是為他留下「他們」的孩子。

10

炙熱的太陽，讓整個台北像燃燒之城，大家都避著炎炎夏日，只有長孫無缺貪戀著那彷彿要燒灼皮膚的陽光。

她仰著臉，瞇起眼，身上穿著薄敬言為她買的無袖粉藍色雪紡紗洋裝，也不遮，不躲，就這麼佇立在大街旁的人行道上，一直笑著、曬著。

「無缺，當心曬傷，快過來。」去幫她買冷飲的薄敬言站在騎樓下輕喊，嘴角忍俊不住。

這傻瓜！

這三天，帶著她在大台北幾個景點隨處逛，她不怕熱也不說累，興奮得像是第一次出門，什麼都新奇，什麼都驚喜，連所有人嫌棄的豔陽她也視為珍寶，毫不在意灼人熱意會把自己曬黑。

「噢。」她點點頭，跑回到他身邊。

「不熱嗎？妳已經滿頭大汗了。」他盯著她曬紅的鼻尖和熱得發燙的雙頰，又好氣又好笑。

「熱，好熱，這太陽簡直像火球啊！原來太陽是這麼烈啊！」她笑著抹去額頭和脖子的汗水，口氣裡沒有埋怨，只有驚嘆。

「因為是夏天，這城市就特別熱，妳啊，當心中暑。」他遞給她一杯台北最著名的珍珠奶茶，順手幫她抹汗。

「夏天都這麼熱嗎？」她接過奶茶，喝了一口，頓時又睜大漂亮的雙眼，口齒不清地驚呼：「喔喔，這是什麼？好好吃啊！」

他已漸漸習慣了她對任何事的大驚小怪和讚嘆歡喜，可是，即使看了不下一百次，他還是覺得她這樣滿可愛的。

對一個從前世到今生覺得一切事物麻木冷感的人來說，透過她的單純情緒，彷彿開啟了他的另一種感官和視野，對這滾滾紅塵，對這原本令他不耐的世界。

所以，帶著她出來，居然還頗覺得愉快。

「這是一種加了珍珠的奶茶。」他的嘴角上揚。

「加了珍珠？這一顆顆的是珍珠？」她好奇地盯著那一顆顆在香甜茶水裡浮沉的小顆粒。

「當然只是種說法，呆子。」他笑著點了一下她的額頭。

「哦……」她呆了一下，隨即恍然一笑。

天真和愚蠢並不一樣，他知道她不傻，只是對於現世的一切陌生，才會展現出這股憨態。

而他，喜歡她這份天真。

「這真的好好喝哦！還有剛剛吃的小籠包，還有蛋糕……怎麼每一樣都這麼好吃呢？」她邊喝邊讚嘆不停，嬌美的臉上寫滿了幸福。

他噙著笑意，拉著她繼續往前行，眼前的炎熱煩雜的俗世變得更順眼多了。

儷人雙行，男的高眺俊逸，女的清麗秀美，引發往來人們的不少注目。長孫無缺原本只忙著觀看新奇的周遭，但漸漸地發現了很多人向她投來的眼光，快樂的心情倏地變為侷促，緊揪著薄敬言的手臂，低頭不語。

「怎麼了？」薄敬言低頭看她。

「他們……都在看我……」她拉過長髮遮住自己的臉。

「是，那又如何？」

「他們……會不會是發現了我……不屬於這裡……」她的頭更低了。

他愣了一秒，啞然失笑。

這鬼奴緲生真的在陰溝裡待得太久了，才會如此自卑低下，時時驚惶。

他二話不說握住她的手，將她帶到一面鏡面幃幕前，雙手搭在她肩上，說：「抬起頭來看看，無缺，看看妳自己，看看我們。」

她緩緩抬起頭，盯著鏡面反射出的兩人。

身後的薄敬言修長俊朗，簡單的短袖白上衣和牛仔褲更顯出一身的挺拔帥氣，而他身邊的女孩，長髮飄逸，一襲水藍洋裝如夏日的晴空，明豔照人。

那女孩……是她！

由於出現時間太短暫，她始終沒好好看看自己，記住自己，這張陌生、美麗臉孔的主人，就是她啊！

「長得漂亮，誰不愛看呢？」他笑著摟住她的肩。

「真的……很漂亮……」她怔怔地看著自己，有種不真實的感覺。

「是的，所以，抬起頭，堂堂正正地看這世界吧！這不就是妳最大的心願？」他直視著鏡中的她。

是錯覺嗎，感覺上長孫無缺和緲生似乎愈來愈像了。

「心願？」她喃喃地說，終於綻放原來的笑顏。

是的，她的心願正是好好看看這世界，現在哪有時間糾結別人的目光？

「看過街景、城市，走，接下來我帶妳去看海看夕陽。」他拉著她往前走。

「海？大海嗎？」她開心地問。

「是的。」

「海在很遠的地方嗎？」

「很近，台灣是個很神奇的小島，看山看海都很近，也都很美。所以我挺喜歡來這裡。當然，可能也因為這裡是我半個故鄉。」他微笑著。

「哦，我聽你說過，你母親……是台灣人？」她好奇那位不曾親眼見過的婆婆。

「是的。」

「她是怎麼去到北京的呢？」

「緣分吧！很深很深的緣分……」他握住她柔軟的小手，往捷運站走去。

在往淡水的路上，他簡單地說了他母親薄少春的故事。

她聽得津津有味，他卻說得心思流蕩。

當年那個薄家最膽小最沒用的宗主，最後竟是將他拉回現世的最大因素。千方百計，機關算盡，抵不過她一個隨口說出的心願。以為了斷了的前生種種，在他意興闌珊，萬念俱灰之際，又銜接了起來。

「這麼說起來，你母親倒是薄家最厲害的人了。」她驚嘆。

「應該是吧！可是她自己沒自覺，呵。」他輕笑。

「唉，我真想看看她……」

他頓了一下，轉頭看著傍坐身邊的她。

清醒的她，薄家人除了敬道，都沒見過，或許，該讓他們見見她了？

「啊，我應該見不到吧？可能時刻一到就又要消失。」她搖頭嘆氣。

「也許，可以。」他拉過她的手，與她十指交扣，沉吟著。

「可以嗎？」她詫異地問。

「嗯。」他微微一笑，心裡暗忖，反正也必須先帶她回北京處理代理孕母的事，到時就讓她見見薄家所有人，之後，再將她送回幽暗之境吧。

她開心不已，笑容在美麗的小臉上如花般綻放。

兩人就這麼一路賞遊淡水小鎮，看海，觀日落，當太陽漸漸西斜，夜幕降臨，燈光亮起，他們沿著堤岸散步，空氣已沒有了白日的燥熱，微風徐徐，吹拂著他們的身軀，心情也跟著清爽了起來。

他們信步走著，來到了一處離水很近的岸上，四周遊人幾乎都用餐去了，木板釘製而成的人行棧道此刻一片幽靜，水波不停地拍打而來，那感覺彷彿就走在海邊。

「這裡好美。」長孫無缺靠在木欄上，眺望著燈光反射出的粼粼波光，欣喜不已。

他笑了笑，今天她不知說了幾百次「好美」了，在她眼中，無處不美。

正想調侃她幾句時，手機響了，他看了一眼，是薄家私人醫生高博士的來電，看來代理孕母的事已安排好了，於是他轉身走開接聽。

長孫無缺仍沉浸在夜晚美景之中，臉上全是滿足的微笑，但當她的目光癡迷地盯在遠處沉入海中的最後一抹餘暉時，不知為何腳下的浪潮突然激起了一道水花，濺濕了她的鞋子和裙襬。

「啊！」她低呼一聲，低頭看著那水浪，驀地，一股熟悉又冰冷的感覺攫住了她的心神。

太陽西沉，四周一片昏暗，那翻湧的浪濤顯得如此深黑幽遠，一波強過一波的水聲，像來自黑洞的召喚，魅惑著她，勾引著她。漸漸地，她攀上了木欄，上半身往前探，再往下，接著，整個人就這麼栽進了水中。

「嘩啦！」

落水的聲音引起了正在接聽手機的薄敬言注意，他連忙轉身一看，發現長孫無缺竟然浮沉於水面，大驚失色。

「無缺！」他衝上前，撲在木欄上，看著她的身影詭異地往水裡沉去，絲毫沒有掙扎。

幾乎沒有多想，他立刻縱身躍下，一把將在水中動也不動的她撈起，游到一旁的淺岸，將她抱上來。

就著岸邊的路燈，只見她渾身濕透，緊閉雙眼，似乎連呼吸都停止了，可這狀況卻又不是妖鬼的作怪。

「無缺！醒來！」

他拍著她的臉急喊，見她仍無反應，直接就捏開她的口，為她做了人工呼吸。

一陣急救後，她倏地睜大雙眼，大口急急吸氣咳嗽，小臉全是驚惶。

「咳咳咳！呼！呼！呼！」

見她醒來，他才鬆了一口氣，忍不住怒吼：「妳到底在幹什麼？竟然自己跳進水裡想淹死自己？」

「我……我……」她茫然地看著他，腦中一片混沌刺痛。

水，那幽暗的水，濃黑深沉，朝她淹沒而來，她無法抵擋，無法抗拒，只能恐懼地任其滅頂……

這詭異又似曾相識的景象令她全身顫抖，小臉慘白，無法言語。

「無缺？怎麼了？」他看出她的異樣，將她擁進懷中。

「水……很黑很黑的水……我的頭……好痛……」她埋首在他胸口，害怕地說。

他摟緊她，心中暗忖，上次她在浴缸裡也差點整個人沉溺，而且在水中也是久久不動，難道其中有什麼內情嗎？在成為鬼奴之前，她發生過什麼事？

「沒事了，放心，別怕。走，我們找間飯店休息。」他溫柔地安撫她，眼神變得深沉。

如同他一開始的揣測，緲生肯定有過什麼不尋常的故事，而且，她還極可能是個不尋常的人？

天色一片昏黑，他扶著她，就近找了家飯店入住，盥洗更衣。沐浴過後，她已恢復氣色，兩人換上了新的棉T和牛仔褲，叫了客房服務，就在落地窗前觀賞淡水的夜景，享受燭光晚餐。

長孫無缺餓極了，吃得津津有味，連紅酒都當果汁大口喝著，彷彿剛剛落水的意外已拋到腦後。

他啜著紅酒，看著她醺紅的雙頰，輕笑：「看妳吃得好像所有食物都很美味。」

「因為從來沒吃過啊！」她滿足地嘆息：「而且，你不知道，在陰界的深溝裡，什麼都沒有，肚子永遠是飢餓的……」

「那，妳為什麼會成為鬼奴？」他順勢問。

她呆了呆，搖搖頭。「我也不知道，所有的鬼奴都不知道，在那裡，我們都沒有記憶。」

「哦？」

「只是在黑暗裡，持續著吸著煤灰，被那些鬼侍們使喚、折磨……」她停止了進食，突然有些感傷。

看過陽世的燦爛美好，她還能回去忍受那個幽冷卑賤的處境嗎？

「怎麼了？」他問。

「沒什麼，只是覺得，有些事，好像不經歷反而好些，一旦經歷了，就開始想擁有更多。」她幽幽地說著，拿起紅酒，又喝了一大口，那香醇的酒汁帶著澀味，正如同她忽然鬱悶起來的心情。

「這就是人性啊，體會過，就會捨不得了。」他勾起唇角。

「是啊，真的會捨不得，捨不得燦爛的陽光、絢麗的夜色，捨不得這美味的食物，更捨不得……」她一雙星眸望向他，急急收住。

「更捨不得什麼？」他眉一挑。

「沒……沒什麼……」她臉更紅了，低下頭避開他的目光。

他放下酒杯，向前握住她的手，揶揄地說：「捨不得我嗎？那麼？來這人世走一遭，又遇上了我，後悔嗎？」

她抬起頭看著他，雖然羞怯，眼神卻堅定執著。

「不後悔。」

三個字從她口中輕輕吐出，讓他調侃的神情頓時凝住。

這三個字，比直白的「我愛你」更強烈，更撼動他的心。

什麼都不知道，甚至對他不了解，生命中有大部分的時間都無法現身，她只憑著一股成為人的熱切期盼，甘願承受閻王對她的惡劣懲罰，只為他帶給她的這短暫時光，就欣然感動嗎？

如果知道他的最終目的，知道他當時在忘川畔出手救她的企圖，她也能不後悔嗎？

「這一刻，能和你在一起，我很滿足了。」她露出幸福的微笑。

「如果，下一秒就被吸回那幽冥陰陽交界，再也無法現身呢？」他盯住她。

「有你在我生命停留，就算只有一秒，那也夠了。」她眼中盛著濃情，傾吐著對他的愛意。

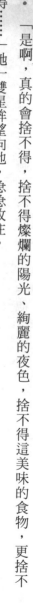

他心頭一震，忽然有點氣惱。

為什麼這麼不貪心？這麼知足？為什麼對面臨的一切不求不索，逆來順受？

為什麼，她這短短的幾句話，就輕易擾亂了他向來的冷靜？

他倏地將她從椅子上拉起，一把攬進懷中，低頭湊近她，輕哼：

「妳就沒想過，遇見我，可能只會留下心痛？」

她籠罩在他強烈的男子氣息中，輕顫了一下，才緩緩露出淒美的微笑。

「那就痛吧！痛，才知道活過。」

他像是被什麼擊中，又惱，又悶，又悸動，直接攫住了她的雙唇，給予一記充滿火氣的粗暴狂吻。

她微驚，不知道他為何生氣，下意識想別開臉，他卻不讓她閃躲，扣住她的後腦，吻得又深又急。

唇舌一陣交纏廝磨，漸漸地，攻擊式的吻變了，她的順服和柔軟化除了他那份不悅，原本的惱火變成了慾望，挑起了更深沉的飢渴。他探進了舌尖，撩弄著她的櫻口，無法停止。

她被他吻得全身虛乏，雙腿無力，整個人往下滑。他大手一攬，將她貼緊自己，抬起頭，看著滿臉迷醉，氣喘不已的她。

此刻的她如此迷人，臉頰酡紅，雙眸矇矓，紅唇豐潤甜美，他暗抽一口氣，難以自持地再度吻住她。

兩人相擁深吻，落地玻璃窗上照映出他們相貼的身影，這時，緊閉的室內明明無風，但他們的影子卻悄然晃動了一下。

窗外，不知何時起了薄霧，月光隱去，夜色陰霾。

情慾如星火燎原，燒融了理智，薄敬言甚至沒有感覺到自己指尖隱隱竄洩的寒氣，他只知道，現在，他全身每個細胞都想要她。

帶著某種急躁，他摟著她踉蹌地移向臥室，邊吻著她邊扯開阻擋在兩人之間的衣物。

她柔嫩的唇瓣在他口中化為誘人的蜜糖，勾起了他體內蠢動的火苗。他不由得加強了吻的力道，緊緊覆住了她。

灼熱的氣息從他的唇間傳了過來，她柔弱地顫了一下，當最後一件衣衫褪盡，他將她瑩白如玉的胴體緊緊圈在懷中，掌心摩娑著她細滑的背脊，兩人緊貼著彼此，熱吻交融。

激情的夜，從此開始。

昨夜的纏綿彷彿只是前戲，那個溫柔的薄敬言蛻去了斯文的殼，變成了一隻雄性恣揚的美獸，全身散發著情慾的狂焰，就要將她吞噬。

她嚶吟著，被他火燙的舌尖撩撥得全身虛軟，只能無力地貼掛在他的胸前，微微顫抖。

他一把將她橫抱而起，走向大床，輕輕放下，她的秀髮如黑絹散開，襯著白淨的小臉，星眸紅唇，嫵媚又撩人。

狂吻再度如雨點落下，從她的雪頸向下，隨著他愛撫的手，來到她飽滿欲滴的胸前。

粉紅的乳尖像花蕾，任由他吸吮挑逗，直到它們為他尖挺顫立著，她敏感地逸出了呻吟，全身輕蜷著。

他的吻沿著她如丘壑的曲線往下，來到她雙腿間的濕潤柔瓣……

指尖輕輕撥弄著那朵含苞，她急喘，瑟縮著，閃躲著，輕呼：「敬言……」

「別動……」他低嘆，迷醉地抬起了她的雙腿，埋進了那汪柔濕，不停地舔弄著那只為他綻放的花心。

「啊——」她倒抽一口氣，腰枝不停擺動，像抗拒，更向迎合。

她的氣味彷彿是個引線，引爆了他的全身感官，他頓時想起了自己不該在沒有防護時再次冒險，於是急速起身，可是，她卻在這時拉住他的手，慌惑而迷亂地喚求著他：「敬言……？」

隨著她嬌喃的挽留，一道冰冷的惡氣霎時灌進了他的後腦，他輕震了一下，思緒頓時沉濁，再也無力抗拒那份狂亂的躁動，再次撲壓向她，舔舐交纏，在兩人情潮翻湧之際，忘情地進入了她柔心的深處……

過於冰冷的空間中，充斥著激蕩的喘息和滿足的呻吟，他們血脈僨張，絲毫沒感受到那份不屬於空調的寒意多麼詭譎。這一刻，他們唯一想要的，是與對方緊密地成為一體。

夜，更深了，深得彷彿不會天明……

＊＊＊

回到北京，薄敬言仍對昨夜的事感到鬱悶與心驚。

那繾綣緋惻的一夜，比之前還要瘋狂失控，回想著自己的激情狂放，那根本不像他，完全不像。

他從來不曾和一個女人如此親密地做愛，不曾那樣像熱戀中的伴侶只想把對方完全佔有，不曾被慾望攻破而守不住自己的理智。

他從不曾被誰影響至此，但為什麼她可以？

坐在呼叫來機場接送的專車上，他的俊眉擰成深痕，低頭看著自己指尖，明明結了個印，堵住了元氣流洩，為何他還是覺得有股寒氣在騷動？

難道是什麼陰詭的力量干擾？

看來，不該讓緲生留在陽世太久，她不歸位，一切就亂了套。

思忖著，他轉頭看著坐在身旁的長孫無缺，她正靜靜地望著窗外的景物，嬌柔的臉龐有著掩藏不住的不安。

第十章

從台灣上了飛機，她就開始若有所思，話也變少了。

車子向薄家疾馳，只在夜晚出來過的她，此時是第一次看清整個城市，也是第一次，即將面對薄家的所有人。

「白天的北京原來是這樣，和台北感覺不太一樣……」她輕聲地說著。

「每個城市的風貌都不相同。」他淡淡地說。

「上次看的夜景，和白天也很不同，不知道白天的薄家……看起來會是什麼樣子。」她口氣微頓，悄悄地吸口氣。

看出她的忐忑，他問：「擔心嗎？」

她轉過頭來，對他怯怯地說：「我不知道……大家會用什麼眼光看我，而且……」

「而且什麼？」

「你父親……他看到我可能會非常生氣。」想起了那個嚴厲驅離她的模糊影子，她瑟縮了一下。

「嗯，肯定會。」他嘴角一勾，很清楚戴天祈會有什麼反應。

她小臉刷白，低下頭，雙手緊緊互扣。

萬一，所有人都不樂意見到她……

一隻大手伸過來覆住她的雙掌，她聽見他溫柔的安撫：「別怕，有我在。」

她抬頭看他，心裡興起了暖意和依賴。

「敬言，謝謝你，謝謝你對我這麼好。」說著，她將頭側靠向他的寬肩。

鼻間傳來她淡淡的髮香，撩撥起昨夜兩人的銷魂溫存記憶，他臉上掠過一絲複雜的神色。

對她好只是計畫中的一部分，可他這份晃漾的心思，這種不由自主想護著她的想法，又是怎麼一回事？

車子漸漸遠離了城中心，窗外景色愈來愈熟悉，繞過幾個彎路，薄家大宅就要到了。

十分鐘後，薄宅的中式宏偉大門緩緩開啟，迎接著歸來的宗主。總管接到通知，早已恭候多時，當車停穩，立刻上前打開車門。

「宗主，您回來……」他說著，只見薄敬言下車後，轉身接出一位似曾相識的漂亮女子，不由得一呆。

「大家都在嗎？」薄敬言冷聲問。

「是……」總管說著仍分心地盯著長孫無缺。這位似乎是……

「我爸媽和長老們應該正巧也都回來了吧？」他譏諷地冷笑。

「是。」總管克制地收回目光，心虛地應了一聲。

「把大家都叫到大廳吧，該讓大家正式見見宗主夫人了。」薄敬言下了命令，直接拉起長孫無缺的手走進大廳。

第十章

這一聲令下，整個薄宅興起了大騷動，所有人幾乎是立刻衝向大廳，尤其是幾位長老和資深除厄師們，以及戴天祈和薄少春。

從那天聽說薄敬言怒氣沖天地出門追尋長孫無缺，刻意避開的戴天祈和眾長老們就憂心忡忡地趕回薄宅。薄少春對於戴天祈趕走長孫無缺的事一直覺得不妥，整日擔心掛念，直到薄敬道從台灣返回，告知薄敬言已找到長孫無缺，打算在台灣停留幾天再回來，她才鬆了一口氣。眾人卻是如坐針氈，不知他們詭譎難測的宗主回來後會如何處置。

但是，當他們來到大廳，所有的不安全部被驚愕取代，每個人都瞪大雙眼，直盯著那位俏生生立在薄敬言身旁的美麗女子。

長髮鬆鬈如浪，鑲出一張明明見過卻又陌生的標緻小臉，一雙靈動的大眼，盛著些許的羞赧和畏懼，紅唇豐潤，努力想維持禮貌的微笑，只不過在所有人的目光投射下，她的笑漸漸變得有點僵硬無措。

這女子……這女子真的是他們的宗主夫人嗎？

所有人腦中都充斥著那個當時嫁進薄家的癡呆女子畫面，五官扭曲，身形僵直，發不出聲音，嘴角甚至還不停流出口水……

那令人不堪的癡傻、失智女孩，現在卻正常地立在他們面前，氣質柔美秀雅，神態嬌麗動人，這轉變，簡直令人難以想像！

只有見過長孫無缺正常模樣的少數人不詫異她的絕美可人，然而此刻，他們還是和其他人一樣震驚，因為，這位只能在半夜出現的宗主夫人，竟然能在這白天日烈時刻現身，太不可思議了！

「宗主，她……」大長老當真傻眼到說不出一句話來。

宗主第一次帶這女子回家，他受到莫大的驚嚇，沒想到第二次帶她回來，他還是無比驚嚇。

「敬言，這是怎麼回事？」戴天祈眉頭緊皺，臉色深沉不豫。

「各位，我來重新介紹一下，她就是我的妻子，長孫無缺。」薄敬言微笑地攬住長孫無缺。

「無缺，跟大家打個招呼。」

「你們好，初次見面……啊，應該不是初次了……」長孫無缺不自在地雙手交握，向大家擠出一個怯場的笑顏。

但這淺淺一笑，又足以讓所有人張目結舌。

有智能的，有反應的，能開口說話，聲音還如此輕柔悅耳……

天啊！宗主夫人不再是個癡呆了？

「夫人……已經好了嗎？完全回魂了？」大長老完全難以置信。

「這不可能啊！」二長老喃喃地說。

長孫無缺的情況，在場的除厄師們都很清楚，主魂未轉生，是無論如何都不能成為真正的人。

就在眾人驚疑不定時，薄少春上前握住長孫無缺的手，喜道：「真是太好了，原來妳真正的模樣這麼好看！」

長孫無缺愣了愣，看著眼前溫婉率真的中年女子。

「這是我母親，無缺。」薄敬言介紹。

她一驚，連忙恭敬地鞠個躬，結巴地說：「媽……您……您好。」

「我本來不太好，現在看見妳就整個人都好了。哇，妳現在這個樣子簡直是個大美人兒啊！我喜歡，我喜歡！」薄少春從驚愕中一回神就高興得不得了，看見兒子媳婦站在一起有如一對璧人，便笑得合不攏嘴。

「呃……」無缺不知所措，只能陪著傻笑。

「多好啊！無缺，妳能變得正常，好好當敬言的妻子，我就別無所求了。之前實在是因為妳的狀況太糟糕了，我真的替敬言難過，就擔心他和妳一起受累……」薄少春疼愛地緊握她的手，一逕說個不停。

不知為何，無缺的侷促緩和了些，突然有些感動，因為這是第一次有人這麼熱情地對待她。

「媽……」薄敬言正想制止激動的母親。

無缺搶先一步，反握住薄少春的手，脫口說：「對不起，媽，害您難過擔心了。」

「啊？」薄少春怔住。

「我很感激敬言娶了我，也很希望能認識大家，和大家成為一家人，但我真的不明白自己怎麼才能一直維持正常。如果可以，我也想和他廝守到老，長長久久，好好為薄家盡一份心力。」她真摯地說著。

薄少春直盯著她，並沒期待媳婦有多懂事，她最低的盼望只求兒子的妻子是正常的女人就好。可此時，聽著長孫無缺一長串的話，她才發現，這個兒子不顧眾人反對娶進門的癡呆，還是個賢慧明理的好孩子。

「我之前可能讓大家都為難厭惡，我很抱歉，我也不知道現在這樣能維持多久，趁現在我清醒著，我只想謝謝你們，也許時間很短暫，但在這短暫時間裡讓我有個家，有家人，我已經很滿足很感謝了……」她繼續說著，聲音有些哽咽，俏臉上寫著淡淡的感傷。

薄敬言沒想到她會說出這些話，有些詫異地看著她。

其他人則仍杵在她能一口氣說出這麼多話的驚愕之中。

只有薄少春溫柔地笑了，一把將她抱住。

「我承認了，妳是薄家這一任的宗主夫人，不管時間長短，妳永遠都會是薄家人。」

她呆了呆，眼眶一熱，流下了眼淚。

她的婆婆……認可了她！這樣，匆匆走這一遭人世，夠了。

薄少春放開她，替她拭去淚，心疼地說：「我知道妳也很辛苦，很痛苦，別哭，我們一起來想辦法，我相信一定有法子能把妳留住。」

這篤定的口氣聽得眾人面面相覷，戴天祈擰緊濃眉，出聲反駁：

「少春，清醒一點，從來沒有辦法留住一個沒有主魂的人。嚴格說起來，無缺根本不算是個人，她現在能出現在這裡，絕對有問題。」

長孫無缺聞言一顫，聽出這嚴肅熟悉的聲音，轉頭看著聲音的主人，正好對上他凌厲的目光，背脊瞬間發涼。

這個冷峻的中年男人應該就是戴天祈，她的公公。

薄少春愣愣地看著他。「會有什麼問題？」

「這就要問敬言了，他是用了什麼奇詭的方法，才讓無缺在光天化日之下出現？」戴天祈怒視薄敬言。

「敬言，你……做了什麼？」薄少春突然有點不安。

「沒什麼，媽，只是個奇妙的機緣，讓無缺的魂定在軀殼裡，但能定多久，我也不確定。」

薄敬言不想讓長孫無缺恐慌，更不想給她不該有的希望，因此隨口帶過。

「不確定？所以，無缺隨時有可能變回那個……那個樣子？」薄少春的表情垮了下來。

「是的。」

「難道就沒有什麼辦法……」

「沒有。」

「這樣無缺要怎麼辦？你怎麼辦？薄家要怎麼辦？」薄少春憂心地垂下頭。

長孫無缺知道這一切都是她引起的，連忙說：「對不起，真的對不起……」

「不，不是妳的錯，孩子，我們都還沒謝謝妳，是妳救了敬言，代替他承受了這一世的苦。」

薄少春握住她的手，搖頭嘆氣。

若真如敬言所說，要不是這女孩，進入這個軀殼的就會是敬言，真是那樣，他可能和薄家將不會有任何關係和因緣，薄家的命脈也可能就此斷絕。

所以，整個薄家都該好好感謝這女孩，是她成了代罪羔羊，才換來了薄家這一代的延續。

「別這麼說，媽，若不是敬言找到我，我這一世也不可能現身，況且，是我自己私心執念想轉生一次，才造成這種結果。」

薄少春看著她，胸口一熱，不禁輕摸著她的頭，脫口說：「妳真是個善良心慈的好女孩，無缺。我真希望薄家的下一代是由妳生養，最好生兩個……」

此話一出，戴天祈和薄敬言就同時驚喝——

「少春！」

「媽！」

薄少春嚇了一跳，連忙摀住嘴，驚慌地看著怒視著她的父子。

長孫無缺也吃驚地發現大廳裡所有人都瞪大雙眼，滿臉不安。

「大夫人，妳的話可不能亂說啊！」大長老急喊，他這條老命真的會被這兩任宗主搞死。

「哎，是，我真的昏了頭了……無缺這種狀況根本不能懷孕……」薄少春自責地拍了拍額頭，滿心憂慮。

長孫無缺聽到她的話，小臉發白，心微微抽痛了一下。

她的狀況……不能懷孕……

是啊，萬一她又消失，這癡呆的軀殼能好好讓孩子出生嗎？

按住自己的下腹，她的胸口湧上了一抹酸楚。

「媽，我說過，這種事妳不用操心，我會處理。」薄敬言說著將長孫無缺拉到身旁，握住她的手。

「我怎能不操心哪……」薄少春看著他們，沒有忽略兒子那迴護著妻子的下意識動作，心裡亦喜亦憂。

看來敬言是有那麼點喜歡無缺了？但他自己知道嗎？重點是，這到底是好事，還是壞事？

戴天祈也盯著他們，始終擰眉深思，最後終於開口：「先讓無缺去休息吧。敬言，等一下來書房，我們必須談談。」

薄敬言微挑眉，點點頭，帶著長孫無缺回了別院。他們一走，大廳裡原本的屏息緊繃的安靜才頓時解除，眾人紛紛低聲私語地離開，而幾位道行較深的除厄師們則留在原地，臉色都相當難看。

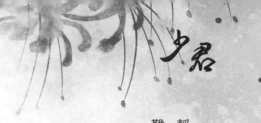

「看到沒？」戴天祈問。

「看到了。」大家都心凜地點點頭。

薄少春正想問到底看到了什麼，就聽見大長老惶恐沙啞的回答——

「宗主的氣，變弱了。」

第十一章

11

「說清楚，這到底是怎麼回事？為何你的元氣正在減弱中？」

書房中，戴天祈盯著薄敬言，厲聲質問。

「沒什麼，別太擔心，我已經下了結印，暫時堵住了。」薄敬言說得輕描淡寫。

「暫時堵住？你以為堵住就沒事？若真的堵住，你就不會像現在這樣，氣場晃動流洩。」戴天祈怒道。

薄敬言舉起手，指尖的冰冷正在印證戴天祈的話，但他不以為意，反正事情都在他掌控之中。「這情況，無缺的主魂回去後，就能解決了。」

「什麼意思？」戴天祈眉頭擰緊。

「我只是進入那個陰陽交界，把某個被你嚇到躲著不敢出來的魂魄給叫出來而已。」他抬眼盯著他，冷冷地說。

戴天祈驚喝：「你竟然冒險進去了？」

「是啊，多虧你的插手，我才得冒這個險。」

「我警告過你，薄家的氣極陰，尤其是你，集所有累世陰氣於一身，一旦進入那個幽冥黑洞，搞不好會被吞噬，你明知道竟還闖進去找無缺？」戴天祈氣急敗壞地說。

「所以說，我和她的事你何必插手？你把她趕走，她不出來，我的計畫難以順利進行。」他責備地反駁。

「計畫？你的計畫一開始就不該執行，還是收手吧！」戴天祈沉聲道。

「哦？」他輕輕一挑眉。

難道，他這位聰明的父親已經看出了所有端倪？

「你應該比誰都清楚，無缺絕對不是個簡單人物。她的所有記憶被封印，就表示她背後有著不該被喚醒的故事，你千萬別去觸碰禁忌。」戴天祈寒臉警告著。

他靜靜地看著這位自己前世的老友，半晌後，笑了。

「我真的很不喜歡你反應這麼快。」

「你想擁有她的血脈，這是你私心的強求。她此生注定無子嗣，癡呆到老死，若你真的想報恩，就讓她平順地走完這一生。」戴天祈神色嚴正，只盼能勸醒他。

「那她多可憐啊，她是因為我才受這一世磨難，我豈能不幫她了卻心願？」他立在窗邊，眺望著別院的方向，想到長孫無缺此時可能正因他不在她身邊而坐立難安，嘴角不自覺地揚起。

「是她的心願，還是你的心願？」

他沒有回答。

「很多事，只是執念，前世的執念，就放下吧！」戴天祈嘆道。

他轉身看他，挑釁地問：「薄家這一代無後，你也能放下？」

戴天祈頓了頓，才說：「之前幫你找好的合適對象，還在等你……」

「哈哈！」他聞言大笑。「媽才承認無缺是宗主夫人，你卻要我娶另一個女人嗎？只為了讓薄家有後？你這不也是執念嗎？再說，當年媽可能不孕，你都能釋然，為何現在卻不能？」

戴天祈無言以對，當年他只想守著薄少春，現在他卻得為兒子打算。

「這不一樣……」

「哪裡不一樣？」

「當年，我深愛少春，可以為她放棄一切，但你愛無缺嗎？你愛她嗎？」

薄敬言一下子被問住，胸口像被什麼敲了一記。

愛？那是種什麼感覺？

突然，這幾天和長孫無缺在一起的種種情景掠過腦海，她的微笑，她的天真，她的不安，她的嬌吟，她的柔軟……

他異常的沉默讓戴天祈怔了怔，接著臉色微變。

因為太了解少君，太明白那個傢伙有多麼冷酷無情，才讓自己忽略了他也可能有動情的一天？

剎那間，妻子薄少春之前說出口的「願力」閃過他的腦海——

只要無缺變正常了，敬言一定會愛上她，把她當成真正的妻子……

難不成，願力成真，這小子竟對無缺……

很快地，薄敬言拉回思緒，輕啐一聲：

「這和愛有什麼關係？別想太多，我對她的感覺是什麼不重要，她的血脈才重要。三天後高博士從美國回來，幫她做個全身檢查，取卵之後，我會立刻將她催送回去。」

「既然只是要取卵，讓癡傻的她安靜沉睡就行了，何必等到三天後？現在馬上讓她回去，別拖延了。」戴天祈瞪著他。

「不行，檢查中有項催眠，必須是有智能的無缺才行。她的主魂在，才能問出我要的答案。」他正色說。

「催眠？你想用催眠的方式？」戴天祈大驚。

「是。」

「我說了，她太危險，喚出她的記憶絕對沒有好處，別去觸碰禁忌！」戴天祈急喝。

「不會有事的，就算她記起一切，在她清醒之前，我會請催眠師讓她再度忘記。」他的俊臉掠過一絲冷笑。他也只是要確認長孫無缺的身分而已。

「你……」

「好了，我該回別院了，無缺還在等我，反正只要再等三天就沒事了。這三天，我希望你們幾位老人家安分一點，別隨便找無缺麻煩。」他丟下這句警告，轉身便走出書房。

房內，戴天祈卻眉頭深鎖，隱隱有著不好的預感。

長孫無缺的存在對薄家而言絕非好事，不論她是癡呆，還是清醒，都是一個不屬於這一世的人，要是薄敬言真的對她動了心，後果將不堪設想。

⁂

長孫無缺從沒想過，她可以這樣在薄家四處走動，不需要躲在別院，不必避開眾人耳目，而是光明正大地出現在薄宅裡。

不論是白天，還是夜晚。

這對她來說都是全新的體驗。兩天來，薄敬言帶著她和薄家的人一起用餐，雖然她能感受大家的眼神仍帶著疑慮和好奇，但基本上對她都沒有太多冒犯。當然，她也知道所有人忌憚並順從的，是她身旁的薄敬言。

回到了薄宅，他整個人又變回那個她認識的冷肅男子，身為薄家宗主，他在族人面前自有一番領袖氣度，那深沉傲然的神態，常常會令她害怕，但一想起他擁她入懷的情景，又令她不禁心蕩神馳。

她不敢去想他對她到底是什麼感覺，但她自己明白，她的心早已被他擄獲，徹底淪陷，不可自拔。

所以，這兩天來她的心情其實是患得患失，並不平靜的。

原本不貪心，只想好好珍惜這幾天能夠整日整夜都現身的奇蹟，可是，心裡卻不受控制地想就這麼一直下去，一直……和薄敬言在一起。

明明知道不該有這種想法，但人的慾望實在可怕，一旦擁有過，就想得到更多。

現在，她幾分鐘沒看見薄敬言就悵然若失，再這樣下去，她還能忍受再回到那個陰幽之境嗎？能嗎？

一想到那裡的空茫和無盡的冰冷黑暗，她就更貪戀著這世界的陽光和溫暖。

雙手環抱著自己雙臂，她一個人在別院外散步，早餐之後薄敬言就去處理事情了。他不在，她整個人都不對勁，在別院也待不住，於是決定出來走走。

沿著綠蔭步道往前，離前廳不遠處有個小池塘，池畔荷花朵朵爭豔，不論是含苞或綻放，一株株亭亭玉立，出水不染，粉色的嬌顏點綴著這一季盛夏。

第十一章

她坐在池邊長椅上，望著荷花微微出神。

聽說荷花都在清晨開花，午後閉合，沒了陽光，這荷也不想開敞，是嗎？

正怔忡間，忽然遠處大門口傳來小小騷動，她眺目觀看，只見一個妙齡女子在眾多長老們的簇擁下走向大廳，然後，薄敬言從大廳走出來，那女子靠近他，對著他燦爛地笑著。

她好奇地起身，心中不知為何有點不安。這時，兩名僕傭從池塘的另一方走過，邊走邊閒聊。

「聽說那位閔小姐原本才是宗主夫人人選，人家可是個名教授的千金，又是國外留學回來的高材生，身分地位和我們宗主最相配。」

「是啊！我聽長老們在討論時說過，連八字都很相合，重點是，閔小姐似乎從小就見過宗主，而且很喜歡他呢！」

無缺一震，想起薄敬言曾說過他本有自己的姻緣……

「哦？可是我們宗主已經結婚了啊！」

「就是啊，真可惜，宗主夫人是個癡呆女，我真的無法接受，那次的婚禮大典簡直就是個災難……」

「但這次夫人回來時變正常了，還美得嚇掉我的眼珠子！」

「那有什麼用？我聽幾個除厄師說了，她並不是人哪！」

她像被人狠狠敲了一記，腦袋一陣麻痛。

不是人……

就算此刻看起來沒什麼異樣，但她，終究不算是個人哪！

「誰知道夫人什麼時候又會變回癡呆？她這正常樣子能持續多久？要是再回到那恐怖的模樣，誰受得了？」

「真的，長老們就是因為這樣才把閔家小姐找來嗎？是想讓宗主娶第二個妻子囉？」

她的胸口一抽，全身僵住。薄敬言……要娶第二個妻子？

「不太清楚，但這也沒什麼不好，我們宗主參加一些正式場合，總要有個體面的夫人相隨，現在這位……唉！」

兩個僕傭沒注意到樹欉後方的她，就這麼直接高談走過。

她矗立在池塘邊，久久回不了神。

一個癡呆是帶不出去的，一個根本不算是人的女人，有什麼資格想留在薄敬言身邊？留在薄家？

她無力地軟坐在池畔椅子上，一股酸楚湧上，化為兩串淚水，無聲地在臉上滑落。

一片烏雲遮住了陽光，池塘的花顏彷彿也減了幾分姿色，不知過了多久，等她回過神，前襟已濕了一片。

第十一章

她站起身，無意識地往前踱步，走著走著，不知不覺來到了書房外的長廊，正巧看見薄敬言踏出房門。她心頭一喜，正想喊他，那位閔小姐就跟在他身後出現，拉住了他。

「敬言，我都自願做到這個地步了，你也不陪我回家？」

「我還有事，會讓司機送妳回去。」薄敬言淡淡地說。

「我知道你忙，不過，別忘了，我們以後也算自家人，得好好相處才行啊。」閔小姐仰起臉，對他嫵媚地笑了笑。

長孫無缺這才看清這位閔家大小姐的相貌，五官明豔，一身端麗的打扮，渾身散發著大方又自信的光芒。

「閔珊，我們的關係只是個交易，怎麼就變成自家人了？」薄敬言口氣犀利。

「這不是交易，敬言，我樂意為你生下孩子，是因為我喜歡你。」

閔珊此話一出，長孫無缺整個人呆住。

生……孩子？

「妳的用詞不對，妳不是為我生下孩子，而是妳自願當我的代理孕母。妳提供子宮，孕育我的孩子，如此而已。」薄敬言冷冷地強調。

「但我終究會是你孩子的『生母』啊！」閔珊笑了。

長孫無缺愈聽愈驚，腦中響起薄敬言之前說的，要找別的女人生下她和他的孩子，那荒謬的言論，原來全是真的！

「『生母』又如何？我要的只有『孩子』。」他低頭冷笑。

「你那個『癡呆的妻子』應該無法照顧孩子吧？我卻可以，到時，你會需要我的。」閔珊自信滿滿。

「請注意妳的用詞……」聽她提起自己的妻子，他不悅地擰起眉頭，正要指責，一抬眼，就看見怔立在長廊後的長孫無缺。

長孫無缺對上他的目光，像隻受驚的小鳥，轉身就想逃，薄敬言卻及時叫住了她。

「無缺！」

她站住，慌張地回頭。

「過來。」

輕柔的聲音帶著強勢的命令，她不敢不從，只能怯怯地，慢吞吞地走過去。

他上前一把將她攬過來，擁著她向閔珊介紹：「閔珊，來見見我的妻子，長孫無缺。」

閔珊睜大雙眼看著她，沒想到傳言中的癡呆女，竟是個長得如此絕美清麗的女人！這女人不但搶了她的薄敬言，而且還美得讓她有種挫敗感……

「無缺，打個招呼，這位是閔致遠教授的女兒，閔珊。」

「妳好。」她鼓起勇氣迎向閔珊無禮的瞪視。

「剛剛就聽說妳也有不癡呆的時候，沒想到正常的樣子還不差嘛……」閔珊打量著她，口氣尖酸吃味。

薄敬言一蹙眉，還沒反擊，就聽見妻子氣弱地開口了。「呃……謝謝讚美。」

閔珊俏臉一沉，薄敬言嘴角卻微微上揚。

「但有什麼用呢？妳這樣子能維持多久？薄家指望妳能傳宗接代，妳卻無能為力啊！」閔珊譏諷著。

她臉色蒼白地低下頭，默然無語。

閔珊眼見擊中她的弱點，氣勢扳回一城，得意地又說：「沒關係，這點我可以幫妳，幫妳生個孩子。」

無缺渾身一顫，心像被萬針扎穿。

薄敬言擁緊她纖瘦的肩膀，冷冷地說：「夠了，閔珊，代理孕母的事，明天再去高博士那裡談，妳回去吧！」

閔珊像隻戰勝的孔雀，傲然地笑了笑。「知道了，那我們明天見囉。」

說罷，又瞥了長孫無缺一眼，踩著高跟鞋離開。

她看著閔珊趾高氣昂的背影，心又痛又苦。

薄敬言低頭看她。「無缺，閔珊她……」

她沒有應聲，悶頭就走開。

他嘆了一口氣，追上去，一個箭步拉住她。「別鬧情緒，聽我解釋……」

她雙手絞扭著，低頭不語。

他按住她的肩，耐著性子說：

「我們需要一個代理孕母，把我們的孩子生下來，大長老找來閔珊，除了她和薄家熟，再者她也願意。我被說服，是因為我也認為與其找一個外人，不如找認識的，比較不會有糾紛。」

「可是我應該可以……」她抬頭看著他。

「妳不行。」他沒等她說完，斷然堵住她的話。

她話聲哽住，咬著下唇，眼眶紅了。

她不行！三個字斷了她最後一點渴望。

「別難過，無缺，我這麼做都是為妳啊，為了能讓妳在這一世留下子脈，讓妳與薄家有血緣的連結，我只能出此下策。」他將她摟進懷中，輕聲說。

這些話說得真誠，是事實，但背後的私心，她不需要知道。

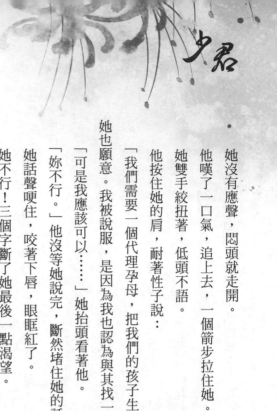

有些事，對誰好，或對誰更好，一說穿，發現了好處不平均，就容易起疑心和衝突，這就是人性。

「我無法想像，我們的孩子從別人肚子裡出生……這太奇怪了……」她埋首在他胸前，哽咽地說。

「這在現今社會很正常，別想得太複雜。」

「真的嗎？這樣真的可以做？沒問題嗎？」

「不會有問題的，相信我。」

「可是……這樣你不會和她……和她……」她遲疑著。以她的認知，根本難以理解怎麼讓閔珊生下他們的孩子。

「和她怎樣？」他故意問。

「和她……和她……那樣……」她臉上微熱，根本問不出口。

「上床嗎？」他笑了。

她瞠大雙眼，憂急吃味地抬起頭。

「放心，我當然不會和她上床，因為根本沒必要。」他啐笑。

「但是……她長得很漂亮……又很喜歡你……」她澀澀地說。

他捏住她的下巴，鄭重地提醒她：「那又如何？別忘了，妳才是薄家宗主夫人啊！」

她定定地望著他，心想，他不會了解她心裡的酸楚的。

名義上是薄家宗主夫人，實際上她卻沒有那份實質的感受，在薄家人眼中，甚至在她自己心裡，她既不屬於現世，也不屬於陰界，她什麼都不是。

可閔珊卻是個活生生存在這世界的女人，也是薄敬言原本該娶的妻子，是薄家人心目中最適合的宗主夫人人選。

他們要的，不是她……

一股妒意像火般竄了上來，突然之間，她不想離開這個軀殼了，她想留下來，留下來守在薄敬言身邊，守住她的一切……

「但……我……該怎樣才能成為真正的宗主夫人？」她急切地問。

他一怔。

「怎樣才能讓我不再回去那個陰陽交界？」

他沒想到她會說出這種話。「妳不想回去？」

「是……我不想……」她明眸中盛滿煩憂，坦承：「我原以為我可以不貪心，但我發現我沒辦法離開這裡，離開你……」

「無缺……」她不回去，他就麻煩了。

「幫幫我，敬言，別讓我再回去那裡，我想留下來，想成為真正的人！」她投進他懷中，抱緊了他。

他靜默了幾秒，才反摟住她，梳攏著她黑亮的長髮，然後，緩緩地說出冷鷙的回答。

「這是不可能的，無缺。」

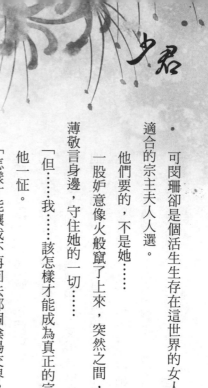

她一震，失望泫然地抬起頭，看著他一臉冷峻嚴肅。

「不可能……嗎？」

「是的，妳的主魂被囚於那個黑境，妳能出現在這軀殼裡，完全是靠我的法力將妳喚出來，妳唯有等到這癡呆身軀裡的二魂七魄回歸陰界，才能回去那裡，將自己的碎片完整會合。」

她臉色全失，頹然地向後退開。

不可能嗎？只有等這一生走完，回去地府，她才能從那深不見底的黑洞解脫嗎？

他盯著她悲傷的神情，胸口輕螫了一下，但嘴角卻帶點惡意地上揚，說道：「而且，我必須讓妳理解，現在妳能在這白日現身，全是因為我的元氣在替妳頂著。」

「這是……什麼意思？」她愕然不解。

「也就是說，之前我在那裡面停留太久，元氣被纏住，現在妳能在這裡，是靠著我的氣頂住，如果妳不歸位，我的氣很快就會被耗盡。」他決定讓她明白她和他的處境。

她杏眼圓睜，驚嚇地掩住了嘴。

原來，竟是他在幫她撐住那黑洞，才讓她能夠一直現身在這陽世？

「所以，妳不能留下來，無缺。我的力量已快撐不下去了……」他故意疲憊地哀嘆。

她想起他冰冷的手和偶爾的暈眩，小臉上全是心疼和抱歉，還有深深的自責。

「我都不知道……你為我這麼辛苦，還貪得無厭地想留下……對不起！真的非常對不起……

我不該說這些話的……」她握住他冰涼的大手，擔心地想搓暖他。

他嘴角的笑意僵住了。從她小手傳遞過來的溫熱，像慢火一樣，沿著指尖一路燒向他的心口，燒疼了他。

他下意識抽回手，俊臉一擰。

為何她這種認命的天真會讓他這麼討厭？為何只要他說什麼她就全盤接受？

「你的手真的愈來愈冰冷，怎麼辦？我該回去了是嗎？只要我回去你就會好了嗎？那你現在就把我送回去，等你元氣恢復了，再喚我出來……」她以為他的蹙眉是因為不舒服，於是更加焦急。

心口那份不適更加深了，他不禁煩躁地低喝：「安靜點！」

她嚇住，後退一步，閉上嘴，睜大雙眼。從沒見過他這種模樣，她惹他生氣了？

「送妳回去，妳也許再也出不來了！」他心煩地瞪著她，沒注意到自己聲量提高，沒注意到口氣中隱藏著的焦慮。

她呆住。

再也……出不來？

再也看不到這世界，看不到薄敬言？

一股深層的恐懼霍然攫住她的心，她這才明白，那些什麼知足、無求，什麼就算只有一秒就足夠？全是空話！

她捨不下啊！一想到再也無法看見他，她的心就好痛好痛……

「那個陰陽交界的氣流已亂，妳一回去，我就找不到妳了。」他不是危言聳聽，而是真的煩躁，沒有她的長孫無缺，他無法忍受，那癡傻的空殼，他已無法面對。

她仍然呆立著，小臉早已慘白，一雙大眼蓄滿了淚水，什麼話都說不出口。所以才需要代理孕母，因為她根本不能待太久，因為，她再也出不來。

他盯著她那泫然欲泣的臉，胸口像被什麼重石壓住，難以喘息。

兩人靜靜相看，心思都是一片凌亂。

半晌，他才吸口氣，壓抑著波動情緒。「這事我會處理，明天，明天看完高博士再說，在這之前，妳就乖乖待著，懂嗎？」

她沒回答，怔忡地杵著。

「走吧！回別院休息。」

說罷，他轉頭就走，走了幾步，發現她沒跟上，轉過身，只見她楚楚無依地立在原地望著他，無聲的淚珠已成串地滑落。

午陽正烈，照進長廊，也照在她纖柔無助的身上。

他的心再度一緊，往回走，什麼話都沒說，直接拉起她的手，往別院走去。

清風微微吹拂，長廊旁的梔子花香氣襲人，一切看似如此美好，但他們都知道，兩人執手相依的時間，已不多了。

第十二章

12

「你說什麼？」

薄敬言錯愕地瞪著眼前的高博士，滿臉難以置信。

「我說，尊夫人懷孕了。」高博士看著電腦上長孫無缺的尿液檢查報告，灰白的雙眉幾乎皺在一起。

薄敬言盯著螢幕，久久無法動彈。

長孫無缺……懷孕了？

「你確定？」他再問一次。距離那天在台灣一時失控，也不過八天時間，竟然……

「是的，非常確定，血液檢查ＨＣＧ濃度也偏高，而且……」高博士突然頓住。

「而且？」

「宗主知道我那個一百歲高齡的母親吧？」高博士話鋒一轉。

「是，令堂是薄家元老級長老。」

他記得七十八歲的高博士的母親薄乙勤，現年一百零一歲，是薄家目前最資深的長老。在他還是薄少君時，薄乙勤就是薄家的長老了，她的感應力比誰都強，雖然現在已年邁，仍是個很厲害的除厄師。

「我母親剛才一見到尊夫人，就笑瞇瞇地握著她的手不放，一直說恭喜。」高博士看著他。

他怔立著，也許他信不過這些檢測儀器，但薄乙勤長老的感應力，卻是百分之兩百精準。

看著他少有的怔愣神情，高博士揶揄地問：「我該恭喜你嗎？宗主。」

他回過神，俊臉變得犀冷沉凝。

該恭喜嗎？不！這不是他要的結果，這樣只會讓事情更複雜。

癡傻的無缺豈能好好地懷胎生子？她連自己都照顧不了，所以他才計劃取她的卵子出來培育，甚至連代理孕母都找好……

「我真的該恭喜你的，宗主，因為人工受孕並沒有那麼容易，而現在，直接跳過這一階段，您已成功擁有了自己的孩子，薄家有後了。」高博士推了推鼻上的老花眼鏡，正色說。

高博士的話打斷了他的思緒，同時也在他耳中爆開。

薄家有後！

他已經……擁有了孩子！

是他和無缺的孩子！

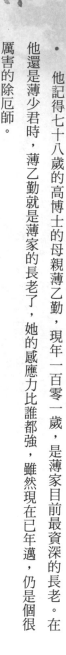

「這是好事啊，宗主。」高博士微笑地說。

此時，診療室的門開啟，剛換好檢查服的長孫無缺在護士帶領下走進來，小臉上充滿著即將面臨檢查的不安和恐懼。

他盯著她，一種微妙的感覺毫無預兆地鑽進他的心中，漲漲的，暖暖的，像被羽毛團團包圍，輕虛，卻又實滿……

博士說得沒錯，是的，是好事，因為，薄家有了她的血脈……

「敬言，我接下來要做什麼檢查？他們說要躺進一個大艙……」長孫無缺忐忑地問。

他大步走向她，將她擁入懷中。「不用做了。」

「咦？不用做了嗎？」她愕然地抬起頭。

「是的，不用做任何檢查了。」他將她摟得更緊，一股疼惜之情油然而生。

在她這嬌小的身軀裡，正孕育著另一個小生命，一個屬於他們兩人的結晶。

向來對一切冷漠的他，此刻竟有種難以形容的欣喜，而且他非常確定，這份喜悅有大部分來自於她，不是別的女人，而是她，懷了他的孩子。

是因為她的特殊身分？還是因為她對他而言有了特別的意義？

一旁的高博士看著他們，眼中閃過一絲驚訝。

薄家這一代的年輕宗主是個多麼冷毅深沉的人，他很早就知道，雖然接觸不多，但是他很少看見宗主流露過這麼柔和的模樣。

「真的……不用做檢查了？」長孫無缺不放心地又問一次。

「是的，不需要做了。」薄敬言輕輕以下巴摩娑著她的髮絲，接著直接告訴她：「因為，妳懷孕了。」

她呆了好幾秒，以為聽錯了，然後，才倏地睜大雙眼，慢慢抬起頭。

「你說……」

「妳懷孕了，無缺。」他輕撫著她的臉。

懷孕！她？

看她依然回不過神，高博士笑著說：「夫人，妳肚子裡懷有小寶寶了，所以不必檢測了。」

過了好幾秒，她才摀住嘴，狂喜得說不出話來。

孩子！她和薄敬言的孩子！

真的嗎？是真的嗎？

「是真的。」薄敬言看出她沒說出口的心聲，再次給她確認的答案。

「天啊……敬言……我……我們……孩子……」她終於發得出聲音，卻是高興到結巴。

「是，我們有了孩子了。」他因她的激動而輕掀了嘴角。

「是真的啊！真的……哇！太好了！太好了！」她笑開了，興奮地反抱住他。

他摟住她的腰身，卻沒有她那麼開心，因為這個變化，接下來要面對的事可能更麻煩。

他的沉吟似乎也感染給她，倏地，她的笑聲戛止，急急推開他，抬起臉，神色蒼白。

「不……不好……這並不是件好事，對吧？」她沒被興奮沖暈了頭，很快意識到她要面對的問題。

孩子！她的這副軀殼，怎麼能懷孕？

他定定地盯著她，沒有回答，但他深思複雜的表情，已給了她答案。

不好，很不好，她若變回癡呆，孩子怎麼辦？除非她留在這身軀殼裡，把孩子平安生下來，可是，她不能，也無法留下來啊！

薄敬言正在消耗他的元氣幫她，她才能在這人世逗留至今，要是她再不回去，他很可能會有危險。

所以，這不見得是件值得開心的事，甚至，還可能會造成許多困擾。

她愈想愈恐慌，一步步退後，焦慮地按住額頭，喃喃地說：「怎麼辦？該怎麼辦？」

「無缺……」他上前拉住她的手腕。

「怎麼辦？敬言，我……我不能……」

他一把將她攬回懷裡，安撫著：「妳暫時先別想太多，這件事讓我來想辦法。」

「還有什麼辦法？我不能再害你消耗元氣，可我又想……又好想……」她低喊著，話到一半，才知道自己竟有那種想親自把孩子生下來的愚蠢強烈渴望。

「我知道。」

他當然明白她的意念。她想生。自己生。

荒唐的是，他腦中竟也閃過了同樣的想法。

孩子無論如何都要保住，而目前他能想到最安全保有孩子的辦法，就是讓她親自生下來。

可是，他的元氣夠撐十個月嗎？撐到孩子出世？

指尖節節往上升的冰冷，正意味著他的元氣在流逝，如果他還想保住自己的神魂，就該立刻將她送回去。

「薄宗主，或者還有辦法。」高博士突然開口。

他和她同時轉頭，看著這位醫學權威。

「胚胎其實可以取出，放進最新的一種人工子宮成長（注）。」

「人工子宮？」他詫異地問。

「那是什麼？」她驚恐不安。

「已有研究模擬母親子宮的儀器，可以讓胚胎安全長大到足月。」高博士解釋著，在電腦螢幕中點出一張圖片。

薄敬言沉默地盯著螢幕，深深皺眉，而長孫無一看見那種奇異的儀器，忍不住哭了出來。

「用……用機器生孩子？這世界是怎麼了？竟要我將孩子……放進這種東西裡成長？」她難過地低喊。

他擰緊眉鋒，握住她的手。「博士只是建議，無缺。」

高博士也連忙道歉：「夫人，妳先別激動，這件事兩位好好研究再說，不必立刻決定，因為無論怎麼做，都要讓胚胎穩定六週，出現心跳，確定安全了再來處理。」

六週！

薄敬言心中一動。

一個半月的時間，讓無缺先保持這樣，他應該可以挺得住。

長孫無缺怔忡不安地說：「等六週？可是……」

他打斷她的話，直接說：「那就先這樣。博士，六週後再來做檢查。」

「好的，這樣最好，那至於其他的檢測……」博士說著看了長孫無缺一眼，語帶保留。

薄敬言知道博士指的是催眠，很快地說：「檢測也暫且擱下，無缺現在需要讓心情平靜才行。」

「是的，孕婦的情緒對胎兒很重要，夫人，妳要保持好心情。」高博士慈祥地對長孫無缺笑

作者注：有關代孕和人工子宮的論述皆為參考虛構，如有雷同，純屬巧合。

了笑。

長孫無缺仍苦著小臉，現在這種情況，她怎麼可能會有好心情？這位老博士根本不明白現在狀況有多糟。

「早點回去休息，順便告知薄家所有人這喜訊，我相信，大家都會很開心。」高博士呵呵地笑著。

「大家……會開心嗎？會嗎？」她無法想像，這也許對薄家來說不是個好消息。

「別擔心，我們回去吧！」薄敬言握住她的手收緊了一下，安撫她。

但她不但沒被安撫，反而更加驚惶，此刻他手心傳來一陣陣寒氣，那不尋常的冰冷，正在提醒她，她每多待一天，他就愈危險。

高博士送他們走出診療室，兩人牽手沉默著搭電梯下樓，她一進電梯終於忍不住急說：「敬言，你還是把我送回去吧！你的手愈來愈冰冷了……」

薄敬言按了地下一樓鍵，才轉身盯著她，刻意問：「妳是認真的？真的想回去？捨得下肚子裡的孩子？」

她咬著下唇，眼眶微紅。

「我回去，你一定有辦法保住孩子，不管是用什麼代理孕母，還是代理機器，但是，我不回去，你的氣很可能會被那個黑洞吸光！」

他怔住了。

「就算我再怎麼想留下來，再怎麼想親自生下孩子，但我更不希望你受任何傷害……」她眼角滲著淚光。

「那妳自己呢？妳一回去將失去一切，這樣也可以？」他冷著臉問，胸口又開始堵了。

明明依照他的計畫，有了孩子，她就得滾回那個幽黑之境，但現在她自己認命想回去，他為什麼反而覺得不舒服？

他要的，不就只有孩子嗎？

「我……」她痛苦地吸口氣，停了一秒，才困難艱澀地說：「我……原本就不屬於這裡，原本就……不該，也不配擁有，既然這樣，就沒有什麼可失去……」

一股莫名的痛感突然在他的心口深處抽緊，他盯著她，眼神中有著罕見的火花與騷動。

「所以，你別管我了，孩子最重要……」

她話未說完，他突然捧住她的臉，封住了她的唇。

挾著某種強烈的情緒，他緊密地將她淒訴著的聲音含進他的口中。

他不想再聽這個傻瓜什麼都不敢求的蠢話，不想再看她卑微地連一點點的渴望都不敢擁有，更不想再讓她惹得他心煩意亂。

是，孩子的確最重要，但他現在卻不想聽她強調這件事，一點都不想。

長孫無缺驚愕地張大眼睛，感覺到他的某些不悅，但什麼話都問不出口，他的唇強而有力，急急含吮著她，熱切地彷彿要將她的心魂全吸過去，吻得她酥麻輕顫，心蕩神迷。

幾秒後，這疾風般的驟吻乍歇，他抬起頭，看著她被他雙手捧住的小臉，以及被他吻得晶紅的唇瓣，低沉而沙啞地說：

「現在起，妳只要乖乖養胎，什麼都別想，也什麼都別說。」

「可是……」她才開口，唇又被飛快地堵上。

但這次，他的吻變得溫柔綿密，像在品嘗著什麼珍寶那般，有著從未有過的愛憐與寵溺。

四唇濃情蜜意地交纏著，她的焦慮漸漸地被拋到腦後，只剩下他的氣息充盈在她的口鼻之間。

每當他這樣吻她，碰觸她時，她內心總會有個小小的揣測和想像，也許，可能，他是喜歡她的……吧？

而薄敬言不想去探究自己深層的思緒，他只知道，這一刻，他想吻她，只有吻她她才會安靜，只有吻她，他內心的某種躁動才能平息。

彷彿過了一世紀，電梯終於來到地下停車場，門叮的一聲開啟，他不得不放開她。

「我的事妳別操心，孩子的事我自有打算，接下來六週，妳別再胡思亂想。」他輕聲說。

她還沒從熱吻中回神，滿臉迷濛恍神，愣愣地點點頭。

「走，回家吧！」

他嘴角微勾，牽起她的手，帶她走出電梯。

然而，一踏出電梯，他的臉色就沉了下來。

地下一樓是研究中心的停車場，十分寬敞但照明並不夠亮，早上到達時並未察覺什麼異樣，但此刻他們走向車子，卻有種詭譎的氛圍瀰漫。

他將她的手握緊，她也發現不對勁，更加貼依著他，顫聲道：「敬言……」

她話聲剛落，突然燈光閃了幾下，接著，一群黑影從角落竄了出來，撲向他們。

「啊！」長孫無缺驚呼。

薄敬言傲然冷哼一聲，將長孫無缺拉到身後，彈指結了個咒印反擊。

按照平常，只要他彈個指，這些妖鬼們早就該灰飛煙滅，但此刻，黑影裡的妖鬼們卻沒被擊散，反而四散飛繞，其中幾隻惡鬼還笑嘻嘻地叫喊：

「哎唷，薄家宗主的力量變得好弱啊！哈哈哈！他居然打不散我們……」

「真的耶……這真的是薄家宗主嗎？怎麼變得這麼虛啊……哇哈哈哈……」

「打他打他，趁現在打爆他！」

眾妖鬼再次來襲，並捲起了一道道冰冽如刀的陰風，朝他們劈來。

薄敬言心頭一凜，再次在空中畫了個滅鬼咒，低斥：「滅！」

不料，咒術只打落幾隻小鬼，大部分的妖鬼竟直接穿過了咒術，筆直朝他撞來。

那冰封的陰氣撞進他的體內，他整個人站立不穩，後退幾步，長孫無缺急忙扶住他，大喊：「敬言！」

「嘻嘻嘻……薄敬言身上有個洞耶！」

「好濃的陰氣啊！太好了……」

「附上他！快附上去！」

妖鬼們興奮地鼓噪，彷彿看到了什麼稀有寶物，目標全都鎖定薄敬言，一反之前專攻長孫無缺的情況。

薄敬言心中大驚，他怎麼也沒想到自己流失的氣比想像的還多，更沒料到自己會虛弱至此，以前這群下等妖鬼們豈敢在他面前造次，可現在卻囂張至此。

妖鬼們群起急攻，不停地灌進他體內，他的咒術完全起不了作用，整個人向後倒地，臉色愈來愈蒼白。

長孫無缺嚇得全身發抖，見妖鬼全都襲向薄敬言，情急之下撲到他身前，抱住他，尖叫著：「滾開！滾開！你們這些惡鬼，別碰他！」

「嘻嘻……哈哈……這女的還想替誰擋啊……她自己都自身難保……」妖鬼們大聲嘲笑，陰風化為利刃，朝長孫無缺刺去。

「無缺！」薄敬言急吼，想推開她，但手竟然使不出力氣。

眼見如刀陰風就要劈向長孫無缺，可妖鬼們卻突然像被什麼彈開，好像她身上有著看不見的防護罩。

「咦？」

「怎麼回事？」

「可惡啊，這女的真礙事！打她打她……兩個都一起打……」

妖鬼們嘰呀碎嘴著，再度撲過來。

薄敬言大怒，急急結個咒印，但就在此時，他忽然看見抱住他的長孫無缺眼瞳閃過一抹紅光，她滿臉怒氣，轉頭朝那些妖鬼們怒喊：「別過來，都給我滾開！」

嘩！

一道冰冷極寒之氣瞬間從她身上迸出，震得那群妖鬼東倒西歪，尖聲四竄。

「哇！這女的……這女的……」

「她……她……怎麼……會……」

就在他們的驚喃之中，地面突然慢慢浮起了一個龐大黑影，眾妖鬼一見到這黑影，立即狂奔消逸。

薄敬言驚凜地瞪著那黑影，臉色瞬息萬變。

那團黑影無聲無息地伸出了黑爪，緩緩逼向長孫無缺，長孫無缺驚恐不已，嚇得完全說不出話來。

薄敬言眼中凌光乍現，將長孫無缺摟緊，咬破指尖，在半空畫了個奇咒，頓時一片血光化成屏障，阻擋在他們和黑影之間。

黑爪畏縮地收回黑影之內，一個深沉低啞的聲音從黑影裡響起。

「嘖，氣已減弱，但薄家除厄師血力還是不容小覷嘛……」

「當然。」薄敬言冷傲地說。

「但你若繼續護著她，再多血力也沒用……嘿嘿嘿……」

「這是我的事，你管太多了。」

「嘿嘿嘿呵呵呵……她會是你的累贅……乾脆就讓我帶她回去吧……」黑影陰笑著，再度伸出黑爪，而這次，黑爪竟緩緩穿過了血障。

就在這時，電梯門又開啟，一個駝背的老婆婆在一位年輕看護的陪伴下，杵著拐杖蹣跚走了出來，她動作遲緩，但每走一步，拐杖一敲地，一股清暖的氣便像漣漪般震開，驅走了停車場裡的陰霾。

「這裡怎麼這麼暗哪？」老婆婆揚聲碎唸。

黑影被這份正向震波震得一晃，收回黑爪，低咒一聲，緩緩地潛回地面，消失了。

薄敬言緊繃的身體這才鬆懈下來，看著一步步走來的老婆婆，露出感激的微笑。

「老奶奶！」長孫無缺顫抖地喊著。

薄乙勤老婆婆慈祥地看著他們說：「這裡空氣差，你們該回去了，我差人開車送你們。」

她身旁的看護上前扶起薄敬言和長孫無缺，接過鑰匙，打開車門，讓長孫無缺先上車。

薄敬言則在上車前站定，轉身面對薄乙勤說：「謝謝妳，長老。」

薄乙勤滿是皺紋的臉已收起慈容，換上了戒慎，抓住他的手。

「宗主，前途堪慮，什麼才是你要的，一定要想清楚，後果是好是壞，只有你能左右。」

一道熱流從她的掌心傳來，替他運補了些許元氣，同時也提出了警告。

他盯著這位感應力超強的長老，心裡有數。

「我知道。」他正色說。

「不……你還不知道，就因為不知道，所以才危險啊！」薄乙勤搖搖頭，目光移向車內的長孫無缺。

他也跟著看向長孫無缺，她正擔憂地貼在車窗玻璃上看他。

薄乙勤以為他不知道，可他其實早就猜到，緲生的背後牽扯著一個非常麻煩而危險的傢伙。她的存在，對薄家，對他，都是個威脅。

但無妨，只要她生下了薄家的孩子，冒多大的險都值得。

他嘴角輕翕，拍拍薄乙勤的手，自信地說：「放心，長老，我會注意的。」

上了車，車子駛離，薄乙勤瞇起老眼，搖頭嘆氣，自言自語著：

「唉，自以為是的傻小子，要活幾次才明白，任憑你千算萬算，都算不過命運哪……」

※※※

長孫無缺懷孕的消息在薄家簡直就像個震撼彈，炸得所有人措手不及，根本不知道該哭還是該笑，該喜還是該憂。

只有薄少春歡天喜地，開心得一直在長孫無缺身邊打轉，噓寒問暖，前後照看，就怕她有個閃失。

但所有長老和除厄師們卻非常擔心，尤其在得知薄敬言在高博士那裡發生的險象，他們就更加如履薄冰。

薄家有史以來最強的除厄師，他們最敬畏的宗主，竟然被一群妖鬼嘍嘍攻擊得不支倒地，這種事怎麼可能會發生？怎麼可能？

然而，當天薄敬言和長孫無缺被送回來，他那蒼白的氣色和周身虛散的氣場，都充分顯示，他的確是變弱了！

而且變得很弱。

這一認知讓他們驚駭不已，比起薄家擁有子脈這件喜事，他們更害怕、憂心薄敬言的狀況。在他們心中，薄家有後很重要，但薄家宗主更重要，尤其，孩子並不一定要由長孫無缺來生。

甚至，戴天祈還認定，長孫無缺所懷的孩子，不該留。

但偏偏，薄敬言要定了這孩子，而且，願意為孩子等六週……

六週，這根本是找死。

才不到十天，薄敬言就已虛弱至此，等到四十天後，他的神魂元氣恐怕早就被吸乾抽離。

因此，戴天祈和長老們一直在私下研究，該如何處理這件事。

「說什麼都不能等六週！宗主到底在想什麼？他腦子壞了嗎？」大長老老臉糾結地拍著桌子。

「宗主真的瘋了，他不想把長孫無缺的主魂送回去，那就由我們來送。」二長老也擰眉氣道。

「但現在宗主守在她身邊，寸步不離，我們怎麼作法？」三長老愁容滿面。

「敬言撐不久的，若各位不替他補氣，他很快就會倒下，到時，我們就有機會出手。」戴天祈沉聲說。

大家都驚異地望著他。

「天祈，你這樣做，宗主他……」二長老心有顧忌。

「這樣都是為他好，也是為了保護薄家。」戴天祈嘆了口氣。

如果長老們知道他要做的還不只是將長孫無缺送走，說不定會更恐慌。

但，為了薄家，這個惡人，就得由他來做。

他的憂心忡忡和薄少春的喜上眉梢，正好成了極大的對比。薄少春忙了一天，回到房裡，看見丈夫愁眉不展，奇問：

「天祈，你怎麼了？不開心嗎？你要當爺爺了耶！」

戴天祈看著天真的老婆，搖搖頭說：「我當不起這個爺爺。」

「什麼意思？」薄少春不解。

「少春，再不把無缺送走，敬言愈來愈虛弱，妳就不擔憂？」他納悶著。

「我知道，敬言的氣愈來愈弱，可是，有你這個強大正陽之氣的老爸和其他除厄師在啊，你們一定會護著他，而且……」她說著頓了頓，突然露出欣慰的表情。「你知道嗎？我看敬言是真的愛上了無缺，他這幾天幾乎都和無缺黏在一起，甚至在別院過夜，他看著她的眼神，充滿了憐惜和寵愛，他終於不再是那個冷冰冰、不知愛為何物的孩子了！」

他聽了她的話，臉色更加陰沉。

「妳難道忘了，無缺的主魂不屬於這裡，她終究得回去，剩下一個癡呆的軀殼，到時不得不分離，敬言將會更痛苦。」他提醒她。

薄少春怔了怔，才幽幽地說：「難道，為了怕他痛苦，就寧可叫他不要愛嗎？」

他一呆。

「我一直希望敬言冷硬的內心能變得柔軟，很多事對他來說都太過理所當然。從小到大，他聰明剛愎，目空一切，從不聽任何人的話，對所有的人，即使是我們，他也從未敞開心門。敬言不是不懂愛，只是他高冷自傲，從未動過心……」薄少春感傷地說著。

「但現在，他卻愛上一個不該愛的人。」戴天祈打斷她的話。

「為什麼不該愛？無缺是個好孩子，她……」她急著幫媳婦說話。

「她不是人，而且她不該留下來。」他冷喝。

她一陣語塞。

「重點是，她太危險了……」他煩憂地揉著眉心。

「天祈，你究竟在擔心什麼？」她開始不安了，走過去坐在他身旁。

「少春，妳別和無缺走太近，這幾天也別去別院了。」他握住她的手，嚴肅地叮囑。

「為什麼？」她睜大眼睛，無法理解。

「過一陣子我會告訴妳原因，妳先聽我的……」

她警覺地盯著他。「你打算做什麼？」

他神情凝重，沒有回答。

「天祈，你可別插手，敬言說要等六週，我們就和他一起等六週後再做打算……」

「六週後，敬言的命就保不住了！」

此話一出，她整個嚇住。

「這件事不能拖了，敬言太過自信，我可不能讓他毀了自己，也毀了薄家。」他斬釘截鐵地說。

第十三章

13

薄敬言斜躺在床上，看著長孫無缺，她正立在窗邊，將她摘進來的花插在花瓶裡。窗外的陽光從木格窗櫺灑進來，在她身上鑲出一圈金光，那模樣，竟讓他一時有些癡了。

這幾日，他幾乎都在別院陪著她，就算到了夜晚，也在別院留宿，甚至，與她相擁而眠。

他告訴自己，他是擔心薄家那群老傢伙對她出手，也擔心她一個人孤單又胡思亂想，才會守在她身邊。

他只是為了確保她孕期安穩。

他以為，只是這樣。

但此刻，他那悸動的心正在告訴他，他留在這裡，寸步不離的原因，不只是為了她肚子裡的孩子，而是為了她……

他突然開始察覺近來為何心中老是窒悶，老是又緊又堵的原因了。

他心疼這個鬼奴，憐惜這個傻瓜，而這份心疼和憐惜，也許就是所謂的……

喜歡。

或者，其實是愛？

不知不覺的，他愛上了這個女人？

所以，他會想要一直看著她，會忍不住想觸碰她，像昨夜那樣，與她纏綿，愛撫著她豐美細嫩的身體，聽著她在他懷中敏感的嬌吟，然後，一次次地與她交合……

他從未對誰有過這種難以克制的激情和衝動，即使做愛完他總會更加虛弱無力，但他卻控制不了自己。

他不是沒有警覺這種情況有多麼詭異，她像個魔魅一樣吸引著他，消耗他的力量，他如果夠理智，就該立刻將她送回去。

因為，他已確信自己撐不過六週。

但為何他遲遲不動手？

每過一天，他就告訴自己再一天，一天之後，又再一天……

然後，就這樣又過了十天。

「敬言，你醒了！」長孫無缺轉頭看他，漾出一抹歡欣動人的微笑。

他定定地看著她，心想，就今天吧！別再遲疑，今天，就讓她走吧！

畢竟，從一開始他想要的，只有孩子，並不是她。

而他，不該愚蠢地為了這個女人而犧牲自己。

尤其，如果她從一開始就是個餌……

「無缺，過來。」他伸出手。

她快步走向他，在床沿坐下，握住他冰冷的掌心，小臉有著反常的平靜。

應該說，這幾日她都非常安定平和，和他在一起的每一天，都喜樂且滿足，並未顯現出任何的憂慮。

「你餓了嗎？有人送早餐過來了，媽剛才也來過，看你仍睡著，又走了。」她柔聲說。

也許是懷孕的關係，她的氣色紅潤明亮，五官因此襯得更加柔和美麗，他不自禁地伸手撫著她的臉，眼神深遠。

現在，不用催眠，他已多少可以猜到她的身分，在停車場能讓閻王罕見地現身，就說明了她並非等閒之輩。

不過，他不想讓她恢復深埋的記憶，那些很可能非常不堪，甚至痛苦，他不希望她再承受一次，他寧可她像現在這樣單純地回去原位，寧可她只記得他和她的這一段時光。

「我不餓，妳應該餓了，先吃吧！」

「我吃了點粥了，還喝了媽熬的補藥，她說喝了對胎兒好，叫我早晚都要喝一碗呢。」她感激地笑著。

「媽是真的關心妳。」他嘴角一勾，整個薄家，大概只有母親真心為無缺懷孕高興。

「嗯，她對我真好。」她點點頭。

「我媽是個真性情的人，只是太過率直又天真……」

「但我好喜歡她。」她眼底滑過一絲暖意。

在這人世，除了薄敬言，第二個讓她覺得溫暖的人，就是薄少春。

「難怪妳會喜歡她，妳們兩個在本質上還挺像的。一樣天真！」他莞爾一笑。

「是嗎？天真不好嗎？」她也笑了。

「嗯，也沒什麼不好。」

晨光透過大窗灑了進來，映著一室明亮，他靜靜地享受著她的笑顏，和這美好的夫妻小日常對話，心裡終於能體會，原來這就是人們口中所謂的「幸福」。

兩人執手靜坐了半晌，接著，他吃過早餐，便約她出去散個步。

「我們去別院外走走。」

「好。」

薄宅的園區寬大，四處綠蔭，他們就這樣隨興走著，十指緊扣，聊些天氣，冷熱，花草等無聊的話題。

他異常的溫柔，她也愉悅地偎傍著他，彷彿兩人都心無罣礙，只單純地享受這片刻的和諧寧靜。

繞過小池塘、涼亭，前方不遠，一個外圓內方的水泥空地，就是薄家的祭壇。

「那裡是……？」她好奇地問。

「祭壇。薄家磁場最強的中心，重大的儀式，我們都會在這裡舉行。」他和她的婚禮便是在這裡舉辦，當時的一切，仍歷歷在目，但心境竟已迥然不同。

「感覺是個很莊嚴神聖的地方。」

「那塊地年年都有薄家最強的十二位除厄師作法，是塊淨地。」

「淨地……」她怔忡地看著那祭壇，眼神幽幽。

他領著她往那裡走去，邊走邊說：

「天氣愈來愈熱了，正午的太陽很烈，妳沒熱著吧。」

「我很好，還好別院的冷氣夠強，熱了就待在房裡。」

「夏天雖熱，但很快就會過了。」

「是嗎？」

「是的，四季更迭很快，時間總在不經意間就流逝。」

「聽你這麼一說，我想到還沒看過其他三季呢。」

「四季不就那樣，我倒覺得沒什麼。」

「我看你根本就從沒在乎過這些。」她輕啐。

「也是。」他自嘲一笑。

兩人就這麼閒步走到祭壇前，站定，他忽然問她：

「聽說懷孕的女人會不舒服，孕吐什麼的，妳似乎沒這些症狀？」

「是嗎？我好像不會，胃口很好呢！」她低下頭，按著肚子。

「那，看來孩子很健康。」

「嗯。」

「我想，我們的孩子應該不會太脆弱。」

「嗯。」

「所以，妳可以放心了。」

「嗯。」

帶著濃濃的鼻音，他一轉頭，才發現一直輕聲回應著的她，此刻臉上已掛著兩行清淚。

也許已猜到他要說什麼，做什麼，她不知從何時起，就已靜靜地落淚。

他心一緊，強忍住不捨，正色說：「我得送妳走了，無缺。」

「好。」

一個字，沒有哭鬧，沒有爭辯，沒有強求，只有安靜地接受。

他卻像被什麼狠狠敲了一記心臟，痛得他無法呼吸。

然後，他才醒悟，她這些日子的反常，原來是早有心理準備，所以她白日待在他身邊特別安靜乖巧，夜裡也在他懷中特別火熱，彷彿要把這最後的一點時間，傾盡所有，為他燃燒殆盡。

她早就知道，她必須走，而他也必須送她走。

「無缺……」

她在流淚中擠出的微笑，定定望著他，眼中有著濃烈的愛戀，還有令他心疼萬分的認命。

「我愛你。」哽咽中，她深情款款地吐出這句。

他僵立著，彷如被什麼咒術縛住，動彈不得，無法言語，只有不斷發脹的苦澀酸楚在胸口氾濫成災。

「謝謝你……讓我走這一遭，謝謝你……讓我懂了什麼是愛，也謝謝你……讓我愛你。」她哭泣地說著，是真的感謝，真的無怨。

雖然短暫，但她真的很幸福，雖然很遺憾看不到孩子出世，但她不貪心，夠了。

她的一顆顆淚炸進他心坎，他無法喘息，唯一能做的，就是將她緊緊地摟住，把她按進胸前，只有這樣，才能稍微減緩他一陣陣的心悸。

「我很抱歉，無缺。」

「不，沒什麼好抱歉的，你給我很多很多了，有這些美好的回憶，我就有勇氣再回去那個黑暗陰冷的地方了。」她反抱住他精實的腰背，用力聞著他身上的氣息，想把他的一切全都深深刻進腦海裡。

他擰緊雙眉，不想深究她的即將離去怎麼會讓他的心如此發緊，她不過是他的一顆棋子，計畫中本來就是該消失的人，可這份不該有的難分難捨，到底是怎麼回事？

難道，他真的已愛上了她？

不……

他得理智些，這世間沒有什麼是斷不開的，不論是緣分，還是愛。

慢慢推開她，他吸口氣穩住情緒，強迫自己冷靜。

「正午，陽氣正盛，時辰到了，妳該走了。」他沉聲道。因為氣弱，他必須利用正午的陽氣，以及祭壇的法力，才有足夠的力量催送她的主魂回去。

她也放開了手，擦去眼淚，點點頭，自行走向祭壇。

看著她孤零隻身地立在祭壇中央，他忽然想起了當日娶她的場景，那時她未醒，根本沒體驗到他們成婚的過程。

什麼都沒經歷過，就莫名地成了他的妻子。

然後，成為母親。

然後，又失去了所有……

這樣的短暫一生，不正是她的心願嗎？經歷了愛，也在人世有了子嗣，這是他承諾回報她的恩情，理應兩不相欠，但為何他的心會沉重得彷彿千斤萬擔？

「你……會護好我們的孩子的，是吧？」她信任地望著他。

「放心，我會的。」

「好……那就好……」她撫著小腹，淒楚一笑。

他凝著臉，走近她，在手掌心結了個驅魂印，再將手按在她的腦門。

乍時，風起，一股氣流在他們周邊打旋。

她抬眼看他，眼中蓄滿了淚，牢牢地用目光描繪著他清俊的臉孔，捨不得眨一下。

他屏息了幾秒，低下頭，在她的唇上深深印上一吻。

久久，他移向她耳畔，輕聲說：

「妳永遠都是薄家宗主夫人。」

她閉上眼睛，淚湧出了眼眶，再無奢求……

耳邊聽著風聲，神魂輕晃，她以為她就要被吸回那幽黑之境，但突然間，頭頂的力道卸除，她聽見了一陣痛呼——

「啊——！」

她睜開眼，只見薄敬言倒在地上，臉色慘白，全身似乎毫無力氣。

「敬言！……啊？」她大驚，心急地想靠過去，但整個人忽然被什麼看不見的繩索綑住，無法動彈。

眼前，一群身穿白袍的除厄師們一下子將她團團圍住，彷彿是個什麼陣式，而薄敬言已被戴天祈和僕傭們抬出外圍，她不明所以，驚慌大喊：

「這是要做什麼？敬言……敬言！」

薄敬言瞪著這陣仗，也驚怒不已，虛弱地厲喝：「滅魂陣！你們……想幹什麼？」

「敬言，別怪我，我不得不出此下策，無缺絕對不能留。」戴天祈嚴肅地看著祭壇中的長孫無缺。

「我已經打算送她回去了，你們別插手……」薄敬言喘著氣說。

「宗主，你的氣太虛弱了，剛才若不阻止你，你的元神說不定會跟著她被吸進去。」大長老低喊。

薄敬言知道剛剛那一瞬的確凶險，他的魂竟跟著長孫無缺一起飄移，驚駭之際，卻無法收手，要不是長老們及時趕到，他真的會和無缺一同消失。

但是，眼下這情況，卻更令他心驚，因為除厄師們佈的這個陣，並不是要將無缺送回陰陽交界，而是要將她消滅！

「你們……別動無缺……讓她回去……」他喘著氣下令，但因神魂震蕩，元氣更虛，連說話

第十三章

都斷續無力。

「不，她不能留，不止她，連孩子也不行。」戴天祈冷冷地說。

「你……在胡說什麼？不准你們……動孩子！」薄敬言驚怒。

長孫無缺聽得一陣錯愕，從剛剛他們就在說些什麼？他們想幹什麼？究竟……想幹什麼？

「敬言，你應該比我清楚她的身分，你想盡辦想得到她的血脈，就算她是個癡呆空殼也不惜將她娶進門，可這道血脈對薄家太危險，誰也不知道留下這孩子會發生什麼事，你就放棄你的計畫吧！」戴天祈站起身，嚴正地警告薄敬言，並轉身一步步走近長孫無缺。

長孫無缺如遭雷擊，臉色慘白，瞠目呆立。

戴天祈……她公公……在說什麼？

什麼只要血脈？

難道這一切的一切，都只是薄敬言的計畫？

他……從一開始帶她來到薄家，為的是要得到她的孩子？

什麼報恩，什麼為了她好，讓她在人世留下子嗣，讓她有家族、家人，都是誆騙她的？

薄敬言臉色微變，他豈會看不出戴天祈說這些話的目的？這傢伙根本是故意說給長孫無缺聽的，目的就是讓她心死。

「你住口！」他怒斥。

看見她的表情，他的心臟竟也跟著刺痛不已，他不想讓她知道，就是不希望她太痛苦，可戴天祈卻毀了他的苦心。

戴天祈不理他，反而對著長孫無缺說：「敬言只是在利用妳，無缺，他要的，只是妳的血脈，妳的孩子，至於妳，對他來說一點都不重要。」

長孫無缺開始發抖，整顆心絞擰著，痛到發不出聲音，只能怔愣地望著薄敬言，等他一個解釋，一個說明。

為什麼是她？為什麼只要她的血脈？

薄敬言鐵青著臉，卻什麼都沒說，因為現在，說什麼都沒用。

「可是，很抱歉，我們薄家不能要妳的孩子，無缺。妳的存在對薄家太危險，不止是妳，就連妳肚子裡的孩子，也留不得！」戴天祈決然地說。

日正當中，可是長孫無缺卻感覺好冷好冷，她理不清這團混亂，一下子說只要她的血脈，可現在又說他們不要她，也不要她的孩子！

那薄敬言呢？她只想知道他要什麼？

這些日子他對她的溫柔，熱情，對她的種種，為的是什麼？

「敬言……敬言……」她恐慌地呼喚著自己的丈夫，只想聽他一句解釋。

薄敬言沒有回應她，只是瞪著戴天祈說：

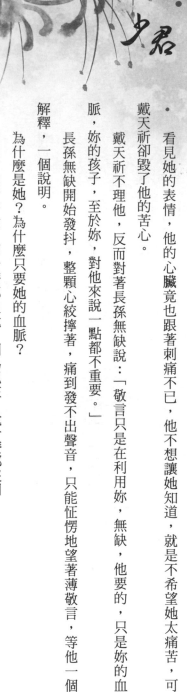

第十三章

「我說了，別碰孩子，這是宗主的命令……」

「這次你的命令我們不能遵從，宗主，為了薄家，我們一定得除掉她和她的孩子！」大長老強硬地說。

「你們……」薄敬言一陣氣結。

「她太危險，她的孩子更危險，絕對，必須消滅。」戴天祈斬釘截鐵地說。

必須消滅！

四個字像雷一樣劈進長孫無缺耳裡，她渾身不停打顫，小臉和紙一樣雪白。她不懂，不明白，太多疑問，最後使盡力氣才擠出嘶喊：

「為……為什麼？為什麼這樣對我？我做錯了什麼？告訴我……這究竟是為什麼？」

四周一片詭異的安靜，沒有人回答她，甚至，所有人都用一種戒備的眼神看她，好像她是什麼妖魔鬼怪。

「回答我！你們回答我！敬言……敬言……」她驚恐交雜，只能求救地看向薄敬言。

「無缺……」他心急地想起身，卻怎麼也使不上力。

「妳不需要知道，妳只要知道，我們有我們的立場，這麼做也是迫不得已。」戴天祈沉重地朝眾除厄師們揮手。

「不，住手……」薄敬言見眾人的神色，顯然知道大家都已猜到長孫無缺的身分，才會決定出手。

而他此時元氣虛耗，完全阻止不了他們。

「敬言……拜託……我怎樣都可以……求你……救救我們的孩子……你不是只要孩子嗎？那就救救他！我怎樣都無所謂，只求你救救孩子！敬言……求求你！」她向他淒聲哭嚎著。

九名除厄師們同時結了咒印，開始施法。

有如九把刀同時刺進身體，長孫無缺痛得失聲尖叫：

「啊——」

薄敬言心急又心痛，疾聲怒喊：「快住手！」

但他才出聲，突然後頸一痛，眼前一黑，便在長孫無缺痛苦刺耳的尖叫聲中失去了意識。

祭壇颳起了陰鷙旋風，風冽如刀，刀刀刺向祭壇正中心，除厄師們啟動滅魂陣，打算將長孫無缺和她肚子裡的孩子一起除掉。

「啊——」

淒慘的嚎啕響徹整個薄宅，長孫無缺痛澈心扉，就在神魂即將被撕裂的當下，她心底所有的柔情和溫暖全被深沉的恨意取代。

太過分了！太過分了！

不能原諒……不能原諒……！

心底一股熟悉的怨恨像海嘯般翻湧而現，相同的恨意，相同的怒吼，起了堆疊加乘的力道，再加上腹部間突然傳來的無形能量，讓封印在記憶深處的那個黑盒，頓時爆開——

黑暗，閃光，那張長滿鬍碴冷笑的臉孔，背叛，暗算，黑溝的水，沉溺，窒息……

一幕幕影像灌進她腦中，像翻飛的書頁，一頁一頁都刻著她的血淚，剎那間，她聽見了自己錐心的嘶吼，也終於想起了自己是誰。

在成為鬼奴之前，在失去所有記憶之前，她也有名字，更有個令人聞名喪膽的稱謂……

她是……

陰界的主宰。

她是……

閻王！

※※※

在遠久遠久之前，地府閻王，並非一人，閻王原稱「雙王」，乃是一對兄妹，男掌男鬼，女掌女鬼，各司其職，相安無事。

在整個冥界，他們是主宰，擁有強大的力量，支配著所有的陰鬼妖孽，審判著亡者，決定他們的輪迴。只有他們兄妹二人，才能在生死簿上書寫，那是他們的絕對權限。

而她，是除了哥哥外，地府的另一個王。

那些妖鬼幽魂們私底下都稱她是冥府的「女帝」！

威儀懾人，氣勢銳利，端持著王者的風範，辨善惡，決生死。

她，有個美麗的名字——花羅。

花羅女帝相貌雖清雅脫俗，但性子冷傲，總是身著一襲繡著血紅牡丹的黑紗綾羅，高坐在她的殿堂裡，冷觀著來到地府的凡俗女魂，聽她們泣訴她們的一生。

那時，她是女鬼們的敬仰，男鬼們的畏懼，她以一道無形的法牆，隔開她與兄長閻王的勢力，兄妹兩人除非議事，鮮少碰面。

原本，一切都有律法秩序，原本，這陰暗的世界相安無事，兄妹相敬如賓，共掌著地府的和平。

直到那個男子的出現……

在這個只允許女子進入的區域，那個男子不知怎地竟闖入了禁地，奄奄一息地倒在她的殿堂後花園。

她原想以一把業火將這名擅入者燒成灰燼，但業力之火卻燒不了他。她才赫然發現，他不是亡者，竟是一個生魂！

一個還活著，但靈魂卻掉進了地府的人！

她命鬼婢將他拎進殿裡，以水潑醒，坐在她的王座上，睥睨著這男子。

「說，你是誰？」她冷冷地問。

他緩緩地抬起頭，一張臉幾乎全被散亂長髮遮蔽。

「我……我是薄……薄……令羽……」低沉柔和的嗓音帶著些許的虛弱。

「姓薄？」她細眉一挑，原本閒散的神情立刻專注了起來。「你來自天朝國師薄姓家族？」

「是。」

「薄家除厄法力無邊，怎麼你的生靈竟紆尊降貴來到地府？」她譏諷地說。

薄家除厄師向來和冥府妖鬼亡靈是死對頭，他們除妖降魔治鬼，自詡是陽世的判者，為人祈福消災解厄，總是一副高高在上，視冥府陰曹為污穢之地。

「我……在除厄法祭受人暗算……被一群妖鬼引入黃泉道，靈體墜入魔障羅網，我使盡力量掙脫，卻被吸入地府，迷失了方向……」他喘息著，身子無力地傾向一旁。

「遭人暗算？哼哼，我就說，人比鬼還奸詐百倍呢！」她冷笑。

「的確……」他無奈地低嘆。

暗算他的還是自己的族人，人心險惡已與妖魔無異。

「那你打算怎麼辦？現在憑你一己之力是回不了陽世的，薄法師。」她戲謔地瞅著他。

他沒吭聲。

見他也不開口求她，她倒忍不住了。「要我幫你嗎？」

他還是沉默著。

「怎麼？薄令羽，你暈過去了？」她不悅地一揮手，一道疾風掃向他。

風推得他向後一仰，長髮揚飛，露出了一張俊美非凡的蒼白臉孔。

清眉如劍，一雙黑瞳似黑晶鑲在剛柔並濟的臉上，鼻若懸膽，雙唇豐實，雖然氣色極差，但那凡人少有的奪人相貌，著實讓花羅女帝看得一愣。

「我沒暈……我只是覺得妳幫不了我……」他伸手將凌亂長髮向後梳攏，衝著她淡淡一笑。

她的心顫了一下，這男子長成這副勾魂攝魄的好看模樣，簡直是妖孽啊！

再加上那柔沉的嗓音……

一個除厄法師怎麼可以長成這樣？怎麼可以！

「你認為我幫不了你？」她正了正心神，被他的口氣惹得不快。

「是啊，整個地府只有閻王才有能力將我送回陽世，不是隨便誰都能幫我……」他嘆氣道。

「大膽！」鬼婢急聲喝罵。

「呵呵。」

她不怒反笑，舉手制止鬼婢，起身踱下階梯，一步步來到他面前，彎下身盯著他。

第十三章

「你以為我是什麼身分，才能在這個殿堂裡審你？」

薄令羽抬頭看著她，似笑非笑地問：「那……請問妳是什麼身分呢？」

她細眉一挑，被惹笑了，因為，她從他的眼神中已能看出，他早就知道她是誰了，甚至，或許是故意逃到她這裡來的。

「大膽狂徒！來到花羅閻王殿還敢如此放肆！」鬼婢忍不住大聲斥責。

他嘴角輕輕揚起，直視著眼前梳著公主高髻，長髮垂地的秀麗女帝，輕聲求著。

「那麼……請妳幫幫我吧……閻王……花羅……」

她一怔，從他口中聽見自己的名字，她的心竟像是被撥弄的琴弦般輕輕顫動著，久久難以平緩。

「竟敢直呼女帝名諱，找死！」鬼婢驚喝，都恐懼地望向她。平時誰敢直呼女帝之名？下一刻肯定被女帝滅成灰燼。

但她竟未動怒，還有些失神，甚至收不回自己盯著他的目光。

「妳……會幫我吧？」他又開口，但話未說完，臉色突然大變，伸手扯住她的羅袖，急道：「我得快回陽世……情況危險……我……」

她沒有站穩，整個人被他拉近蹲下，兩人面面相對，一股微妙的氛圍瞬間將他們籠罩。

她從沒和任何人如此靠近過，即使是親哥哥，也不曾有過一步以內的距離，更別提那些鬼將鬼兵或是奴婢們，但現在，這個凡人生靈竟然……

她屏住氣息，看進了一雙深邃不見底的黑潭，心開始不受控制地狂跳，整個人忘了移動。

「啊！女帝……放肆無禮的傢伙！」

鬼婢們嚇得立刻上前扶起她，推開薄令羽，抽出長鞭準備好好抽他一頓。

然而她們還未動手，薄令羽身體開始發抖，靈體竟呈現詭異扭曲，倒在地上來回翻滾，並且不停發出痛苦的呻吟。

她拂開鬼婢，定眼一看，神色一凜。

他的衣襟敞開，胸口竟被畫著一張張牙舞爪的黑符，那是一張死咒符！

「看來，有人非常恨你呢，薄令羽，竟對你施了死咒，撕開你的身與靈，打算殺了你，讓你再也回不去。」她輕哼著，口氣嘲弄。

「啊……」他已痛得無法回應，氣息愈來愈弱，最後竟暈了過去。

她心中興起一絲異樣之情，翻開纖掌，撒出一張如紗的黑網，將他團團包住，頓時，那纏著他的死咒力量全部消失。只是，這張網只能護他一陣，那張咒符是畫在他的實體，不從實體化除，根本解不了咒。

「女帝，您……您……打算怎麼處置他？他是個男子，不該進入這裡的，更何況又是個生靈……」鬼婢們見她出手，都驚疑不已。

她沉吟著，也在猶豫。

生靈墮入地府，若不速速返陽，一旦被發現，只有被消滅的份，更何況，他又是薄家除厄師……

要是哥哥閻王看見了這個死對頭家族的人，豈會不好好羞辱整治他一番，再消滅他？

一想到他將陷入那種處境，她竟心生同情，於是衝動地下令：

「讓他先留下，這事不准傳出去，尤其別讓哥哥知道。」

「是。」鬼婢們面面相覷，小心應聲。

就這樣，薄令羽留了下來，留在她的閻王殿養傷，他是她這個閻王殿千年來第一位客人，也是第一個出現在這裡而沒被滅除的男人。

這是一場奇特的機緣，這機緣改變了太多事，包括整個地府，還有她的命運。

但當時，她什麼都不知道。

少君 14

一直以來總是幽暗陰冷的花羅殿，因為多了個男人，突然有點不一樣了。

薄令羽昏迷了三天三夜才轉醒，這段時間，花羅女帝時時以法力度他，幫他鎮住生魂，恢復元氣，像是在照顧著豢養的寵獸，開始有了些牽掛，有了點在意。

清醒的他氣色精神都變好，整理妥善的長髮梳成髻，一張俊俏臉孔更加醒目，加上他談吐不俗，機敏靈黠，與他對談閒聊，成了她日常裡重要的樂趣，她總會忍不住去找他，要他說說陽間的事，或是，他的事。

是的，她好奇他的所有事，非常好奇。

原來，薄令羽少年有為，早早就被認定是下一任薄家宗主，他更是目前天朝皇帝最寵信的法師，這兩年的祈福祭，都由他主祭。他的聲望在天朝如日中天，加上風采無雙，俊逸出塵，因此眾所矚目，鋒芒畢露。

但也因人紅遭嫉，薄家的另一派系對他忌恨在心，竟利用他為朝中大臣主持除厄法祭時，對他施法下毒咒……

「人心真的是比什麼都狠毒詭詐啊！所以，接受審判時就怨不得我了。」她聽得不禁搖頭冷啐。

在閻王殿審判亡靈，看多了是非善惡，種種因果，全都是人心在作祟。

薄令羽看著她一臉對人的嫌惡，忍不住問：

「花羅閻王，妳在審判時，有沒有出錯誤判過？」

她睜大秀氣的雙眼，瞪視著他。「絕不可能。」

「絕不可能嗎？」

「當然。」她傲然地抬高下巴，公正嚴明是她的準則，豈會誤判？

他微微一笑，幾日來和這位花羅閻王的相處，發現她雖冷傲了些，但其實心思清明，性情率真，雖然有時威儀懾人，但偶爾會露出少女的氣息，一如初綻的花朵。

「你笑什麼？」她皺眉。

「沒什麼，只是覺得陽間對閻王的形容和假想，和妳實在差太遠了。」他莞爾地看著她清靈白皙的臉龐，笑意加深。

「怎麼？陽間以為我長得像鬼嗎？」她哼了哼。

「大部分人以為閻王必是臉上長滿鬍鬚，亂髮橫生，瞪著瞳鈴大眼，凶惡可怕之相。」他誇張地說著，故意逗她。

「真是愚蠢的想像！閻王就得是醜陋的嗎？即使是我兄長，也只不過鬍子多了點，長得嚴厲些罷了。」她笑斥。

「他們不知道地府有兩位閻王，更不知道妳這位花羅女閻王，竟是個如此貌美的姑娘啊！」他隨口奉上讚美。

她怔了怔，臉頰忽然有些發燙。

千年來，從沒人稱讚過她的長相，不，應該說沒人敢談論她的長相，而她也從沒去注意自己的樣貌，什麼美醜，在地府根本沒有標準，也不需要。可現在突然有人說她是個美貌的姑娘……

他盯著她不小心流露的侷促，忍不住促狹地笑了。

見他偷笑，她很快整理好心情和表情，正色怒責：

「你太放肆了！薄令羽，別以為我待你稍微好些，你就可以得寸進尺，如此不敬。」

「是，請息怒，閻王，我太輕率了，不該任意讚美您的容貌。往後我會注意，絕不會再提及有關您容貌的任何字眼。」他恭敬一揖致歉。

這傢伙……明明像是反省，這話聽起來怎麼這麼不順耳？

她是不准他不敬，又沒有叫他別再稱讚。

沒好氣地瞪著他，小心思正轉著，他卻猛地抬起頭，對上了她懊怒的眼神，然後俊臉上浮起了似笑非笑的調侃。

他那模樣很氣人，偏偏又很迷人，害她明明不想和他對視，卻又移不開自己的目光。

這令她有點心驚，不過是一張好看的人皮面孔，一張虛表而已，為什麼看遍各種臉譜的她，竟獨獨對他有了特別的感覺？

是因為他是第一個能與她對談的人？還是因為她太寂寞了？

正不安地思忖著，一名鬼婢火急現身，跪在她面前道：「女帝，大閻王突然駕臨，說有要事。」

在地府，大家都稱她兄長為大閻王，稱她為女帝。

「哥哥來了？」她臉色大變，立刻轉頭看著薄令羽。

要是被大閻王兄長看見薄令羽，他根本別想再返回陽世，不管生靈還是亡魂，肯定立刻被地獄烈火燒成灰燼。

薄令羽也收起了笑容，神情警戒。

「怎麼辦？我們要將他藏到哪裡才好？大閻王法力高強，這生人氣息他一聞便知，要藏哪裡才不會被發現？」鬼婢們一團驚亂慌張。

她不假思索，伸手抓住薄令羽的手，凌空飛向殿後的洗池，將他拋進池中，接著褪去外衫，也跟著躍進池裡，再以自己的黑色紗羅覆蓋在整個池面。

「我的羅衣和水能阻斷你的氣，哥哥就聞不出你了，你待在裡頭，千萬別出聲。」她沉聲警告。

他在紗羅裡輕輕點了一下頭，只將眼鼻露出水面。

「去跟哥哥說我正在沐浴，不方便見他。」她向鬼婢下令。

鬼婢們匆匆奔去通告阻攔，但大閻王卻還是大步走了進來。

「這種時候妹妹沐什麼浴？難道是被什麼妖孽污穢沾上？」

宏朗的聲音才剛從外殿傳入，一道龐大黑影已閃了進來，矗立在洗池邊，魁梧威猛，神情肅厲，全身散發著令人膽寒的霸氣。

眾鬼婢們立刻顫抖跪地趴下，她則迅速將黑紗攬向自己胸口，順勢掩住了薄令羽浮在水面的臉孔。

「哥哥突然造訪，有什麼要事嗎？」她以不悅的口氣掩飾不安。

大閻王利眼如箭地掃過四周。「近來地府的氣有些凌亂，聽小兵們說有異物闖入，我特來巡巡，妹妹可要當心。」

「我沒見到什麼異物，一切如常，不過就算有什麼妖孽敢闖入我這裡，我也應付得了，哥哥放心。」她面色沉穩地說。

「嗯，那就好。」大閻王點點頭，轉身要走，忽地眼光瞄向她身後的池中，定住。

她屏息不動，瞪著他。「哥哥還有事？」

大閻王皺起濃眉。「我怎麼覺得有股奇特的味道？」

「應該是荼蘼的味道吧！我在池裡丟了些，去除水的腐味。」她從池中撿起一朵荼蘼花。

「妹妹太不知足，這裡的水已經夠乾淨了，要是深淵黑溝裡的水，那才是千萬年的腐臭。」

「是，我知道，我用花泡澡，也只是圖個有趣而已。」她淡淡地說。

「別洗太久，地府的水冰冷透寒，當心傷了元氣。」他提醒。

「我明白。」她恭敬頷首。

大閻王沒再多說，轉身離去。

她等到他的氣完全消失，才拂開黑紗，迅速將薄令羽撈了起來，一同飛出水池。

鬼婢立刻為她罩上乾淨的黑袍，她低頭一看，只見薄令羽已凍得臉色發白，癱在地上全身發抖。

她盯著他，暗忖，地府之水連亡靈都撐不住，更何況他還是個生魂，但方才若不用水的腐味遮蔽他的人氣，絕對會被哥哥發現。

「啊！女帝，他快凍死了！」鬼婢見他不再抖動，身體僵直，兩眼翻白，不禁低喊。

她沒有多想，手一揮，一道長鞭將他捲起，拉進她的黑袍裡，她再以黑袍將他裹緊，摟入懷中，縱身飛向一旁的貴妃長椅，讓他偎靠在她的肩上。

這情景讓所有鬼婢都驚異抽氣，她們冷傲的、高高在上的女帝，竟然……主動抱住了一個男人！

一道熱氣緩緩從她的身體傳來，薄令羽感到一陣陣暖意，臉也漸漸有了血色。他慢慢睜開眼睛，第一個入目的，是一雙粉嫩誘人的紅唇，再往上移，則對上了兩泓寫滿擔憂的清亮瞳眸。

「薄令羽，你沒事吧？」她低聲問。

他靜靜地看著她，突然意識到兩人正緊緊相貼著，他的身體清楚地感受到她的玲瓏曲線，還有吐納出的如蘭氣息。

霎時，他的心旌騷動，胸中一片晃漾。

「喂，你還好吧？」見他沒作聲，她急問。

「我……咳咳咳……」他因寒氣而喘息咳嗽，虛軟地更靠向她。

她將他擁得更緊。「地府之水寒澈心肺，你可能被寒氣侵透了。」

「應該……是……吧……可是，妳身上好暖……」他有氣無力地伸手抱住她，貪戀著她身上的溫度。

她愣了愣，忽地驚覺兩人貼得太近，但怕他太冷又不好推開他，最後只任由他放肆地摟住自己。

這過於親暱的距離太不合體統了，可是，偏偏她又莫名地因這種從未有過的體溫交融而悸動不已。

一時之間，她彷彿聽見了自己如雷的心跳，怦登！怦登！響徹整個殿堂。

深怕被鬼婢們聽見，她有些慌亂地抬起頭，赫然發現眾鬼婢們都噤聲側目，畏縮不已。

她臉頰如著火，有點羞惱地喝道：

「妳們看什麼？還不快來幫我把他抬進房裡。」

「是。」

鬼婢們急忙將薄令羽從她身上拉開，扶他回到房內，但他一離開她便又開始顫抖，她見狀暗暗擔憂，命道：

「快去取些地火來，放在他四周。」

鬼婢們匆匆取來地火，將整個房間烘成暖房，他才停止抖瑟，可臉色還是慘白得嚇人。

「果然是生魂，對地府的寒氣抵抗力太弱，加上你的魂已幾乎要渙散……」她低頭看著他，喃喃地說。

「我……好多了……別擔心。」薄令羽擠出微笑。

「誰擔心你了？我只是討厭看人病懨懨的。」她蹙著細眉，傲然地說。

「是，我很抱歉……咳咳咳……」薄令羽說著又開始狂咳。

她命鬼婢們全數退下，上前坐在床沿，掌心按住他胸口，以自身法力為他祛寒，清麗小臉始終沉凝著。

薄令羽的生魂一直被那道死符咒催逼著，愈來愈孱弱，如果想要完全恢復，只有一個辦法……

續魂丹。

只有閻王專有的續魂丹才能鎮住他的生魂，讓他回復神魂能量，返回陽世。

但這念動才閃過腦際，她就驚顫了一下。

等等，她在想什麼？為了這個才認識不過幾天的薄令羽，她竟對續魂丹動起了腦筋？

續魂丹乃是極珍貴的續命之寶，能保神魂千年不滅，總共只有兩顆，一顆哥哥收著，一顆由她管理。這是保有他們兄妹魂命的重要神丹，以防萬一他們受了什麼重傷的急救之藥。

可她現在在想什麼？

不，清醒一點，花羅，他的死活都不關妳的事，妳救了他就已夠仁慈了，趕緊把他趕出閻王殿，讓他自生自滅，省得耳根清淨。

她的理性不斷地發出警告，提醒她千萬別做傻事，千萬別做。

「花羅閻王，謝謝妳……真的……非常……謝謝妳……我好多了……」他睜開眼看著她，輕輕握住她按在他胸口的手，柔聲道謝。

她被他磁性的聲音吸住，盯著他此刻蒼白卻又俊美得令人心顫的容顏，腦中那鏗鏘的警告便在瞬間消逸，那股不該有的憐憫之情如海浪般翻湧而上，將她的冷靜與理性全都掩蓋。

「哼，好多了？你的魂快散了，你知道嗎？」她擰著細眉說。

「知道。」

「我幫你灌入再多法力也沒用了。」

「是的。」

「再這樣下去，連我也救不了你，你快變成真的亡魂了。」她哼著。

「那……也沒什麼不好，我可以一直……陪著妳……」他弱弱地揚起嘴角。

她芳心一震，暗想，也是，他成了亡魂，就能一直待在地府了！

但，時辰未到，一個枉死的亡靈能做什麼？他成了枉死亡靈，必然會去了哥哥那裡拘禁，到時別說陪著她，她要見他一面都難，更何況，哥哥會怎麼處置他都不知道。

「你別說傻話了！薄令羽，地府不是你待的地方，快點滾回陽世吧！」她佯怒地拂開他的手。

「我的確該回去，那裡有太多事等著我……但是……我回得去嗎……咳咳……」他喘著氣，說著又開始咳個不停。

「好了，別說話，都沒元氣了，快閉上嘴。」她焦急地再次將掌心護在他胸口，沒注意到自

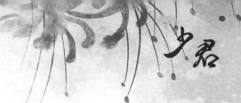

己的擔憂全寫在臉上。

熱氣從她的掌心傳進他的心扉，他終於止了咳，定定地看著她，再次道：「告訴我……花羅閻王，我能回得去嗎？」

她瞪著他，沉默著。

這人心機太重，竟用這句話試探她能不能幫他。

不，他根本是在問她，想不想幫他。

真是個狡猾的傢伙，從他一開始闖進來，就不是意外。

彷彿看穿她的想法，他突然彎起眉眼，笑著自首：「是，沒錯，我明知道只有妳幫得了我，才闖進這裡……」

奇怪，聽他坦承，她倒不生氣，反而好奇：「你又怎麼確定我會救你？」

「不確定，只能賭賭看，墮入地府，元氣喪盡，閻羅雙王哪一個才能給我生機？怎麼想也只有妳讓我活著的機率大些。」他無奈地說。

她靜靜地看著他蕭索的模樣，同樣也問自己，為什麼出手救他？而不是滅了他？茫茫人海，陰陽兩隔，有幾千萬分之幾的機緣，才會相遇？

是她信了這緣分？或者，是她接起了他拋出的緣分？

「看來，你賭對了。」她輕哼。

「是的。」

「可要讓你回陽世並不容易。」

「嗯，非常不容易。」

「救了你已是最大極限，接下來我也可以不管你。」

「沒關係，妳怎麼決定我都接受。」

「真的都能接受？」

「是，因為我的命早就在妳手裡。」

她瞇起眼，俯身湊近他，原本按在他胸口的手，也移到他的頸項作勢掐住，挑釁地道：「真的這麼認命？那我此刻殺了你也行？」

他沒有回答，只是伸出手，輕撫上她近在眼前的臉頰，一雙黑湛雙眼中流蕩著某種心緒。

她猛然呆住，他的指尖彷如有著奇妙的法力，鎮住了她的身軀，卻撩動了她的心靈，而且，她還在他的眼睛裡讀出了一些令她心跳的信息。

那是什麼？他眼底的熱意是什麼？為什麼她被看得整顆心都空茫酥軟，幾乎要融化？

「妳想怎樣都行。」他聲音很低，一語雙關。

她像被燙著了似地打掉他放肆的手，向後彈開，微惱地瞪著他。「別想擾亂我，薄令羽。」

「我……擾亂妳了嗎？」他虛弱地笑了。

是的，他一直在擾亂她的心，但她的尊嚴讓她不能承認，只能生氣。

「你的廢話太多了，我命令你乖乖躺著，閉嘴。」她以凶惡的口氣掩飾自己的悸蕩。

「是……遵命……呵……」他笑著回應。

她立在他床沿，聽著他輕緩低沉的笑聲在整個房內迴蕩，忽然有個令她自己心驚的嚮往，她竟然好希望，在這空寂的閻王殿中，可以一直聽見他的聲音。

※※※

薄令羽有些焦燥。

花羅知道，他該走了，可是，她並不想讓他離開。

她避而不提幫他返陽的事，甚至會故意躲著他，然後坐在自己的房裡，捻花微笑，側耳傾聽著他在殿裡四處尋她的聲音。

「女帝在哪裡？」

「有看見花羅閻王嗎？」

每當薄令羽用他那溫潤的嗓音詢問著她的行蹤，她的心就會微微悸動著，甚至，陷入一種莫名的竊喜。

她從沒想過自己會做出這幼稚而可笑的行為，難道看他焦急不已，或是企盼見著她，她就贏了嗎？

可她偏偏就是喜歡，喜歡他到處找她的樣子，喜歡他用她想聽的聲音，喊著她的名字。

她喜歡他……的身影出沒在整個閻王殿，在她的地盤，在她心裡……

「花羅女帝！我可找到妳了。」

薄令羽含笑的輕斥從大窗外傳來，驚醒了她的游思，她一抬眼，便看見他俊美無儔的臉孔正透過窗櫺，直直瞅著她。

「你找我？有事？」她細眉一挑。

「有事。」

「什麼事？要緊嗎？我正想小憩……」她故意打個呵欠。

「要緊。」

他的淡然中有著明顯的迫切。

她嘆了一口氣，慵懶地推開房門，走出房間，等著他從長廊繞過來。

「薄令羽，我知道你要我幫你生魂返陽，可是……」她一見到他就傲然地說著，但刁難的話還未出口，一朵紅豔的牡丹便閃進了她的眼中。

她怔住，眨眨眼，才發現面前的薄令羽手裡正拿著一朵罕見的牡丹花，遞給她。

「這是地府難得一見的紅牡丹，聽說在此，花開只有一炷香時間，所以我急著找妳，想趁著花最美的時候送給妳。」他的嘴角噙著笑意。

她呆了呆，倏地心臟一陣狂跳，整個人被某種喜悅充滿。

「你說的要緊……就是送我這朵花？」她接過紅牡丹，明麗的臉上漾起了比花還嬌豔的笑容。

「是啊，聽鬼僕說，妳最愛這稍縱即逝的紅牡丹，所以我特地去找尋，正巧在山崖壁上看到一朵。」他的笑中盡是寵溺。

特地為了她去摘一朵花嗎？

她忘情地看著他，輕嗅這豔美的牡丹，芳心幾乎融化。

「好美。」這是她看過最美的一朵牡丹。

「是啊，和妳一樣美麗。」他低聲說。

她的雙頰瞬間火紅，但卻刻意嗔斥：「花言巧語！」

「我也只對妳一人說這『花言巧語』。」他笑著，向前靠近一步。

隨著他貼近，他身上那股男性氣息便像一張無形的網將她包圍，她正怦然著，就看他朝她的臉伸出手，暗暗一驚，急斥：「誰准你碰……」

可她話到一半，他的手卻只是從她耳畔的髮絲中，輕輕撿起一瓣花瓣。

「花快謝了。」他溫柔地說。

她屏息地看著他，與他黑澈深邃的眼神對視，心再次不受控制地在胸腔狂奔。

這個人太危險，他太會挑撥女人心了！

「花謝得快，你就不該摘取。」她按耐住騷動的心，輕哼。

「不摘下，妳就看不到，為了讓妳開心，就算只有一瞬都值得。」他真誠地說。

她語塞了，努力撐起的心牆，終究敵不過他的柔情哄言，只能抿著唇，欣然地看著手中的牡丹花在紅豔了短暫時間之後，又一瓣瓣凋謝。

「花謝了，什麼都沒了。」她將花枝還給他。

「但它最美的一刻已印在妳我心中。」他接過花枝，意有所指。

「你……油嘴滑舌。」她紅著臉啐道。

「呵，妳不喜歡聽，那我就不說。」他轉身走開。

「咦？你要去哪裡？」她叫住他。

「去躲起來，我覺得，妳似乎不想看到我。」他回頭一笑。

「我哪有？」

「妳不是一直避著我嗎？」他揶揄。

她俏臉一紅，急著反駁道：「我哪需要避著你？整個閻王殿都是我的，我愛待在哪裡就待在哪裡。」

「是，那我更不該出現在妳面前打擾妳。」他說罷就想走。

「站住。」她脫口喝令。

「是，花羅閻王有何吩咐？」他笑問。

「我……要用膳了。」她揚首告知。

「需要我作陪嗎？」他笑。

「……反正一人用膳也無趣，我就准你一起共食吧。」她言不由衷地說著，事實上，這些日子來，用膳有他作陪，她胃口都變好了。

「呵……那就恭敬不如從命了。」他笑著拱手一揖。

兩人於是緩步走向後方廳堂，他跟隨在她身後，行走間發出沙沙的聲響，她的嘴角忍不住掛著愉悅的笑容，總覺得這黑沉沉的殿裡，因為有他，整個氛圍都變得美好了起來……

他靜靜盯著她的背影，深黑的眼中有著她看不到的沉思。

「等一下用完膳，我們來下棋吧！上次輸給你，這次說什麼都得贏回來。」她回頭道。

「好，只不過妳想贏我可不容易。」他自負一笑。

「哼，真是太囂張了，我若使出十成功力，你肯定會輸。」她傲然瞅著他。

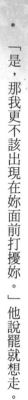

「那我就拭目以待妳的十成功力吧！花羅閻王。」他莞爾地道。

兩人你來我往地調笑揶揄，這種氛圍讓花羅心情大好，真希望能就這樣長久下去。但就在這一刻，薄令羽的笑容僵在臉上，接著渾身一震，開始狂顫扭動，發出痛鳴。

「啊——」

她大驚，急忙用雙手按住他的身體，只見他胸前一個符咒的圖騰燒了起來，一片焰紅。

「不好，死符被人用法力啟動了！」

她抽了一口氣，這符一旦啟動，瞬間就灼燙著他的五臟六腑，接下去便會融燒他的四肢百骸，將他的魂魄摧滅。

都怪她，一直拖著，不願讓他離開，致使這死符更加嚴重。

怎麼辦？現在該如何是好？

她自責不已，扶著他，腦中一個念頭直接跳了出來。

必須救他，說什麼都得救他。當下，她不再遲疑，轉身衝入她的寢宮，取出一只墨綠玉盒，回到薄令羽面前。

「女帝！您想做什麼？使不得！萬萬不可啊！」一個鬼婢驚恐地阻止。

「女帝！那續魂丹是為您準備的，您千萬別做傻事……」另一鬼婢也大聲急喊。

但她已聽不下任何諫言，眼看薄令羽就要灰飛煙滅，她的心彷彿也要跟著被撕裂。

「都給我閉嘴！」她冷斥著，以法力打開玉盒，拿出裡頭一顆黑得透亮的丹丸。

這顆續魂丹等同她的另一條命，是她的最後一道防衛，她從沒想過自己會把這顆寶貴的神丹交出去，但此時，她毫不猶豫，拿起續魂丹，直接就塞進薄令羽口中。

鬼婢們都嚇到呆立當場，完全不知所措。

薄令羽吞下續魂丹，不多時，胸前燒紅的符騰漸漸滅了，磨人的疼痛消失了，從闖入閻王殿便虛晃無力的魂魄鮮亮了起來。他緩緩坐起，一掃孱弱的病態，氣色清朗，整個人英風颯爽，俊逸出塵。

「太好了，你沒事了！」她欣喜地看著他，並未心疼損失了一顆重要的神丹，反而很慶幸能將他救回來。

果然是威力非凡的續魂丹，他不但魂神凝聚，看來，連本身擁有的法力也都恢復了八成。

薄令羽長長地吐了一口氣，有如解開了長久的束縛，舒坦地露出喜色，抬眼看著她。

「謝謝妳，花羅。」

他竟然直呼她的名諱！她急忙扳起臉孔，啐道：「精神一好，你連膽子也變大了，竟敢……」

但她話未說完，突然就被拉了過去，整個人被擁入他的懷裡。

她愕然驚慌，根本忘了掙扎，就這麼埋首在他胸前，感受著他堅實的雙臂緊緊環住她的腰背，聞著他身上散發的陽剛氣息，一時無法回神。

這種從未有過的溫暖和喜悅，是什麼呢？為什麼她會如此沉醉？千年來她連一根手指都不讓旁人觸碰，絕不容許任何不敬之舉，怎麼卻允許他這樣摟著自己，又怎麼會覺得他的臂彎裡有著讓她身心俱盈的滿足幸福？

靜靜地，兩人就這麼相擁著，四周悄然無聲，只剩下她和他互相共鳴的心跳，縈繞在這方圈起的小小天地。

「女……帝……」鬼婢們實在忍不住了，女帝和這男子也摟抱得太久了，她竟一點都不發火。

鬼婢們的聲音將她從迷戀中喚醒，她一驚，推開他，臉頰羞紅，神色有些狼狽，急斥：

「你給我放尊重點，薄令羽！」

薄令羽嘴角輕揚，不但沒退開，反而再次向她靠近，低頭盯著她。「我也沒有太多時間對妳無禮了。」

她一怔，愣住了。

「我的魂力已回復，得回陽世去處理那道死符了。」他眼中閃過一絲不捨。

「你……要走了？」她胸口一緊。剛剛才感到的幸福，一下子就要消失了？

「是的。」

她的心像被什麼刺了一下，很輕，卻痛得深

但她也很清楚，不該感慨，不該怨嘆，她明明知道，救了他，就得送走他，她不希望他魂飛魄散，那麼，就注定了終將離別。

他終究只是個閻王殿的不速之客，也只能是她心裡的過客。

不能留，也不該留。

「很好，那就快走吧！別再待在這裡煩我。」她揮揮手，驕傲地轉身。

然而，一眨眼，他身形突然閃到她面前，堵住她的去路。

她微驚，抬起頭，目光被他一雙深邃黑瞳牢牢吸住。

這個人……有這麼高大嗎？之前病懨虛軟，他從未像現在挺立著，此時看著他，才覺得他是如此高䠷頎長，俊雅昂藏。

「要走，主人不送客嗎？」他低柔地說著。

「你真是膽大包天！薄令羽。」她一陣怒笑，又道：「你想來就來，想走就走，我對你已經夠仁慈了，你居然還不知感恩……」

她話到一半，忽地，手被拉住，接著，他竟然擁著她便縱身飛起，躍出了閻王殿。

「啊！女帝！女帝！」鬼婢簡直嚇壞了，這薄令羽是想綁架花羅女帝嗎？

他們一下子就飛越了忘川，她心裡暗暗為他的強大法力驚凜，同時更為他這唐突的行徑惱怒。

「薄令羽，你想做什麼，放開我！」她說著伸手準備抽出她的長鞭。

「別緊張，花羅，我只想帶妳出去走走。」他低頭安撫，將她摟得更緊。

「出去？去哪裡？」她愕然，但又瞬間明白了他的意圖，驚道：「不！不行！我不能出去，這違反地律……」

「只是去看一下，一下就好。」他說著，一股作氣，直往陽界奔去。

她咬著唇，手中的長鞭遲遲沒抽出，心裡明知不可以，但是，潛意識中的渴望卻戰勝了理智。

陽界，那個她從未踏過之境，是什麼模樣？

千年來把守著地府一方，這陰暗幽冥之地，是她生命的全部，雖然偶爾會好奇那光天化日下的世界，卻是從不曾想過去看看。因為，陰陽有別，閻王鎮守陰間，結界分隔，地律規定不准越界，以她的能力，要出去不是不能，而是不許，因此她始終謹遵律令，安分守己。

可她卻沒有阻止薄令羽將她帶出結界，反而順勢就這麼隨他走，其中緣由，只有她那狂跳不已的心明白。

或許，在這一刻，只要和他在一起，去哪裡都不重要了。

耳邊陰風咆哮，一片黑暗中只感到冰寒氣流如漩，他們穿過一層又一層，然後，所有風聲冷氣全部消失，瞬間，他們進入了一個安靜舒朗的寬闊之地。

她吸口氣，定眼一看，眼前似乎是一處花園，夜色如水，輕風徐徐，一輪明月高掛夜空，銀色月光灑在花園前方的小池，閃著粼粼波光。

「夜晚讓妳現身，才不至於驚動其他人，這裡是薄府，我的居所。」他低聲解釋。

「真溫暖。」和冰冷的地府不同，陽世的空氣充滿著各種生命的溫度，真好。

「來。」他執起她的手，循著花徑，向前緩行。

夜深人靜，她跟在他身後，一步一步，月光下，兩人形影不離，抬眼盯著他寬闊的背部，心裡充溢著一種溫柔的幸福。

像夢一樣的幸福。

沿著小徑，他牽著她來到一個深幽的小樹林，站定，她不解地看著眼前一片漆黑，正想問他，就發現這片樹林下的草叢間，竟一閃一閃地閃著流螢的火光！

一整片，都是這小小的光，如同天上的星星落入凡間，繽紛璀燦。

「好美！」她屏息低嘆，環顧著四周。

「這是我回報給妳的禮物，花羅。」他轉頭看著她動心欣然的神情，微笑道。

「就這片『耀夜』？這會不會太便宜了你？薄令羽。」她揚起臉看他，似笑非笑，心裡卻暗想，他是否明白，她給了他的不只是一顆續魂丹，還有她的心。

他與她對視，沒有開口，然後，突然低下頭，在她唇瓣印上一記深吻。

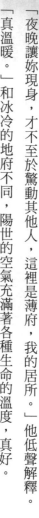

她先是驚愣，接著，慢慢地，慢慢地閉上了眼睛。

四唇相貼，螢光在他們身旁飛繞，一切如此美麗，美得讓她幾乎忘了他是陽世的一抹生魂，而她則是地府的一位閻王。

他們原本就不該相遇，這份愛意，更不該滋生。

果然，短暫的美夢，被一記破空而來的冰冷寒氣戳破。她心一凜，將他推到身後，手一揮，灑出一張無形的黑網，擋住了來襲的攻擊。

「閻王花羅違反地府戒律，與陽界法師私通，即刻緝拿歸地府審判。閻王花羅違反地府戒律，與陽界法師私通，即刻緝拿歸地府審判。」

一聲聲鬼差追緝令從四面八方響起，以一種沒有起伏的聲音，如催魂般一陣一陣地向他們包圍而來。

「什麼私通？你們向誰借了膽，敢拿這種罪名污我？」她秀眉一蹙，沉下俏臉怒駁。

「證據確鑿，大閻王下令，緝妳回地府。」鬼差面無表情地道。

「哥哥？哥哥要審我？」她愣住。

「花羅殿鬼婢已坦承，您私藏陽界男子生魂，破壞地律，又將閻王才能使用的唯一續魂丹讓這男子吞食，此刻又私自越界，企圖與這男子私奔……」鬼差一一控訴她的罪狀。

她暗暗驚異，花羅殿裡幾名貼身鬼婢都是她的心腹，跟了她千年之久，哪一隻鬼婢竟然出賣她，把她的私事全抖了出來？

「什麼私奔？我只是帶這男子回陽世……」她惱火地低喊。

「事實擺在眼前，您還是跟我們走吧！」鬼差們不聽她解釋，手中索鍊同時拋向她。

她大怒，抖出袖裡長鞭，旋了一圈，將所有索鍊全打了回去。

「放肆！憑你們一群小鬼差竟敢在我面前放肆。」

「花羅閻王，勸妳束手就擒，別再違抗，否則罪加一等。」鬼差高聲警告。

「我倒要看看你們怎麼擒我。」她冷笑，身形一閃，直接來到鬼差們面前。

只見她一身黑紗敞開如翅，一頭長髮恣意飛揚，雙眸閃著紅光，手持黑色長鞭在夜中輕擊，發出刺耳又震人的聲響。

眾鬼差鬼役一擁而上，又豈是她的對手，一個個被她的閻王鞭掃到便瞬間化為烏有。

但鬼差眾多，一波波逼近，她打得心煩氣躁，厲喝：「你們有完沒完，全給我滾！」

一記迴旋，長鞭掃出陰氣，將鬼差們掃得七零八落。

就在此時，一道強有力的戾氣從背後破空而來，那足以與她抗衡的熟悉力量，讓她心頭大震，猛回頭以長鞭頂住，但同一時間一支尖芒劃過來，在她的手臂割出一道傷痕。

她駭然退了三步，驚見哥哥大閻王從地面陰影處緩緩升起，手持他的閻王判官筆，一臉冷肅輕蔑。

「哥哥！」

「哼，花羅，妳還有臉叫我？」大閻王怒斥。

「哥哥，我並未做任何醜事……」她沉聲道。

「沒有嗎？這段時日妳將姓薄的小子藏在妳的閻王殿裡，又怎麼說？」大閻王手中判官筆指向她身後的薄令羽。

「我……」她一時語塞，私藏薄令羽的確有違地律，即使她和他之間沒做任何事，如今怎麼解釋也沒用。

「哼哼，妳居然連續魂丹都給了他啊！妹妹，那一顆丹藥等同妳的命，妳為了一個陽世小子，連命都可以不要了嗎？」大閻王譏諷。

為了薄令羽，連命都可以不要了嗎？

她不需回答，因為答案早已明確，在她一念之間收留了他在閻王殿時，情愫就在她心中生了根。

「傻丫頭，妳的情愛只是虛妄啊！妳看看他是誰，他是薄家的除厄師哪！專門除妖滅鬼，把我們當低下污穢之物的法師家族，妳以為他會真心對妳？」大閻王突然揚聲大笑。

「你……是什麼意思？」她心一緊，瞪著他。

「妳想想，地府這麼大，一個被撕裂的生魂哪裡不去，偏偏去了妳的閻王殿，不覺得很奇怪嗎？」

「因為只有我能救他。」

「哈哈哈……的確，真的只有妳能救他，但不是救他本身，而是救他的後代子孫！」大閻王詭笑道。

「你到底想說什麼？」她蹙緊秀眉，怒喝一句。

「妳自己問問他，都這種時候了，他也沒必要再演戲了。」大閻王一副看好戲地把目光瞄向她身後。

她轉頭看著薄令羽，他的一抹生魂立在閃爍的螢火之中，似幻似真，似遠又近。從大批鬼差們出現之後，他就默然地佇立著，甚至連閻王現身都依然不動聲色，神情更是詭譎難測。

「薄令羽……」

他看著她，眼中有著她讀不懂的情緒。

一股寒意漸漸襲上她心頭，她突然明白了兄長的意思。

他……利用了她！

這小子，從一開始就是有目的接近她！

「所以，你騙了我。」

「是的。」

「那麼，你身上的死符……」她直盯著他，心開始陣陣刺痛。

「是我自己下的。」薄令羽緩緩地道。

這回答像一道利鞭，重重地打傷了她，痛得她幾乎喘不過氣來。

這些時日來的種種，原本一點一滴像蜜一樣地滲進她心裡，可現在才知道，那些蜜，全是毒。

憤恨，怒氣，痛苦，羞愧，自責，所有的情緒像大海翻湧而來，衝擊著她最後的一絲冷靜。

「為什麼？到底……為什麼？」她咬牙地問。

「為了……」他沉凝地道：「除掉妳。」

她渾身一震，像被巨雷從頭劈下，整個頭暈眩，耳嗡鳴。

他接近她，誘惑她，就是為了要除掉她？

「為什麼？我們毫無瓜葛，從無交集，你為何非要設計除掉我？」她大吼。

「因為，只要除掉妳，閻王就會幫我修改生死簿，讓薄家有後，不致滅族。」他一字一句，說出了原因。

什……麼？

他在說什麼？

他話中有話，話裡，竟是讓她震驚萬分的可怕理由。

太過駭然而呆立，她腦中有須臾的空茫。

這一切……竟是……竟是……

遲緩地，她正要轉身看向始作俑者，就在這瞬間，大閻王手中的判官筆已飛速刺向她的背心。

她來不及閃躲，這時，薄令羽急拉了她一下，筆尖微偏，卻直接刺穿了她的肩胛骨。

「啊──」她痛得大喊倒地。

「薄令羽，你敢礙我的事？」大閻王怒道。

「殺了她，你得背上弒妹之罪，何必呢？不如囚禁她即可。」薄令羽冷冷地道。

「怎麼，你心軟了？別忘了，她不死，你就慘了。」大閻王譏哼著。

薄令羽沒再開口，他知道，花羅女帝永遠都不會放過他。

「而且，她犯了地律，我就有權治她死罪。她非死不可。」

大閻王陰惻一笑，一揮手，鬼差們的索鍊同時拋向她，數十條全數纏上她的身子。

她旋身想掙開，但判官筆鎮住她的法力，使不出力道。她整個人被綑綁住，只能虛弱地趴在地上喘息。

「哥……哥……為什麼……到底……為什麼？」她瞪著自己的兄長，又驚又怒，又氣又苦。

大閻王踱步來到她面前蹲下，臉上全是殺機。「因為，地府的閻王，只需要一個就足夠了。」

就為了這個獨攬大權的貪婪野心，兄長就設計想除掉她？

太可恨了！太可恨了！

「你們……最好滅了我，否則，不管幾千年，幾萬年，我都會報這個仇！」她厲聲怒喊，火紅的眼睛從大閻王瞪向薄令羽。

「花羅……」薄令羽欲言又止。

「閉上你的嘴，薄令羽，你給我聽清楚，從此刻起，我詛咒你們薄家代代身弱，詛咒你的子孫終將斷絕，你的後世將心空無愛，遺憾早亡……」她痛心疾首地說出了毒咒，這每一句咒語，都包含著她最深的痛恨，以及最強烈的指控。

薄令羽臉色大變，震驚不已。

「哦哦，這毒咒太有趣了，薄令羽，你怕了嗎？」大閻王嘲諷大笑。「不過你放心，只要我幫你把她化為灰燼，詛咒就起不了作用了。」

她恨火攻心，氣得全身顫抖。

不可原諒！絕對不可原諒……

「我也不會放過你！」

她狂怒地朝大閻王發出厲吼，奮力躍起，甩斷了幾條索鍊，長鞭揮出，擊向大閻王的臉。

但大閻王早有防範，大手一收，判官筆從她肩胛抽出，飛回他手中，她痛得淒喊墜地，鮮血如注噴出，將原本一片美好夜色染成血霧。

這殘酷的景象使薄令羽的眼瞳跳了幾下，俊臉刷白。

「啊——！」

「是妳犯了死罪，別怪我啊，妹妹，要是妳還有續魂丹，也許還能留有一命魂魄，可惜啊可惜，妳的神丹已經沒有了。」大閻王說著再舉起判官筆，直接射向她的心臟。

忽然間，薄令羽一個跨步，用自己的魂魄護在她身前，擋住了判官筆，判官筆直插入他的後背，她愕然抬起眼，對上了他深遠如濃霧的瞳孔。

「薄令羽，你瘋了嗎？她不死，詛咒立現，你這一場就白忙了！你快滾回你的身體去吧！」大閻王怒吼著，飛竄向前，將判官筆從他背後重重打進去。

判官筆穿過了他的魂體，刺入了她的胸口，一股尖銳的疼痛在她心臟炸開，她痛得張口卻喊不出聲，只能睜大火紅的雙眼，看著薄令羽的魂在她面前開始碎裂，他似乎說了什麼，但她聽不清，只見一個黑色的東西從他體內飛出，落入她微啟的口中。

她不知道那是什麼，因為她的形體也逐漸幻散，除了椎心澈肺的痛，一切已變得模糊，變得扭曲，只有眼前他如黑洞般的眼神，是她意念崩解前最清晰的一幕。

兩人的神魂就在四目交纏中化為烏有，月色早已隱去，他們的愛恨情仇，也全融進了黑暗之中，從此，再也不見天日。

第十五章

15

她醒了！

她的記憶回來了。

法力回來了。

強烈的痛苦和憎恨，也回來了。

幾千年來，她像被矇住了眼，堵住了耳，像被重重黑暗包圍住，只留下一絲氣息，卑微地活著。

是的，她居然活了下來，活著，卻成了一隻沒有任何記憶的低賤鬼奴。

這些，全拜薄家所賜，現在，該是來好好討償這筆債了。

她在狂亂中睜開了火紅的眼眸，瞪著眼前圍著她、打算消滅她的薄家人。

幾千年前，薄令羽要她死，幾千年後，姓薄的還是要她死，甚至，連她肚子裡的孩子也不放過。

真是欺人太甚！不能原諒！

她厲吼一聲，雙手一扯，十名除厄師的無形法網瞬間斷裂，四周開始捲起了狂冽陰風，而她立在旋風中心點，黑髮衝天恣揚，身上白衣翻飛，一張美麗卻充滿霸氣的臉，全是濃濃的恨意與殺氣。

「你們都該死！姓薄的，幾千年來你們加諸在我花羅女帝身上的，現在，我要全數討回來！」她一步一步地走向前，全身散發著無比懾人的氣場。

花羅女帝？

戴天祈和所有長老，以及除厄師們都震驚地看著她，心裡都竄起了一股陰寒的深深恐懼。

在薄家傳承了千年的族譜裡，曾記載著這號人物。

所以，他們猜得沒錯，在長孫無缺這個癡呆身軀裡真正的主魂，這個連轉生都被刻意拘禁的主人，正是在地府消失了幾千年的女閻王！

如今，她覺醒了。

似乎還挾帶著莫大的仇恨，回復了記憶。

「你們怎麼不動手，不是想除掉我嗎？哼哼，用這陣仗想滅了我的魂，你們好大的膽！」她森然厲斥，一雙紅眼掃過在場的每一個人，最後，盯住了戴天祈。

戴天祈心頭才剛一凜，就赫然看見她已閃到面前，一把掐住自己的脖子。

「唔！」
「尤其是你，你拚了命趕我走，一點都不想給我留餘地……」她咬牙切齒地瞪著他。
「是！因為猜到了妳的身分，我不希望薄家和妳有任何牽扯，更不希望薄家的子孫血脈和地府有關。」戴天祈拚命擠出聲音。
「你這陽世凡人竟敢嫌棄我？竟敢！」她暴怒地將他重重甩出。
他身子飛向大樹，幾名除厄師急著過去拉住，但她力道奇大，一群人竟一起飛撞而去，個個倒地哀鳴。
戴天祈肩膀幾乎碎裂，但他雖疼痛，還是急吸口氣，道：「薄家……陰氣太過，男丁一代代減少……我們需要正陽的能量，繁衍子孫，而妳……我們承受不起。」
她聽得高高一挑眉，突然放聲大笑。
「哈哈哈……子孫終將滅絕！哈哈哈……這是我送你的毒咒！哈哈……薄令羽，這就是你的報應……」
眾人心裡一悚，薄令羽這名字他們都在族譜裡看過，敢情這位薄家千年前的宗主，竟和女閻王有瓜葛？
而薄家這一代比一代子孫稀薄的原因，都是因為她？
她笑到一半，忽然斂聲，絕麗的臉上浮起了濃濃恨意。

「結果，你們今天打算自己應驗這毒咒是嗎，用我的孩子當祭品？」

那毒咒的最後，竟是由她的孩子承受嗎？

不！怎麼可以？

就因為和薄家這切不斷的惡緣，毒咒也將臨到她的孩子頭上嗎？

她不允許這種事發生！絕對不允許。

「我不知道妳和薄家先祖有何過節，但這孩子的命，現在已在妳手裡，我們已無法再傷他了。」戴天祈嘆道。

雖然不知道接下來會如何，但主控權已不在薄家人手中了。

「你們當然傷不了他了，但我卻無法原諒你們——」她說著伸出手，一條黑亮的長鞭便出現在她手中。她纖手一抖，長鞭揮出，直接打向戴天祈。

眾人一陣驚呼，就在這一刻，一隻手伸出，握住了長鞭尾端。

她定眼一看，薄敬言不知何時已清醒，正一臉凝重地，深深地看著她。

他那似曾相識的眼神，她在幾千年前見過，在那個被血染紅的夜色裡，在她心痛到碎裂的那一刻，這雙眼睛，是她最後，也最痛的記憶。

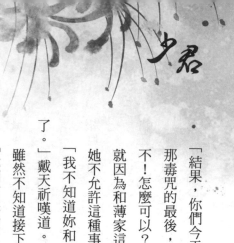

「住手，緲生。」薄敬言喊著他給她的名字。

一股交織著愛與恨的酸澀苦楚倏地湧上她心頭。薄敬言，這個從一開始就只是想利用她，得到她血脈的男人，竟和薄令羽有著相同的魂體！

幾千年來，她竟栽在同一個薄家人手裡。

可恨，太可恨了！

「我不是緲生，放肆的傢伙，那個低賤的名字配不上我花羅女帝！」她怒吼，抽回長鞭，再次朝他甩出。

薄敬言也不閃躲，硬是承受了她這記鞭子。

「敬言！」

「宗主！」

在眾人驚呼聲中，他的上衣被抽破，胸口更被抽出一道長長的血痕。

花羅呆住，心口彷彿也被抽了一鞭，痛得她秀眉蹙緊。

「你這是幹什麼？苦肉計嗎？告訴你，我不吃這一套，別想再拿這種伎倆來搏取同情。」她為自己的心疼氣極，又揮出了長鞭。

薄敬言還是動也不動，直挺站著。

「不！快住手……」薄少春突然出現，驚恐萬分地奔過來抱住兒子，她被戴天祈刻意支開出了門，沒想到一回來就驚見讓她嚇呆的這一幕。

花羅看見她，臉色微變，手一震，鞭子就這麼詭異地停在半空，鞭尾離薄少春的背不到五公分。

薄敬言和所有人都嚇出一身冷汗，薄少春卻不知凶險，轉身急問：「到底發生什麼事了？無缺，妳怎麼了？敬言是妳丈夫啊，妳深愛的人啊，妳怎麼會想傷他？」

她心愛的丈夫？是啊，她是那麼地愛他，愛到可以為他捨棄一切，可是他呢？

地府忘川畔的相遇，冷漠的他是否別有居心才出手相救一隻鬼奴？

轉生後的重逢，他又是算計著什麼才對她百般溫柔照應？

這個城府深重的人，他說要報恩，但他要的從來不是她啊！

他要的，只是她的血脈。

一個流著閻王血液的薄家子孫。

還有什麼比認清這個事實更令她心碎？

她氣苦地瞪著婆婆，對自己竟如此心軟痛恨又無奈，只能低吼：

「他不是我丈夫，是他傷我在先，是你們先對不起我，薄家只想代代興旺，但注定的命運無法強求，你們居然和我哥哥聯手對付我，這筆仇，這個恨，我再也不能忍……」

所有人都聽不懂她在說什麼，千年前的恩怨，對她而言像一頁才剛翻過的書，刻骨銘心，但薄家人早已流轉了好幾代，即使是薄敬言，不，即使是薄少君，他也無法得知她究竟發生過什麼事。

不過，她提到的「哥哥」卻讓所有人心中瞬間籠罩著忌諱陰霾。

她指的，是閻王。

薄敬言看著她痛苦的指控，胸口像被什麼利刃刺入。她和閻王的仇恨裡，薄家先祖到底做了什麼？為什麼她的這些話，竟讓他痛心欲裂？

「妳在說什麼？無缺，誰傷了妳？告訴我，媽替妳作主。」薄少春心疼地喊著。

她微怔，隨即大笑。

「哈哈哈……妳要替我作主？不，沒人能替我作主，我的事，由我自己決定。你們不想要我的孩子，很好，那就不要吧！這孩子就由我帶走……」她冷笑著，手一彈，長鞭消失，接著輕撫著她的肚子，神情詭譎。

「等等，緲生，妳想做什麼？」薄敬言驚問。

「你以為我想做什麼？我要切割和你們的任何關係，再也不要見到你們，從此，你們薄家就這樣漸漸凋零吧！就如同我的詛咒，氣數散盡，子孫斷絕。而孩子，我的孩子……就跟我走，永遠陪在我身邊。」她看著他，眼裡有著冰冷的決絕。

薄敬言怔住了，他曾以為他可以承受失去她，直到這一刻，他才明白，若真的讓她離去，若再也見不到她，他將會生不如死。

「不！緲生，妳不能走，更不能帶走孩子！」他心急地衝上前，但才跨出一步，就被一道陰風擋住，怎麼也近不了花羅的身。

「走開，誰也別想攔我。」花羅厲吼。

「妳根本不明白妳自己的處境有多危險。」他吼回去。

他曾經想過緲生的過去有多少傷痛，所以，後來他寧可她什麼都不要知道，私心地希望，她就這麼帶著他們的回憶離去，繼續當那個知足又率真的緲生，繼續隱藏著她的祕密。

或者，這樣就不會驚動閻王，不會再有爭端和血腥。

但戴天祈和家人的恐懼反而逼得她覺醒，而一旦她覺醒了，身分曝了光，她便又會再次陷入危機。

那個不擇手段要滅除她的閻王，如今又豈會放過她？

「危險？」花羅瞪著他。

「妳以為地府還容得下妳嗎？妳以為妳回得去嗎？」他嚴肅地說。

她靜默著，然後緩緩地揚起了嘴角。

「你在諷刺我？」

「不，我在擔心妳。」

「擔心？哈……」她笑了。「你會擔心我？我看你是擔心孩子吧？」

「妳別扭曲我的話，緲生，閻王絕對不會讓妳回去，甚至還會到處找上妳。」他警告。

在高博士那裡的形影現身，就說明了閻王早已盯上她。

甚至，他懷疑閻王一直知道她的存在，而且，把她當成對付他的餌。

把她當成……滅了他和整個薄家的餌。

「閻王？」她眼中閃過憎恨。「你是指我那位心狠手辣的兄長嗎？哼，就算他不來找我，我也要找他。」

「妳對付不了他的。」他擰緊眉頭，一臉憂色。

「是嗎？你這樣說，我就更想試試了。」她冷笑著，周邊陰風漸漸縮小，準備離去。

「不……」他一驚，衝上前揪住她的手。

「你幹什麼？放手。」她大怒，想甩開他，但他不鬆手，她氣得以另一隻手摑向他的臉。

啪！一記清脆耳光，讓所有人都一呆。

五道指痕出現在他蒼白的臉頰上，他沒動，只是定定地看著她，手仍緊緊地抓住她不放。

她盯著他那張臉，又氣又惱又恨，胸口卻被什麼刺著，扎著，痛，卻拔不出來。

不該愛得這麼深的，這份愛，她不想要了，只有切割掉，她的心才能自由。

「我命令你放手！薄敬言。我們的緣，該斷了。」

她充滿恨意和沉痛的眼神讓他心頭一緊。

長久以來總是空蕩冷漠的心，因為她才有了溫度，也因為她，才明白什麼叫心痛。

他終於理解了薄乙勤長老的話是什麼意思了，千機算盡，他卻從來不知道自己要的到底是什麼。

但現在他懂了。

他那顆空寂的心，即使用霸業，用權勢，用法力也一直填不滿的心，如今真正想要的，只有一個人。

「我絕不放手，我們的緣，我也絕不會讓它斷。」他斬釘截鐵地說。

她有幾秒的悸動，但很快就被恨意淹沒。

「沒有用了，這已經由不得你了。」冷斥一聲，她身形扭轉，使勁一卸，從他手中掙開。

就在此時，四周變得晦暗，日正當中，空氣卻瞬間變得幽冷，而周圍樹蔭下的陰影在地面慢慢擴大延伸，並且向花羅逼近。

花羅神情冷冽，周身的陰風再次旋起。

薄敬言臉色驟變，對著除厄師們喝道：「是閻王！快設陣！」

除厄師們也感應到陰煞之氣來勢洶洶，立刻念咒擺陣，可是，他們的力量根本阻擋不了那迅速蔓延的黑影和陰暗，因為此時此刻他們面對的，不是一般的妖鬼，而是地府的閻王。

兩個閻王。

幾千年後，地府的雙王再次相見了。

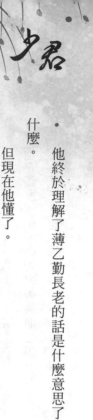

※※※

大閻王的魁梧身形從陰影處緩緩升起，惻惻冷笑。

「嘿嘿嘿，好久不見了，妹妹。」

「真的是久違了，哥哥。」花羅矗立在旋風中心冷哼。

兄妹對峙，陰氣極寒得讓所有人不停顫慄。

「妳不該覺醒的，好好的當個鬼奴，反而沒事，但妳醒了，我就留不得妳了……」

「我不醒，哥哥會多無聊啊！這一回，我們兄妹得好好地把帳算清吧。」

「哈哈哈，那我可要看看，憑妳能怎麼算這筆帳。」

閻王話聲剛落，黑暗陰影頓時像海浪一樣大片竄起，直撲花羅，黑影與旋風絞成一片，飛沙走石，掃得眾人幾乎睜不開眼睛。

薄敬言心急如焚，偏偏元氣太弱，完全插不上手，只能看著他們兄妹互鬥。

他心裡清楚，花羅根本不是閻王的對手，而閻王這次來者不善，只要讓他帶走花羅，自己很可能再也無法見到她。

陰風黑影強力扭旋，一陣強過一陣，倏地，那些地底陰影伸出無數隻魔掌，化為黑浪，一齊朝花羅撲去。他大驚，不顧一切衝上前，結了個法咒護在她身前。

但法咒阻擋不了魔掌，陰氣直接衝擊到他身上，他承擔不住，當下噴出一口鮮血。

「宗主！」

薄家所有人都齊聲驚喊，除厄師們全數衝了過來。

花羅瞪著他，千年前的他也是這般為她擋了一次，如今還想故技重施嗎？

「夠了，薄敬言，別再演戲了，我不會再上當了。」她冷譏一聲，一把將他推開。

就在這一瞬，閻王的陰影黑浪再次來襲，挾著冰寒之氣，直接包覆住她，將她捲入地下。

「緲生！」

薄敬言駭然急吼，咬破指尖唸咒，將手伸進黑浪裡急撈，但黑影瞬間消逸，他撈到的只是長孫無缺的軀殼，而她的主魂則已被拉回地府，無聲無息。

陰晦極凍的空氣化去，片刻間，又恢復了晴空烈日的天氣，彷彿做了一場噩夢般，薄家所有人都對剛才發生的事駭然不已，久久說不出話。

只有薄敬言抱住長孫無缺，滿臉驚悸。

花羅閻王被拉回地府了，陰陽兩隔，她在那裡會發生什麼事，他無法得知，看不到，幫不了，更令他憂心的是，她說要帶走孩子，之後，長孫無缺肚子裡的孩子會變得如何，誰也不知道。

薄敬言一想到此，胸口的傷勢加上急火攻心，令他身子微晃，竟又噴出了一口血，擁著長孫無缺坐倒在地。

「敬言！」薄少春和戴天祈急喊。

「我必須……去地府一趟……」他喘著氣說。

「宗主，你在說什麼傻話？你現在氣這麼弱。」大長老急說。

「緲生……會有危險的……」他憂急得整顆心幾乎糾結。

「別擔心，她是閻王的妹妹，是地府的女帝，她的力量應該足夠和閻王抗衡的。」戴天祈安撫他。

「不……你們忘了……她已經轉生，此時她在地府只剩下一個殘破主魂而已，就算她覺醒，她的力量也絕對贏不了閻王，而閻王這次……真的會完全將她消滅。」

眾人又是一陣驚悚。

是的，他們都忘了，花羅女帝早已轉生，她是緲生，她是長孫無缺，但是，她已不再是閻王。

※※※

花羅被閻王抓回了地府，地府的一切看似沒變，卻已不再是她認識的世界。

所有的妖鬼，幾乎都不知道她的存在。

現在在這個冥界，只有一個閻王，早已沒有女帝，就連她的花羅殿，也成了廢墟。

這裡，已沒有她的立足之地，她什麼也不是，只是一抹游離的主魂。

「哈哈……認清了事實了嗎？花羅，幾千年了，妳只是在深溝裡苟延殘喘的一隻鬼奴。妳以為就算妳覺醒了，還能有什麼作為？」閻王譏諷地大笑。他刻意將她抓回花羅閻王殿，就是要徹底擊潰她。

「還真的……不一樣了……」

她抬頭環顧著她的花羅閻王殿，失去了主人幾千年，人去樓空，這裡早已頹圮蒙塵，不復當時的景象。

也許，她真的什麼也沒有了。

「妳現在什麼也不是了，花羅。」閻王說著一晃，下一秒已坐在她那崩壞了一角的王座上，像王者般俯視她。「妳只是個將被審判的鬼魂。」

她仰起頭，臉上有著剛才戰鬥的血痕，還有那永不磨滅的傲氣。

「審判？我做錯了什麼？罪名是什麼？真正有罪的是你吧！誣陷，背叛，不義……你有什麼資格審判我？」她冷眼瞪視著他。

「我當然有資格，因為，我是閻王。而妳說的種種，誰也不會信。」閻王得意地笑了。

「是嗎？看來幾千年前的往事，都被你隱藏了。」她恨恨地道。

「呵呵呵，不需要隱藏，因為一切都已消滅，只除了妳。」閻王指著她。

「那時，為什麼不乾脆滅了我？難道，你是故意讓我留一口氣，成為鬼奴，好折磨我？」

閻王濃眉一挑，突然大笑。

「哈哈哈，看來妳真的不知道啊，不是我想讓妳活著，而是姓薄的那個小子幫了妳！他竟傾盡所有法力，將魂體裡的續魂丹逼出，還給了妳。」

她驚愕得呆在當場。

什麼？薄令羽他……

倏地，她想起了血夜裡的那一幕，在她崩散之際，一顆黑丸從薄令羽身上竄出，飛進她口中！

那是……那是……續魂丹？

他竟然……

「那個傻瓜自毀了和我之間的契約，他預知了自己下一代的早夭，才和我立約，只要他幫我誘惑妳，除掉妳，我就幫他改寫生死簿。沒想到，他最後竟不顧薄家而救了妳，他明知道，讓妳活著，妳的詛咒就會生效，只有妳死了，薄家才能安妥，可他偏偏選擇救妳，賭上了薄家的傳承命脈，害得自己也英年早逝，哼，真是愚蠢至極。」閻王不以為然地唾棄。

她心顫得幾乎無法站立，耳中迴蕩起她惡毒痛苦的咒語——

我詛咒你們薄家代代身弱，詛咒你的子孫終將斷絕，你的後世將心空無愛，遺憾早亡……

這毒咒就這麼纏著薄家不放，所以，他們每代宗主才會為了興旺子孫而費盡心思，每代宗主都身弱早逝。

這一切，竟是因她而起！

全都是因為她……

而薄令羽，那個闖進她閻王殿，也闖進她心裡的男子，最終，把一切都還給了她，什麼也沒帶走。

什麼也沒帶走，卻承受了她幾千年的恨。

她揪扯住胸口，心痛得跌坐在地，說不出話來。

「妳就這樣活下來，續魂丹的能量能保妳千年，我既然無法再滅妳，又不能留下妳，只好用忘川的水把妳的記憶全部抹去，再將妳丟進黑溝去當隻鬼奴……嘿嘿嘿，只有成為一隻卑賤的鬼奴，妳才對我沒有任何威脅。」閻王說著揚起了嘴角，陰狠地道。

她憎惡地盯住他，終於明白，真正罪魁禍首，不是薄家，而是眼前這個無情無義、心思歹毒的兄長。

「把我弄成鬼奴，千年之後，續魂丹時效已過，你又怎麼不滅我？」她再問。

「當然是因為妳對我還有用處啊！」閻王向後一靠，露出邪惡的笑容。

「有用處？」

「只要妳還有一口氣，薄家的詛咒就不會停止，而且，一旦妳轉生了，妳的詛咒就會更強。」

她臉色乍變，心痛地想到了薄敬言，想到自己的孩子。

「而我想到能將妳和薄家一起消滅的最好辦法，就是讓你們再次牽起情緣。」閻王衝著她冷笑。

這是什麼意思？難道……

她心中一凜，混沌的大腦像被什麼敲開，閃進了一道光。

那個老得不能再老的鬼奴，那個告訴她，只要偷了生死簿、沾了忘川的水，就能在上面寫上任何字，那個能探知生死簿放在閻王殿何處，又熟悉地底通道的老鬼奴……

黑溝裡的一隻鬼奴怎能那樣聰明，又怎能知道這麼多地府的祕密？

除非，他根本不是鬼奴，而是……

閻王本人！

一股寒氣悚然而生，從她背脊往上竄到頭皮，讓她全身一陣陣發麻。

原來，長久以來，閻王一直跟在她身邊監視她。

原來，假裝老鬼奴叫她去偷生死簿，目的就是要她奔向忘川……

因為，薄少君就在那裡。

那場她和薄少君的相遇，根本不是偶然，而是個精心設計的陷阱。

「你……就是那隻老鬼奴。」她因為太過震驚而大大抽氣。

「嘿嘿嘿……沒錯。」閻王桀桀地笑著。

「你故意慫恿我投胎為人，故意讓我去偷生死簿，去到薄少君面前，就是為了讓我們兩個一起轉生？」

閻王詭笑不語。

忽然，一個想法鑽進了她腦中，她緩緩地抬起頭，說：

「所以，那個癡呆的女胎，其實是為我準備的吧！」

閻王一愣，接著浮起了冷笑。

「唉呀，唉呀，不愧是我的妹妹，儘管當了千年鬼奴，還是挺聰明的嘛。」

她臉色沉了下來，怒道：「你根本是故意讓我在薄少君面前寫生死簿！你刻意翻開那一頁，早料想我有能力改寫生死簿，肯定會心軟地劃去他的名字。那麼，接下來，他便會應他母親的言力召喚而轉生……」

「沒錯，只有用這個方法，他才會對妳愧疚在心，與妳牽起緣分，也只有用這種方法，他才會離開地府。」閻王對自己的詭計得逞得意非常。

「閻王要讓誰轉生輕而易舉，何必這麼大費周章？難道，你動不了薄少君？」她心頭起疑。

閻王掌管生死簿，雖然一切全依天命而行，不得擅自注生定死，但在某些權限下，仍有能力作主。

閻王的臉色沉下來，煩怒地說：「嘖，他是個難纏的傢伙，他的魂體被前一世的靈咒保護著，陽壽不足，陰命卻頑強得驚人。」

前一世？

她心中一動，在覺醒的那一刻她就發現了，薄敬言，薄少君，和薄令羽都是同一人。

「是薄令羽……」想起那個人，她的胸口猛然揪緊。

「哼，薄令羽不知對自己施了什麼法咒，他雖轉生成薄少君，卻早早回到地府，滅不掉，打不散，就這樣一直定在忘川之畔，哪裡也不去，彷彿在等著誰似的……」閻王嫌惡地說著，話到一半倏地止住，盯向她。

她全身一震，呼吸一窒。

他……在等誰？

那一幕再次閃進她的腦中，薄令羽和她雙雙消失前，他說了什麼？

「對，沒錯，我猜他是在等妳，你們的情緣牽得可真牢，什麼都不記得了，他還是在等待妳，真是令人感動哪。所以，我才讓妳帶著生死簿去見他，助你們一起轉生，好了卻這段孽緣。」閻王譏笑。

他什麼都忘了，卻還在等她？

她想起了那個坐在忘川旁巨石上纖瘦孤寂又了無生趣的身影，一股酸楚驀地湧上了眼眶。

曾以為惡劣無情，欺騙了她的他，竟和她一樣動了情，動了心嗎？

所以，才會在忘川徘徊，卻不知為何地一直等待嗎？

「他以為妳為他進了那個蠢胎，所以一定會去找妳，呵呵呵，多令人感動啊！妳應該感謝我啊，花羅，你們兩個終於能在陽世相戀結合，有情人終成眷屬……」閻王洋洋自喜地道。

「夠了，你刻意不讓我的主魂轉生，擺明了就是要折磨他。敬言為了我得一直耗費他的元神法力，這才是你的目的，我只是你的一個餌，一個引他走向死路的餌。」她憤然地打斷他。

「是啊，妳是個餌，但他明明已經察覺，還是吃下了，為什麼？還不是因為想得到妳的血脈，這小子心機夠深，也夠腹黑。」

她怔了怔，心又被刺痛一次。

是的，薄敬言之所以吃下她這個餌，完全是為了得到孩子。

前生，他或許對她有情，可轉生後，他已不復記憶，成為薄敬言，成為薄家這一代宗主，背負著薄家興衰，他還會在意她嗎？

而心空無愛，不正是她的詛咒？她豈能怪他、恨他？

如今，一切知道得太遲，他們的命運已完全照著閻王的預謀在走，她生不成人，與他陰陽相隔，不但無緣再見，還害了他，也害了孩子……

最終，他們竟是以這種方式別離。

「嘿嘿嘿，不過，我還得謝謝妳，因為妳，薄家的後代將會如我所料地滅在我手裡了。」閻王陰惻地笑著，一雙厲目直盯著她的肚子。

她渾身一震，驚恐失色，雙手護住下腹，急退三步。

因為太過痛恨薄家，她憤而帶著孩子的胎魂回到地府，怎麼也沒想到卻正好中了閻王的詭計。

閻王身形一晃，閃到她面前，一把就掐住她的脖子，狠笑道：

「我等這一天等很久了，薄家除厄師囂張了幾千年，我始終滅不了他們。但因為妳的詛咒，他們的血脈終要斷送，並且，是由妳自己來承受結果。呵呵呵，這種感覺如何？花羅，妳不覺得很有趣嗎？」

是，一切的源頭是她，可是用盡伎倆把她逼到絕境的，卻是眼前這個惡毒的閻王。

她和薄家惡緣的開端，都是他一手造成。

「你好狠……」她被掐得難以喘息，憤怒地擠出聲音。

「狠？不，我很仁慈了，我正打算讓你們團聚呢！妳和孩子在我手裡，薄少君，啊，他現在是薄敬言，那小子一定會不計任何代價，爬也會爬到地府來救你們。到時，不管他當年用了什麼法咒護魂，一旦他人魂分離，我就能徹底將他消滅，讓他在陰界陽界永遠消失！」閻王湊近她，露出森然的白牙冷笑。

不！她睜大雙眼，心中升起了強烈恐懼和怒火。

「我不會讓你得逞的，更不會事事如你所願。」她素手一翻，黑色長鞭瞬間出現在她手中，直接抽向閻王的臉。

閻王放開手，向後一躍，抓住了鞭尾，哼道：「太愚蠢了，妳以為妳還會是我的對手？」

她沒有回答，長鞭一抖，如蛇般竄脫閻王的手，再次揮向半空，擊中殿堂樑柱，頓時柱斷崩塌，粉碎飛散。

閻王大袖一揮，將粉塵拂開，她趁著這一瞬，腳下一點，縱身飛出花羅殿。

「妳以為妳逃得了？」

他狂喝一聲，身形化為一張大網，隨後追去。

她奮力狂奔，已形如閃電，但閻王更快，那張充滿了惡氣的毒網像夢魘般不斷趕上，彷彿就要將她吞噬。

而此刻，一群鬼差正從四面八方衝來，她急忙竄向嶙峋山石區，藉著這山石阻擋追兵。尖銳的山石劃破她的衣袖，她的手腳傷痕累累，氣力漸漸耗盡，眼前的景象變得迷濛而熟悉。恍惚間，她似乎又看見了那個孤寂的身影，獨坐在巨石之上，空茫地注視著一旁蜿蜒的忘川。

薄少君哪，久久不願轉生的他，等待的可是她？

這時，一道殺氣破空而至，她只感到背後一陣麻涼，緊接著一股強烈刺痛便撞進她的肩胛。

「啊——」

她痛聲尖叫，向前仆倒，剎那間，時空彷若交錯，同一個傷口，同樣的憤恨和同樣不甘……

到底為什麼她得承受這樣的痛楚？堂堂一個閻王女帝，幾千年來竟被自己兄長窮極追殺，到底為什麼？

閻王的黑影化為一隻巨爪，正要將她捕獲，這時，尖石區後方的忘川突然沖天翻起了一片水柱，黑黝黝的水如一條黑龍，張大了口，早閻王一步，將她吞沒，捲入忘川深處，消逸無蹤。

閻王震驚暴怒，氣極嚎吼：

「孟婆——！」

整個地府被吼聲震得天搖地動，但忘川卻不受影響，一如以往的平靜無波，淵遠流長，幽黑得無法窺探。

16

薄敬言驚愕地看著沉睡的長孫無缺，蒼白俊臉上全是難以置信。

「博士，你說孩子……」

「七週了，沒有心跳，可是，胚胎卻持續在長大。」高博士盯著儀器，同樣驚訝。

「什麼？」戴天祈和薄少春都駭異。

「這情況太詭異了，我從沒見過。」高博士擰緊白眉，雖然跟著薄家太久了，什麼奇事都可能發生，但這種事他真的第一次遇到。

「這是……怎麼回事？難道孩子已經……」薄少春抖著手，輕按住長孫無缺尚未突出的腹部。

自從那天緲生覺醒，又被閻王帶走之後，她便從長孫無缺身體中消失，陷入了長長的昏睡，就好像所有的能量全被帶走了，只餘一絲氣息。

而她肚子裡的孩子，彷彿也跟著沉睡，一直毫無動靜，讓薄家所有人都擔心不已。

「不，孩子還活著。」薄敬言盯著長孫無缺，深思著。

「真的嗎？敬言，你怎麼能肯定？」薄少春忐忑地看著他。

「沒有心跳，很可能是緲生把孩子的胎魂帶走了。」薄敬言憂心地揉著眉峰。

「什麼？」薄少春驚呼。

「她痛恨薄家，所以把孩子的魂一起帶進地府去了。」戴天祈低嘆。

「那孩子會怎麼樣？」

「不知道，現在情況如何已無法揣測，就連她在地府會發生什麼事，我也無法掌控。」薄敬言擰緊雙眉，胸口像被什麼綑綁著，又緊又痛。

他非常自責，因為自私，竟想讓緲生回到那黑暗之境，竟以為他可以切斷與她的情緣，竟只想留下她的血脈而捨棄她……

一想到她覺醒後那痛恨心碎的眼神，他的心就像被什麼不停撕扯般，無法喘息。

這是報應，緲生說得沒錯，他算計了一切，卻算不到自己的感情，使盡辦法要得到的，卻可能賠上更多代價。

而且，她的覺醒彷彿也喚醒了他前世某種模糊的記憶，他向來冷傲空無的心，原來一直藏著一張尊貴卻清麗率真的臉孔。

花羅女帝，只想再次想起這個名號，他就莫名地心如刀割。

他們，究竟有過什麼樣的過去？早已埋藏在久遠的時間長河裡的，是什麼樣的愛與恨？

「那我們要怎麼辦？無缺和孩子要怎麼辦？都過了這多天了，沒半點動靜，我每天都寢食難安。」薄少春焦灼地問。

對，沒有任何動靜才教人不安，閻王是在打什麼鬼主意嗎？

「我必須去一趟。」他沉下臉說。

「不行！你現在如此虛弱，魂魄進地府根本是找死。」戴天祈立刻喝止。

「但我不能再等下去了，如果緲生的主魂被滅，無缺和孩子必死無疑。」他煩憂地說著，身子頓時一晃。

薄少春連忙扶住他，急道：「敬言，你冷靜點，你的元氣和法力流失太多了，去了也可能救不了她啊！」

「而且這根本是閻王的陷阱，他就等著你去。」戴天祈嚴正地說。

「是，我知道，閻王從一開始就在佈局，為的，就是利用緲生除掉我。」他很清楚，閻王真正的目標並非花羅，而是他。

「就因為薄家除厄師以除鬼為業，閻王就這麼恨我們嗎？」薄少春不解。

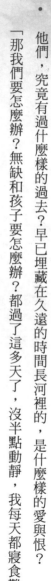

「應該還有什麼原因吧，我所不知道的原因。」他看著昏睡不醒的長孫無缺，沉吟著。

挾著前世薄少君的記憶轉生，他相信自己有足夠的法力護住每一世的記憶，但為何在薄少君之前的事，他幾乎全忘了？

那千年前的過往，和花羅女帝的恩怨，如果真的刻骨銘心，他怎麼可能任憑消失？

正思忖著，房門被打開，隨著高博士一起來到薄家的薄乙勤杵著拐杖，緩緩走了進來。

「宗主，就算再危險，你也必須走一趟地府。」她抬起皺紋滿佈的臉，看著他，一雙看似灰濛的眼瞳，閃著老而彌堅的精光。

「長老？」戴天祈愕然。

「夫人肚裡的孩子，將會是個關鍵，絕對要留住。」

「孩子？」大家同時看向長孫無缺。

「宗主，這是你的宿命，注定要承擔著薄家的興亡，所以，這一險關，終究得由你去面對。請記住，你的決定可挽救薄家，也可以毀了薄家。」薄乙勤繼續說。

聽出她話中的警告，他一陣凜然。

「可是長老，敬言他現在這麼虛弱，怎麼去？一旦去了，要怎麼回來？」薄少春非常不安。

「召喚所有的除厄師們，我們佈陣把宗主送去，並且護住宗主軀體，不受妖鬼侵害。」

「但這護魂陣只能維持三天，而且一入地府，敬言將只能獨力戰鬥。」戴天祈擔心著。

「為了孩子，終得冒險。」薄乙勤輕輕震了一下拐杖。

是的，他非去不可，他和緲生的姻緣是他自己訂下的，所以，不管前生的因果如何，這一世，他都要想辦法保住緲生，將她留在身邊。

※※※

地府，一片漆黑，靜得出奇。

薄敬言的生魂往前飄移，在黑暗中憑藉著感覺辨別方位，搜尋著緲生的氣息。

然而，整個沉滯的冥界，完全沒有她的蹤跡。

是被閻王囚禁了？還是已經……

不，她是個餌，他沒來，閻王不會輕易殺了她。

但為何閻王至今都毫無動靜？

情況似乎不太對勁。

他暗暗揣測著，身形飛快地往閻王殿奔去，決定直接去找閻王。但行經一處眼熟的高牆，他倏地止步，抬頭眺望著牆內那高聳的飛簷，心頭竟驀地一熱。

花羅閻王殿。

這裡是花羅女帝的宮殿。

一種來自遙遠記憶的悸動和刺痛，吸引著他越過高牆，進入了宮殿。

第十六章

殿堂巍峨如舊，卻已蒙塵崩壞，人去樓空。石階冷寂，早已淹沒在荒煙蔓草間。

這悲涼的景象，讓薄敬言心酸痛楚，腳步遲滯，久久無法走進前殿大廳。

當年的花羅是何等模樣？愈是靠近內殿，腦海深處便依稀彷彿浮出一位身穿牡丹黑紗長衣的女子，她有一雙好奇、矜傲又清亮的眼神……

但他已把她忘卻了，歲月流轉，幾生又幾世，他記得的，是忘川畔那個帶著生死簿狂奔的小鬼奴，那個總是感謝，總是不貪心，並且深愛著他的女人。

然而，不論是花羅還是緲生，都是他心裡的摯愛，前生欠她的，他會在這一世一併償還，絕不再輕易放手。

正悲思之際，四周火光乍現，一股強大陰森之氣從地面竄出，閻王狂霸的笑聲頓時響遍整個地府。

「哈哈哈……薄敬言，你終於來了！」

閻王高大的身影出現，同一時間，一大群鬼差們緊密地將整個花羅閻王殿圍住。

他臉色一斂，冷冷地盯著閻王。「緲生在哪裡？」

「你是指花羅嗎？」閻王譏諷。

「她已不再是花羅，她現在是我的妻子，緲生。」他正色道。

「哼，花羅也好，緲生也罷，反正，她都快消失了。而你，也一樣。」閻王冷哼。

「看來你真的非常在意薄家，或者，其實是怕我？」他眉鋒一挑。

「太可笑了，我豈會怕你這個除厄法師？」閻王橫眼一瞪。

「如果不怕，何必千年來專找我和薄家的麻煩？」他真的非常納悶。

「因為，你們薄家全是禍害，你們害我失去了兒子（注），沒有了繼承人，而你……你從幾千年前就是個該死的傢伙！我看你超不順眼，更不順心！」閻王破口大罵。

「哦，前仇加上舊恨，所以特地處心積慮，用緲生來誘我轉生？」他冷笑。

「哼，原來你知道了？」

「讓我猜猜，我很可能是你的心腹大患，而你偏偏除不掉我的魂魄，唯有讓我應天命轉生，你就可以利用緲生的主魂來誘惑我。你知道我已發現她的身分，便會傾盡法力將她召喚現身，而當我愛上她，她就成了我的弱點，你就有了消滅我的籌碼。」他歸納出這個結論。

「嘿嘿嘿，太聰明容易早夭啊！薄少君。」閻王直呼他的前世名字。

薄少君這名字讓他心中一動，瞬間，前塵往事全都回到他的腦海，那些不滿，痛恨，那些遺憾，悲傷，那些填滿了薄少君短暫人生的一切，再次湧現。

但很快的，一張清麗天真的面孔將他內心的怨恨全都掩蓋，一種深刻的幸福感有如水墨渲染般，將他整個心浸潤、安撫。

這一世遇見緲生，反而救贖了他的靈魂，所以即使她只是一個餌，能與她結緣，他不後悔。

「我猜對了，是吧？但，為什麼？閻王，為什麼你偏偏要對付我？」他問。

「因為，你注定是讓薄家滅亡的一個關鍵啊！哈哈哈……」閻王大聲狂笑。

薄敬言心中悚然。

長久以來，他汲汲營營於薄家的傳承，為了繁衍綿長，耗盡心力，豈料自己竟是薄家衰敗的主因？

難怪薄乙勤會說出那些話，薄家的興亡，難道真的都在他一念之間？

「不過，你還有心情問這種事嗎？你現在該想想怎麼救你的妻子吧？我看她已經快不行了……」閻王朝鬼差一揮手，一個黑色鳥籠便出現在花羅殿大廳的高樑之上。

他抬頭一看，臉色大變。

鳥籠裡，緲生動也不動地蜷在裡面，鮮血沾滿了她的白衣，並且沿著她的衣襬正一滴一滴地滴落。

「緲生！」他驚喊地衝到鳥籠下方。

緲生沒有回應，但那鮮紅的血滴令他觸目驚心。

「哈哈哈……她已沒有力氣開口了。」

注：有關閻王之子的故事，請見《鬼太子》。

「緲生！」他擔憂地飛蹤而上，但才剛要觸碰鳥籠，四周鬼差就群起攻擊，他結了法咒，雙臂一揮，前排幾隻鬼差應聲而滅。他趁機攀上了鳥籠，再次急喊：「緲生！」

籠中的緲生毫無回應，他伸手探進去，才剛揪住她的衣袖，突然間，她動了一下。一股詭異的直覺閃進他心中。就在她張口射出火焰之前，他立刻收手，一個後空翻躍，躲開了她的攻擊。

她不是緲生！

他心中一驚，來不及提氣，整個人往下墜落。

這時，閻王龐大的身形竄了過來，手爪一把就將他抓住，狂笑道：「薄大師果然法力變弱了，竟連自己妻子的氣味都無法分辨。」

他回手一掌，從閻王的爪中掙脫，以法咒擊倒擋住殿門的鬼差，往外疾閃。

閻王也不焦急，就這麼任由他逃離，喃喃地冷笑：「對，去找花羅吧！只有你能找出來，而找到她的那一刻，就是你們的死期。」

＊＊＊

地府一片幽黑陰茫，但薄敬言而言並不陌生，他四處找尋緲生，心裡暗忖，敢情閻王也不知道緲生躲在哪裡，所以這段時間才不動聲色。

但緲生究竟在哪裡呢？

整個地府，還有哪裡可以避開閻王？

倏地，一陣泠泠水聲傳進他耳裡，他心思一動，抬眼望向遠處。

那裡是……忘川！

他毫不遲疑，身影迅速飄移，來到黑沉得不見底的忘川旁，一股熟悉感油然而生。

這裡曾是他徘徊不去的地方，也是遇見緲生的地方。

如今，彷彿繞了一大圈，又走回了原點。

低頭正看著忘川，總是平靜的水面突然出現一個點，小點慢慢擴大，形成漩渦，接著，一個水球從漩渦裡升起，緩緩移到岸邊，嘩的一聲，球體化開，緲生赫然出現在其中，俯身不動。

「緲生！」他驚愕地衝過去，扶起她。

她緩緩睜開眼睛，看著他，虛弱地說：「敬言……你來……幹什麼？」

「當然是來帶妳回去。」他看著她雪白的臉龐，才分開不久，他竟已如此想念她。

「帶我？還是孩子……唔！」她冷冷地問，想推開他，手卻痛得低哼一聲。

「妳受傷了？發生什麼事了？是閻王下的手？」他發現她背後肩胛的傷口，大驚失色。

「我……」她有點恍惚不解，明明被閻王追殺，怎麼她竟沒被抓走？

「傷口的血止住了，看來，有人救了妳。」他看向忘川，似乎要想起一些什麼，卻又無法捕捉思緒。

「有人救了我？」她微愕，整個地府都是閻王的天下，誰還有能力救她？

「來，我帶妳回去，妳需要治療，可我現在法力不足……」他蹙著眉說。

「不，你走，快走，快回陽世去，別在這裡逗留。」她掙扎地想起身，但一站立就晃動不穩。

他伸手一攏，直接將她摟進懷中。

「妳和孩子在哪裡，我就在哪裡。」他沉聲說。

她貼靠在他的胸口，那熟悉的氣息讓她的心緊揪了一下，真想就這樣一直被他擁著，可是，不行，閻王的目標是他，他在地府太危險了。

使盡力氣從他的雙臂掙開，她抬起頭看著他。「我這一抹遊魂，離不開地府了，你回去吧！」

「我會想辦法讓妳的主魂轉生，妳一定能跟我回去。」他堅持。

「薄敬言，你想清楚，你真的是來帶我回去嗎？一旦我轉生，薄家的詛咒就會一直持續下去，直到全族滅亡，我活著，對你們一點好處都沒有。」她譏諷怒道。

他盯著她，驀地想起了薄乙勤的話，心開始一陣陣刺痛著。

是這樣啊！那老太婆催他到地府來，原來不是要他救她，而是殺她。

她的生死左右著薄家的興亡，而他的決定也將定奪薄家的未來。

為何這痛苦的抉擇如此似曾相識？似乎在什麼時候，他也曾這樣糾結得幾乎心碎？

原本幽黑的忘川像在回應他內心的起伏，開始起了陣陣水花，接著，一個佝僂的老婆婆從水上現身。

只見她一步步走從水面走來，每踏一步又沉又重，但忘川的水卻沒有沾濕她的衣鞋。

「你們要走要留都好，別在這裡吵得我不得安寧。」老婆婆一開口就揚聲大罵。

「孟婆，是妳？原來是妳救了我？」緲生詫異地看著這個連閻王也管不了的忘川守護者。

「哼，我只是把欠的債還清。」孟婆擰緊皺得不能再皺的老臉。

「債？」

孟婆灰白得詭異的眼瞳看向薄敬言，緩緩地道：

「幾千年前，那個故意闖進地府的薄家小子，死後來到忘川，用下一世的三十年陽壽和所有記憶，懇求我在妳最危險之際救妳一次。現在，我前債已了，花羅女帝。」

緲生震驚萬分。

薄令羽……？

她轉向一旁沉默的薄敬言，他……他竟為了她犧牲了下一世的陽壽？所以，薄少君才如此含恨早夭？

一股心疼的酸楚直鑽進她胸臆，瞬間逼出她的眼淚。

孟婆瞪著薄敬言，不耐煩地道：「早知道就不接受這個交易，拖得這麼久，真是得不償失，現在，姓薄的，我們之間再無瓜葛了。快滾！」

薄敬言像被點醒了什麼，些許的片段記憶閃過腦海。

「你為了一個詛咒你們薄家的女人，竟甘願捨棄這些？」

「是的。」

「薄家的傳承興衰，你的生命，你都不在意了？」

「是的。」

「為什麼？你這個傻瓜，為什麼啊？」

「因為我愛她。」

那遙遠的記憶中，他似乎正和誰對話，原來，那是孟婆。

他典當了他的記憶，只求存活下來的花羅能在未來的某天，在最危難的一刻，平安渡劫。

「情愛算什麼？值得你們這樣癡纏幾千年？哼，太愚蠢了！」孟婆啐道。

緲生淚流滿面地望著他，哽咽地說：「為何要做到這種地步？你這個瘋子……」

她的可怕詛咒，封印了一顆為她癡狂的心，薄少君的心空，薄敬言的冷漠，都是滿懷仇恨的她一手造成的。

都是因為她……

他再次將她摟住，柔聲低嘆：「別哭。」

當年的薄令羽寧捨一切為紅顏，家族、性命、子孫，都抵不過他對花羅的愛戀，他的心情，只有他懂。

那是一種無可取代的濃烈深情，就算負了天地所有，也不想負了她。

「敬言，你為我做太多了，是我誤會了你，對不起你。你不需要再為難了，薄家的詛咒，就由我親自來解。」她緊貼在他胸膛，決定讓一切在她手裡了結。

他臉色微變，推開她，按住她的肩，驚問：「妳想做什麼？」

「孩子的胎魂，你帶回去吧！好好地讓他出生，將他養大……」她認真地說著，淚如雨下。

「不！」他倒抽一口氣。

「我相信，這孩子將會讓薄家興旺，只是苦了你……要照顧癡傻的無缺幾十年。」她心疼又憐惜地撫著他的臉。

「不，沒有妳，我連呼吸都困難。」他痛苦地說。感情才剛覺醒，就要面臨別離，教他情何以堪。

「你可以的，你終會習慣的，就讓我把欠薄家的，全數償還。」她說著慢慢後退。

他迅速攫住她的手，急說：「不，我們再想想辦法，一定會有辦法的。」

「身為除厄師，你應該比誰都清楚，解除毒咒唯一的辦法，就是詛咒者消失。」她搖搖頭，搖落成串的淚珠。

他無言以對，心痛如絞。

兩人正揪心相望，一旁的孟婆忽地開口冷冷地道：

「你們要走就快走，要了結就快了結，再拖下去，閻王就要來了。」

他們驚訝地抬頭，果見一大片陰氣正朝忘川撲天蓋地而來，挾雜著強盛的妖鬼殺氣，撼動著整個地府。

「臭老太婆！妳竟敢私藏我要的人，我不會饒過妳——」閻王的暴吼迅速逼近。

「唉，看這陣仗，不止你們都逃不了，連我都有麻煩了。」孟婆不想再惹事，悄然隱入忘川之中。

薄敬言緊抓住緲生的手，也不走了，就這麼定在原地，等著閻王領著鬼眾們圍攏而來。

不多時，上千上百個鬼差將他們堵在忘川一隅，而閻王從天而降，矗立在他們面前。

「嘿嘿嘿哈哈哈，薄敬言，你還是幫我找到花羅了。」閻王大笑。

他擰緊雙眉，冷冷地說：「花羅女帝早已消失，地府一切都歸你所有，閻王，你還有什麼不滿意，非要找我們夫妻麻煩？」

「我不滿意啊，非常不滿意，你的存在就是個麻煩。」閻王陰險地說。

「我？看來，你的確是針對我而來。」他眯起長眼。

「是的，就是你，你絕對必須消失。」

緲生突然向前一步，昂起秀麗的臉，尖銳問道：

「為什麼敬言必須消失？如果放任我不死，詛咒不滅，薄家自會衰敗，根本不需要你出手。可是，你卻緊盯著他不放，非置他於死地不可，這其中，難道有什麼不可說的祕密？」

閻王臉色驟變，突然一撒手，一條黑鍊竄出，直甩向緲生。

薄敬言將她拉開，結了個手印，以法氣將黑鍊擋開。

緲生無畏地再說：「我說中了是嗎？敬言的魂體有法咒保護，你傷不了、滅不掉，只能想盡辦法讓他與我一起轉生。你想要的，無非是利用我來除掉他！但你為什麼要如此大費周章？他的存在，為何如此令你恐懼？」

「閉嘴！」閻王暴怒地大吼，向她撲來。

她一伸手，長鞭揚起，直取閻王胸口。

但閻王身影一晃，瞬間移到她身後，探出陰爪。

「緲生，小心！」薄敬言急忙護在她背後，可是他元氣早已大失，法力不夠阻擋閻王，反被閻王一爪掃開，重摔落地。

「敬言！」緲生駭然轉身，正要衝過去，但四周鬼差已同時拋出黑索，將她的四肢牢牢纏住。

「哈哈哈，你們怎麼可能是我的對手？」閻王緩緩來到她面前，一把揪住她的長髮，直接將她拎起。

「啊……」她被吊在半空，背傷加上頭髮牽扯，痛得難忍。

「緲生……」薄敬言仆在地上，著急萬分。

閻王拿出判官筆，抵住緲生的胸前，得意地笑道：

「嘿嘿，薄敬言，這麼長久以來，我就在等這一刻，現在你心愛的女人和孩子都在我手裡，只要我輕輕一刺——」

「住手！」他怒喊。

「真的要我留她一口氣嗎？她滅了，詛咒就消除了，對薄家而言是好事啊！」閻王賊笑。

他臉色沉怒，心中早已做好決定，就算要賠上一切，他也在所不惜。

「這樣吧，我給你一條明路，只要你自刎，我就放了她，還有她腹中的胎兒。」閻王提出了惡毒的建議。

他並不意外聽到這番話，閻王從一開始要的，就是他的命。

這個局，閻王佈了很長很久，目的就只是要消滅他。

「不……敬言……別中他……的計……」緲生痛苦地擠出聲音。

「我終於懂了，閻王，你除不掉我，是因為這個讓我神魂不滅的法咒，只有我自己能解。」

他嘴角一揚，笑了。

「對，你對自己下的咒，只有你自刎，才能破解，所以，你就別掙扎了，薄家這一脈單傳，就等你用一命換一命。」閻王催促著。

「但是，我認為，就算我自刎，你還是不會饒過緲生和孩子。」

「唉呀，真是麻煩，為什麼你就是不能乖乖聽話呢？既然這樣，那我就將你們全部都滅掉，省得礙眼。」閻王不耐地一揮手，眾鬼差便像蜂群般一起衝向薄敬言。

他猛吸一口氣，撐起殘存的最後法力抵擋這群強大衝擊，但寡不敵眾，他的法力很快便耗盡，頓時，鬼差們一個個鑽進他的生魂，幾乎將他的意識衝垮。

「啊……」他痛呼著，只覺得自己的魂體有個破洞，愈來愈大。

「敬言！」緲生奮力掙扎疾呼。

「哈哈哈，現在，輪到我上場了。」閻王大笑，身影刷地一下子附進了薄敬言的魂體。

「唔……」薄敬言只感到有一股強大的可怕陰氣不斷擠進他體內，而意識愈來愈模糊。

「不！敬言，敬言！」緲生不斷地大喊。

一切漸漸變得遲緩而遙遠，他聽不清，看不明，眼前一片交錯混亂的身影，他彷彿是薄令羽，又是薄少君，同時，他也是薄敬言……

幾千年的輪迴轉世，那些生死哀愁，那些羈絆束縛，那些憤怒痛苦，所有的恩怨情仇一層層地裹了上來，又沉又重，宿命的重量，是一團團黑霧，壓得他無法喘息，難以動彈。

恍惚間，他手裡似乎握住了一把利器，而有股力量操縱著他，慢慢高舉手，將手裡的利器，直接刺向他自己的心臟——

「不！不可以！不要——！」

緲生發出了刺耳的驚聲尖叫，而就在一刻，她話聲戛止，眼露紅光，薄敬言的動作也瞬間停住。所有妖鬼們，包括閻王，都清楚地聽見了一個強有力的心跳聲。

「怦登！怦登！怦登！」

這心跳聲每響一次，眾鬼差們就驚跳一下，那是一種充滿了能量的聲音，而這聲音，就來自緲生的腹部，來自那個胎兒。

「怦登！怦登！」心跳節奏愈來愈大聲，如戰鼓般，震得妖鬼捂耳跪地。

閻王原本附在薄敬言的魂體內，被這心跳聲震得頭暈目眩，從薄敬言魂體中跌了出來。他既驚又怒，厲吼：「這是什麼該死的聲音，吵死了！」

此時，緲生如同換了個人，她神色沉靜，雙手輕輕一揮，那些抓住她的鬼差們全都被掃得東倒西歪。

閻王瞪著她，只見她眼裡浮現著從未見過的金紅色光芒。

那是……冥府王者才有的眼瞳！

他駭異地瞠大雙眼，難以置信地喃喃自語：「不……不可能……怎麼可能？妳氣數已盡，不可能再成為閻王的……絕不可能！」

緲生沒有回答，表情似笑非笑，既像她，又不像她。

閻王心下驚駭，眼尾瞥向身後虛弱的薄敬言，二話不說，打算再次附進他體內，決定不論如何都要先除掉他再說。

只要除掉薄敬言，花羅就不再是威脅。

然而，他才剛移動，緲生竟瞬間擋在他和薄敬言之間，以一道強大力量將他彈開。

「妳……」他狼狽地穩住腳步，駭然於她突然擁有的這股力量。

緲生沒有理會他，緩緩轉身，擁住了薄敬言，接著，她的魂體慢慢地融進了薄敬言體內，兩個魂體合而為一。剎那間，薄敬言的形體迸出一道奪目光芒，閃得妖鬼們尖叫慘呼。

閻王也被這強光灼得鬍子幾乎燒焦，急急以法力護身。

就在他驚慌閃神之時，薄敬言手指輕彈，一道氣化為無數利箭，向他疾飛而來。

閻王倉促間連忙避開，但臉頰和衣袖還是被利箭刺破劃傷了好幾處。

他又怒又惱，破口大喊：「薄少君！我就不信我殺不了你！」

說著，他縱身飛撲向薄敬言，兩人大打出手，強而猛的力道打得周遭塵石飛揚，忘川之水躍如奔浪。

然而，沒多久，閻王愈打愈驚恐，因為他發現薄敬言和花羅合體後的法力不但比之前還強，甚至遠遠超過他，這讓從來不知畏懼是何物的他，開始膽寒起來。

漸漸地，節節敗退的他背脊冒出了冷汗，他終於驚覺，他的對手並不是薄敬言，也不是花羅，而是……那個藏在他們兩人之間的……

胎兒！

是那個還未出生的孩子！

他一分神，薄敬言趁勢擊中他的肩，他手中判官筆掉落，整個人還被向後踢飛。

「唔……」

他吃痛悶哼，翻滾一圈，以法力勉強踉蹌站住，眼見判官筆在遠處，急忙想撲過去撿起。

但當他的手就要碰到判官筆時，一道若有似無的長鞭咻地將判官筆一捲，帶回了薄敬言手中。

他臉色大變，憤怒咆哮：「大膽！判官筆只有閻王才能碰！你一個凡人豈能使用？你根本殺不了——！」

然而他話未說完，原本離他有一丈之遙的薄敬言，已瞬間來到他身前。他只感到眼前一花，還來不及回神，薄敬言已舉起判官筆，直直刺入他的身體。

所有鬼眾們都驚呆當場，難以置信。

四周一片驚恐悚然的寂靜，就連閻王自己也發不出聲音。

千堵萬防，機關算盡，他最大的恐懼，還是應驗了！

生死簿，注生死，他從沒想過有一天竟在上面看見自己的名字，而那個殺了他的人，竟寫著「薄少君」！

一個在地府的遊魂，一個了無生趣的傢伙，怎麼可能殺得了他？怎麼可能？

他不止一次想改寫這荒唐的命運，但每劃去一次，他和薄少君的名字便會再次出現。這可怕又可恨的預言讓他決定用自己的方式來除掉薄少君，就讓他轉生成人，只要他變成別人就好……

可是，當他轉生之後，生死簿上的那個名字，竟然自動就變成了「薄敬言」！

這是什麼天命？

不管薄少君變成誰，他都注定要死在這個人手裡。

他不甘心，他非要扭轉這一切，然而，費盡心力，就在他以為一切都照他所料進行，以為他終將解決心頭大患、改變命運的這一刻，萬萬沒想到，預言真的成了真，薄敬言用他的判官筆，用只有閻王才能使用的判官筆，殺了自己……

終究，長久以來所有的抗拒，都是徒勞。

判官筆抽出，薄敬言沒有表情的臉上，浮起了一抹謎樣的微笑。

閻王頓時恍然大悟，驚瞠著雙眼。

「你……你……原來……你才是……」

「怦登！怦登！」回應他的，是那強而有力的心跳，彷彿在向他宣示，新的局面即將產生。

他終於明白，他就算千防萬防著薄少君也沒用，他只是一個啟動命運的媒介，為的就是結束他的王朝。而此時心跳的主人，才是真正的主角，這個未出世的胎兒，將會是地府未來的王者。

陰風乍起，捲起了飛沙，忘川水興起沖天波瀾，就在這詭奇異變之際，閻王的不甘、驚駭、野心，都隨著他的身影漸漸化為粉碎，徹底消失。

之後，薄敬言和緲生都暈了過去，鬼兵鬼差們皆驚慌四竄，地府一夕變天，風聲鶴唳，但在這一片混亂的震撼中，他們都知道，新的閻王，就要出現了。

17

第十七章

薄敬言立在床邊，看著依舊沉睡中的長孫無缺，劍眉輕攏，心事重重。

長孫無缺始終沒有醒來，可是她的肚子卻一天天變大。

他從地府回魂已過了七個月，那天在地府發生的事卻依然歷歷在目。

殺死閻王的過程他像個旁觀者，只感覺有股強大的力量借用了他的魂體，而那個強大的力量，來自緲生腹中的胎兒。

當那孩子開始有了心音，他強烈的意識和驚人的力量就出現了。

是那孩子救了他和緲生，也除掉了閻王。

他猜想，也許，閻王早就知道自己會死在他手中，才對他如此痛恨，拚了命想改變命運吧？

諷刺又可悲的是，閻王為了改變命運，佈了這麼大的局，到後來卻什麼也無法改變。

他和緲生醒來之後，都為此感慨又唏噓不已。

當然，他們也同樣為他們這個還未出世就擁有超強能量的孩子惴惴不安。

聽長老們說，長孫無缺腹中的胎兒，也是在那一天，同一時刻，開始有了心跳。

橫跨陰陽兩界的這個孩子，擁有薄家和閻王的血脈，他，是自己一心想得到的孩子，可是，很可能卻也是無法擁有的孩子。

命定的下一屆閻王……

這個奇特的身分，又怎麼可能會在陽界出生？

怕是得在地府出世吧？

那麼，緲生怎麼辦？

閻王一死，所有他的罪行被揭發，她便順勢恢復了花羅女帝的地位，暫時代管地府。可她現在只是個靈魂，她的三魂七魄已轉生成長孫無缺，這分裂的魂體，在地府生下胎魂之後，到底會變得如何？

難道他再也見不到她了？而她，只有等到長孫無缺這軀殼死後回歸，才能重生嗎？

他們在這漫漫的輪迴中，要如何才能重逢？

一想到此，他就心痛不已。

這七個月來，每日每夜，都是思念。

深深地嘆了一口長氣，他在床沿坐下，握起了長孫無缺的手，憂心之餘，最痛苦的事，是思念，對緲生的思念。

雖然他的法力因那陰陽交界被封印而全然復原，但薄家所有人都禁止他再次進入地府，似乎擔心他一去就再也不想回來，總是派人守著他。

也許，那些老傢伙的擔心是對的。在他心中，或者的確有著這種想法，如果心愛的女人和孩子都只能在地府，那麼，他真的無所留戀。

只是，薄家的傳承怎麼辦？身為宗主，這是他無法推卻的責任，也是他依然在這裡受相思之苦，無法任性而為的原因。

緲生靈魂未滅，她的詛咒依然影響著薄家，他該如何處理這件事，也成了最大的困擾。

夜已深，思慮煩雜中，他抬眼望向窗外，時值冬夜，天空飄起了細雪，將大地妝點成一片銀白。

他忽然想起了緲生，如果她能看見這片美景，肯定欣喜若狂。

那總會因為一點點小事，一些小小美麗，就歡喜燦笑的女子，他是如此思念著她啊……

就在此時，屋外雪中似乎有個人影。他微微一怔，開門踱了出去，赫然發現一個挺著肚子的身影，正在雪中嬉戲。

他呆愣了好幾秒，驚喜地喊道：

「緲生！」

緲生回頭看著他，漾起了一朵美麗動人的微笑。

「敬言，是雪耶！白色的雪！」

「緲生，妳怎麼……」他大步走向她。

「這是夢啊！好美的夢！」她笑著奔向他。

「別跑，當心摔跤……」他才提醒，就見她向前仆倒，他大驚，一個箭步衝過去，將她穩穩地抱住。

兩人在雪中相擁，心情都激動不已。

「敬言，我好想你。」她反手摟住他。

「我也是。」他吻了吻她的髮絲，心想，如果是夢，就別讓他醒來。

「你知道嗎？我前幾日還在想，我不能忍了，我一定要來看看你，但最近肚子更大了，我常常慵懶想睡，沒想到睡了還能夢見你，這樣的相見，也好。」她偎在他胸前，說著說著鼻音變重，聲音微哽。

他捧起她的臉，發現她眼眶已蓄滿了淚水，心頭一緊，低頭便吻住了她的雙唇。

他們熱烈地吻著，交纏的口舌傾訴著兩人幾乎成疾的相思，雪花片片灑落在他的身上，但他們的心正灼燒，情正濃烈，根本不畏寒冬。

不知過了多久，他才抬起頭，盯著她臉上、眼睫上沾著的雪花，忍不住又吻了吻她的臉，她的眼。

緲生伸出手，撫摸他清俊卻充滿憂思的臉，輕聲說：「別太操心，事情應該會解決的，只是，你會等我嗎？會嗎……」

「我會一直一直等著妳，永遠。」他話一出口，忽地愣住，似乎在久遠的什麼時候，他也曾這麼說過。

在那血紅的月夜，他曾經向一個心碎的女子承諾過……

緲生雙眼一紅，潸然淚下。

原來，那最後一夜，他說的是這句話啊！

「我愛你。」她湊上前深深吻了他，說罷，身形便化為雪花，消失在雪中。

「緲生……」他悵然若失地想抓住她，伸出手，卻什麼也沒觸碰到，只有幾片雪花落在他的掌心。

真的是夢啊！他們竟只能在夢裡才能相見……

他在心中輕嘆，身子一動，醒了過來。

眼前已沒有緲生的蹤跡，只有長孫無缺仍安靜沉睡著。

落寞地起身，他走出房間，才一開門，他就愣在門口。

一個年約四歲的小男孩就坐在屋外長廊的欄杆上，睜著圓亮的眼睛看他。

他們就這麼四目相對，互望了好半晌。

「唉，這樣下去也不是辦法。」男孩人小鬼大地搖頭嘆氣。

「你……」他本來想問問男孩是誰，但看著那眼熟的眉眼嘴鼻，很快就有了答案。

「既然你們這麼相愛，就讓我幫幫你們吧！」小男孩一副老成地說。

「你要怎麼幫？」他挑了挑眉問。

「就讓她主魂歸位，真正轉生吧！」小男孩朝躺在床上的長孫無缺努努嘴。

「你做得到嗎？」他又問。

小男孩和他一樣的挑了挑小眉，說：「當然。」

「讓她真正轉生，代表她的靈魂就真的消失再重生了，是吧？」

「沒錯，以死換生，詛咒就沒啦！這樣你就可以安心，她也不會再整天哭給我聽。」小男孩的小臉全是不耐。

「她……整天哭？」他心疼地抽了好幾下。

「對，太吵了，還是把她還給你吧。」小男孩輕啐。

他感激得好想摸摸他的頭，小男孩卻給他一個「不得無禮」的眼神。

「我知道你很感謝我，但是……」

「但是？」他心一凜，有點不安。

「不知道她哪一天會醒，沒有確定時間。」

他鬆了一口氣，微微一笑。「沒關係，多久我都會等她。」

「記住，只能等，什麼都別做，否則功虧一簣。」小男孩話中透著玄機。

「好。」他沒有多問。

小男孩滿意地點點頭。

「那你呢？她回魂了，你就得在這個肚子出生了。」他看向長孫無缺的便便大腹。

「嗯，為了讓你們相守，總得付出代價。陽壽只有二十，不能再多了。」小男孩雙手環在胸前，像個小大人般思量。

「二十啊，但在這之前呢，地府不能一日無主。」他再問。

「所以啦，我只好辛苦一點，兩邊忙唄！」小男孩無奈地搖搖頭，跳下木欄，往外走去，嘴裡還啐啐唸著：「真是的，我為什麼得管這麼多事啊！」

他看著小男孩可愛的背影，忍不住笑了。

這小子，還挺討人喜歡的。

但小男孩倏地站住，回頭說：

「這種忙我只幫一次，可別以為我們是自己人，就可以叫我在生死簿上動手腳。」

他收起笑容。

這小鬼……

「天命就是天命，誰都一樣。」小男孩露出一抹早熟、看透一切的冷笑。

薄敬言心下微悚，眼前的小男孩只是虛貌，可不能忘了他真正的身分。

「放心，我已沒有野心了，這兩世，讓我學到的就是順應自然。」他豁達地回應。

算計再多再深，終究贏不過天命，還不如活在當下。

而今，除了深愛的女人，他別無所求。

就像來得突然那般，小男孩一下子就消失了。他毫不在意，只是踱回長孫無缺身邊，溫柔地看著她，低聲說：

「只要妳能醒來，多久我都會等妳。」

窗外的雪依舊下著，但他心中卻暖了起來，因為他知道，冬天終會過去，而春天已不遠了。

※※※

薄敬言萬萬沒想到，小男孩要他做的「等待」，竟然是個磨人的大難題！

十一個月了，長孫無缺竟然仍未清醒，而她肚子裡的胎兒，早已過了足月。

薄家全部的人都焦慮萬分，眼見胎兒一天天長大，可偏偏母親沒有要生的跡象。

大家都不知道該如何是好，只好請來高博士，詢問是否要剖腹取出孩子。

高博士檢查了長孫無缺的身體狀況，又掃描了胎兒的情形，說道：

「以醫學的角度來看，為了母子均安，最好的辦法的確是剖腹取出胎兒，否則再等下去，孩子過大，會影響到產婦的安全。」

這個建議在薄家興起大波瀾，幾乎所有人都贊成這個作法，唯獨薄敬言獨排眾議，不准任何人動長孫無缺。

「敬言，你就不擔心孩子到時生不出來，或是悶死在無缺肚子裡嗎？」薄少春煩惱得蒼老又憔悴。

不擔心嗎？

薄敬言比誰都擔心，但他謹記他的兒子叫他別做任何事的警告，必定有其道理，即使這件事目前看起來凶險無比。

「我們現在唯一能做的，就是等。」他向薄家所有人說。

「再等下去，搞不好一屍兩命啊！」大長老急得跳腳。

「不會的，無缺和孩子都會沒事。」他沉聲說。

眾人束手無策，只能繼續等下去。

就這樣，又過了一個月，薄家日日夜夜處在緊繃的氣氛中，大家度日如年，提心吊膽。

整整一年，有哪個孕婦像這樣懷胎一年了還不生？

這詭異的情況簡直要逼瘋整個薄家，漸漸地，已有些僕傭們竊竊私語著，說宗主夫人肚子裡懷的是個妖怪，甚至還有些耳語，說長孫無缺變成了植物人，孩子其實早已死亡。

但薄敬言依然沉住氣，日夜守在長孫無缺身邊，對所有傳言不為所動。

直到那一天……

就在長孫無缺懷孕了一年又七天時，那天，照應長孫無缺的女僕突然發出尖叫，驚動了所有人。

薄敬言正好待在書房處理公事，一聽叫喊聲，立刻衝向別院。當他踏入房門時，女僕就慘白著臉，對著他結結巴巴地說：

「宗……宗主夫人……她……她……」

他不等她說完，大步來到床沿，只見長孫無缺靜靜地躺著，看似像往常一樣，但，卻沒有了氣息。

「無缺！」他心中駭極，俊臉大變。

沒有呼吸，沒有心跳，長孫無缺竟然已死亡！

他完全傻住了。

無缺死了！

那孩子要他等待，卻是等到這種結局嗎？

「敬言！無缺她怎麼了？」緊接著衝進房門的戴天祈急問。

他沒有回答，無法回答。

戴天祈見狀不對勁，上前探了長孫無缺鼻息，當下臉色刷白。

跟在戴天祈身後的薄少春不安地問：「怎麼了？無缺還好嗎？」

戴天祈轉頭看著她，擰著眉峰，搖了搖頭。

「不！無缺……無缺……怎麼會這樣？怎麼會？」她推開他，直接握住長孫無缺的手，急得哭了出來。

「少春，冷靜點，現在最重要的事，是得快把孩子救出來！」戴天祈立刻打電話叫救護車。

「對對對，孩子……還有孩子……」薄少春擦掉眼淚。

就在大家忙亂一團之際，薄敬言忽然說：「不，我說了，誰也不准動她。」

「敬言，無缺死了，你不想救孩子嗎？」戴天祈喝道。

「她沒死。」他靜靜地盯著長孫無缺。

眾人都驚恐地看著他，以為他瘋了。

「敬言！」戴天祈瞪著他。

「敬言！你清醒一點，我知道你愛無缺，但你也要認清事實啊！」薄少春傷心地低喊。

他突然微微一笑，拍拍她的肩說：「媽，妳放心，我沒瘋，也很清醒。這一切很難解釋，但我相信無缺沒事，孩子也會沒事的。」

「你……你到底在說什麼？你沒看見無缺她……」薄少春心痛地看著他，以為他傷痛到失去了理智。

「她會醒的，現在她的死，只是為了完整地回到我身邊。」薄敬言在床沿坐下，輕撫著長孫無缺的臉頰。

所有人都驚疑不定，只有他心中雪亮。

那孩子說了，以死換生。唯有讓長孫無缺死亡，她那未轉生的主魂，才能與其他二魂七魄結合，成為完整的個體。

所以，他必須等，等待那孩子帶著緲生，一起來到這個世間。

這過程匪夷所思，他也不便解釋，他唯一能做的，就是相信，然後，什麼都別做。

一如那孩子……

不，一如閻王臨走前的警告。

※※※

果然，就在長孫無缺斷氣後一個小時，她的腹部有了胎動，彷彿長久以來跟著母親一起睡著的胎兒，終於醒了過來。

而同一時間，原本毫無氣息的長孫無缺倏地猛吸了一口氣，然後，在所有人的驚呼聲中，在薄敬言激動得幾乎落淚的注視下，緩緩張開了眼睛——

※※※

長孫無缺奇蹟般甦醒了，而且是有意識地清醒，不再是個癡呆的空殼，終於，她成了一個完整的人，真正地轉生到陽世。

她還平安地生下了一個男孩，一個非常聰明可愛又特別的男孩。

由於薄敬言不想讓其他人心懷芥蒂，因此並未說出男孩真正的身分，而薄家所有人都特別疼愛這個孩子。

薄少春尤其寵愛這個孫子，天天抱進抱出，愛不釋手。

小男孩一天天長大，愈發機伶早慧，常常用大人的語氣說話，卻反而逗得長老們和除厄師的叔姨嬸伯們樂不可支。

「跟他們說正經的事，他們卻老是覺得我在搞笑。」他常常對著薄敬言翻白眼抱怨。

薄敬言和長孫無缺都暗暗莞爾，小娃兒老氣橫秋的口氣，怎麼看都只有可愛啊。

這夜，天清氣朗，薄敬言和長孫無缺兩人飯後牽著手在園中散步，她走著走著，忽然仰頭問他。

「要不要告訴爸媽？讓他們有心理準備？」

「我想，不用妳說，大家很快就會知道了。」他笑說。

「是嗎？」

他倏地站定，朝向遠處花園中一個小涼亭揚了揚下巴。

她隨他目光看去，只見涼亭中坐著他們的兒子，正忙碌地看著一本本送來的奏摺。他面前已排了一列鬼使，而且陸續還有鬼差奔來，嘴裡直喊著：

「小閻王，報！」

「怎麼還有？都去給我排隊去！」小男孩稚氣的聲音充滿威嚴。

「是。」鬼差嚇得趕緊排隊。

「小閻王，有緊急……」

「又緊急？沒完沒了的，聽著，以後奏摺全給我用手機傳來，不准再來找我。」小男孩氣得甩了本奏摺。

「是……但……但報告小閻王，那個……那個……地府……沒有網路……」

「沒網路就裝『歪壞』啊！」他沒好氣地罵。「啊？歪壞？」鬼使們面面相覷，都不知道「歪壞」是什麼，偏偏沒膽子問。

「小閻王……可是我們……鬼差……都沒有手機……」一個鬼使小聲說。

「沒手機就去買啊！」小男孩火氣都上來了。

「地府……沒賣啊……」

「囉嗦個不停，你這是在和我抬槓嗎？」小男孩氣得再把判官筆丟在桌上。

「不敢。」全部鬼差都抖了一下。說事實也有罪？

「小閻王，昨夜有妖孽私闖閻王殿……」

「滅了！」

「小閻王……」

「吼，吵死了，全都給我閉嘴！」小男孩忙到發脾氣，拍桌站起，眼中金紅光芒一閃。

眾鬼差都驚恐噤聲，只有一個不怕死的鬼差悄聲又說：「小閻王……」

他厲眼一瞪，正要破口大罵，那鬼差雙手奉上一罐可樂，抖聲說：「您……您要喝的可樂來了。」

「哦。」他瞬間換上可愛笑臉，拿過可樂，像個尋常孩子般開心地大吸一口。

眾鬼差都鬆了一口氣，萬分感激地看著那罐可樂。

這景象，看得長孫無缺又好氣又好笑，她啐道：「這小子！才四歲喝什麼可樂啊，我就是故意不讓他喝，怕弄壞身體，他竟叫鬼差去拿……」

「他總要紓壓啊。」薄敬言笑著說。

「你就這樣任由他在薄家辦公務，也不怕被發現……」

「我想，應該已經發現了。」他瞥向另一頭，薄少春和戴天祈兩人似乎剛從外面回來，手裡正好提著一袋可樂，而且正溺愛地不停偷瞄著涼亭。

長孫無缺呆了呆，感動又感恩地說：

「爸媽都知道了呀！但他們竟然就這樣接受了。」

除厄師家族竟生出一位閻王，這種詭異的事，也只有看遍各種奇事的薄家能理解和接受。

「我爸何等機敏，豈會看不出來，而我媽……她想要一個孫子想很久了。」他太了解戴天祈了，在薄家，沒有任何事瞞得過他。

「可是，兒子只能陪我們到二十歲，到時，媽怎麼辦？」她擔心著。

「別煩惱了，不是還有這個嗎？」他摟住她，輕撫著她隆起的肚子。

第二胎已經六個月了，很快的，他們就會有第二個兒子，這個孩子，將會繼承薄家宗主之位，讓薄家繼續傳承下去。

「嗯，幸好還有這孩子，不然怎麼向爸媽交代。」她也撫著自己的肚子，寬心地說。

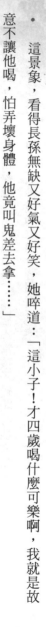

「妳多慮了。從妳醒來之後，我早就知道我們會有第二個兒子了。」他一臉篤定。

「為什麼？」

「因為，我媽的願力，太強了。」

無缺，我真希望薄家的下一代是由妳生養，最好生兩個……

她怔了怔，想起了婆婆說的話，驚呼：「真的！媽真的太厲害了……」

「我不是說過嗎？她才是薄家最強的除厄師。」

「的確是啊！」

他們相視而笑，臉上都充滿著幸福滿足的光彩。

月色如酒，星光明耀，在經歷了那麼多起伏之後，幾經輪迴轉世，千辛萬苦的他們終於迎來了最美好的結局。

而有關薄家除厄師的傳奇，也將會不斷地繼續下去。

（全書完）

國家圖書館出版品預行編目資料

少君 / 芃羽作. -- 初版. -- 臺北市：春光, 城邦文化出版：家庭傳媒城邦分公司發行, 民108.08
面；　公分. --（奇幻愛情 ;60）

ISBN 978-957-9439-67-1（平裝）

863.57　　108011184

少君

作　　者／芃羽
企劃選書人／王雪莉
責任編輯／王雪莉

版權行政暨數位業務專員／陳玉鈴
資深版權專員／許儀盈
行銷企劃／陳姿億
行銷業務經理／李振東
副總編輯／王雪莉
發　行　人／何飛鵬
法律顧問／元禾法律事務所　王子文律師
出　　版／春光出版
台北市104中山區民生東路二段 141 號 8 樓
電話：(02) 2500-7008　傳真：(02) 2502-7676
部落格：http://stareast.pixnet.net/blog　E-mail：stareast_service@cite.com.tw
發　　行／英屬蓋曼群島商家庭傳媒股份有限公司城邦分公司
台北市中山區民生東路二段 141 號11 樓
書虫客服服務專線：(02) 2500-7718 / (02) 2500-7719
24小時傳眞服務：(02) 2500-1990 / (02) 2500-1991
服務時間：週一至週五上午9:30～12:00，下午13:30～17:00
郵撥帳號：19863813　戶名：書虫股份有限公司
讀者服務信箱E-mail: service@readingclub.com.tw
歡迎光臨城邦讀書花園　網址：www.cite.com.tw
香港發行所／城邦（香港）出版集團有限公司
香港灣仔駱克道 193 號東超商業中心 1 樓
電話：(852) 2508-6231　傳眞：(852) 2578-9337
E-mail : hkcite@biznetvigator.com
馬新發行所／城邦（馬新）出版集團　Cite(M)Sdn. Bhd
41, Jalan Radin Anum, Bandar Baru Sri Petaling,
57000 Kuala Lumpur, Malaysia.
Tel: (603) 90578822　Fax:(603) 90576622　E-mail:cite@cite.com.my

插畫繪師／柳宮燐
封面設計／蔡佩紋
內頁排版／極翔企業有限公司
印　　刷／高典印刷有限公司

■ 2019 年（民 108）7月 30 日初版　　Printed in Taiwan

售價／380元

城邦讀書花園
www.cite.com.tw

ISBN　978-957-9439-67-1

廣　告　回
北區郵政管理登記
台北廣字第00079
郵資已付，免貼郵

104台北市民生東路二段141號11樓

英屬蓋曼群島商家庭傳媒股份有限公司

城邦分公司

請沿虛線對折，謝謝！

愛情·生活·心靈

閱讀春光，生命從此神采飛揚

春光出版

書號：OF0060	書名：少君

請於此處用膠水黏貼

讀者回函卡

您購買我們出版的書籍！請費心填寫此回函卡，我們將不定期寄上城邦集
新的出版訊息。

姓名：________________

性別：☐男 ☐女

生日：西元________年________月________日

地址：________________

聯絡電話：________________ 傳真：________________

E-mail：________________

職業：☐1.學生 ☐2.軍公教 ☐3.服務 ☐4.金融 ☐5.製造 ☐6.資訊

☐7.傳播 ☐8.自由業 ☐9.農漁牧 ☐10.家管 ☐11.退休

☐12.其他________________

您從何種方式得知本書消息？

☐1.書店 ☐2.網路 ☐3.報紙 ☐4.雜誌 ☐5.廣播 ☐6.電視

☐7.親友推薦 ☐8.其他________________

您通常以何種方式購書？

☐1.書店 ☐2.網路 ☐3.傳真訂購 ☐4.郵局劃撥 ☐5.其他________

您喜歡閱讀哪些類別的書籍？

☐1.財經商業 ☐2.自然科學 ☐3.歷史 ☐4.法律 ☐5.文學

☐6.休閒旅遊 ☐7.小說 ☐8.人物傳記 ☐9.生活、勵志

☐10.其他________________

為提供訂購、行銷、客戶管理或其他合於營業登記項目或章程所定業務之目的，英屬蓋曼群島商家庭傳媒（股）公司城邦分公司，於本集團之營運期間及地區內，將以電郵、傳真、電話、簡訊、郵寄或其他公告方式利用您提供之資料（資料類別：C001、C002、C003、C011等）。利用對象除本集團外，亦可能包括相關服務的協力機構。如您有依個資法第三條或其他需服務之處，得致電本公司客服中心電話 (02)25007718請求協助。相關資料如為非必要項目，不提供亦不影響您的權益。

1. C001辨識個人者：如消費者之姓名、地址、電話、電子郵件等資訊。
2. C002辨識財務者：如信用卡或轉帳帳戶資訊。
3. C003政府資料中之辨識者：如身分證字號或護照號碼（外國人）。
4. C011個人描述：如性別、國籍、出生年月日。

請於此處用膠水黏貼